REGINE C. HENSCHEL

Fünf sind keiner zu viel

HERZBLATT GESUCHT »Frau kann nie genug Verehrer haben« – sagt Liz' Mutter, eine erfolgreiche und chaotische Operndiva. Doch Liz' Leben ist keineswegs so glamourös wie die Roben ihrer Mutter. Als Anwältin hoffnungsloser Fälle ist die Berlinerin ständig im Stress und nach einer gescheiterten langjährigen Beziehung nimmt sie sich für einen einzelnen Mann keine Zeit mehr. Aber für vier: Einen für die Reparatur ihres Oldtimers, einen fürs gesellschaftliche Parkett, einen für die perfekten Outfits – und einen für die Streicheleinheiten. Liz nutzt bei jedem Mann das Beste – in aller Freundschaft, versteht sich. Denn solange keine Liebe im Spiel ist, kann sie ihr gefühlschaotisches Quartett im Zaum halten.

Doch dann trifft sie Max, einen schüchternen Raumfahrtprofessor mit großem Ziel: Einmal um die ganze Welt in einem Ballon. Für Liz beginnt die abenteuerlichste Reise ihres Lebens und sie muss sich entscheiden. Wer wird ihr Herzblatt?

Regine C. Henschel war viele Jahre als Journalistin und Kulturredakteurin für das Fernsehen tätig. Heute lebt die bekannte Romanautorin in Stuttgart und Berlin. 2006 übernahm sie die Geschäftsführung einer Firma für Luft- und Raumfahrtkonstruktionen. Seitdem baut sie Luftschiffe und ist fasziniert von allem was »brummt und fliegt«. Nach ihrer überaus erfolgreichen Roman-Trilogie um Mops Conrad erobert die Autorin mit ihrem neuen Roman »Fünf sind keiner zuviel« den Himmel.

REGINE C. HENSCHEL

Fünf sind keiner zu viel

Roman

Original

GMEINER

Ausgewählt von
Claudia Senghaas

Personen und Handlung sind frei erfunden.
Ähnlichkeiten mit lebenden oder toten Personen
sind rein zufällig und nicht beabsichtigt.

Besuchen Sie uns im Internet:
www.gmeiner-verlag.de

Im Ehnried 5, 88605 Meßkirch
Telefon 0 75 75/20 95-0
info@gmeiner-verlag.de

1. Auflage 2011

Lektorat: Claudia Senghaas, Kirchardt
Herstellung: Christoph Neubert
Umschlaggestaltung: U.O.R.G. Lutz Eberle, Stuttgart
unter Verwendung eines Fotos von: © Wolfgang Herget / Fotolia.com
Druck: Fuldaer Verlagsanstalt, Fulda
Printed in Germany
ISBN 978-3-8392-1204-2

Love changes everything, love makes you fly …
Rod Stewart

Wenn du fliegen willst, dann fliege – steht auf dem Zettel in meinem Glückskeks. Erst habe ich gelacht, dann habe ich ihn zusammengefaltet und in die Seitentasche meines schwarzen Blazers gesteckt. Man weiß nie, ob es nicht doch eine Art Orakelspruch oder ein Zeichen sein könnte. Auf dem südlichen Breitengrad von Kuba liegt diese Insel, auf der ich gerade das erste Mal in meinem Leben ein Stück von einem gekochten Huhn mit schwarzen Füßen (ich schwöre, die Füße sind blauschwarz!) gegessen habe. Die Fotos der Insel im Internet zeigen Palmen und einen bezaubernd weißen Sandstrand. Heute bleibt es bei den schönen Fotos, denn wir haben auf unserer Reise die einzigen zehn kalten Tage seit Beginn der meteorologischen Wetteraufzeichnungen erwischt. Ich bin dankbar für meine alte Jeans für alle Fälle, die ich noch schnell oben in den vollgestopften Koffer geworfen habe, denn die Sommerkleidchen mit den Spaghettiträgern und die Baumwollchinos bleiben im Moment definitiv im Koffer. Gestern war ich noch in München. Und vorgestern noch zu Hause in Berlin in meiner Kanzlei und meine Welt war wohlgeordnet und geplant. Und dann kam Max mit diesem Riesenangebot und brauchte mich, um es umzusetzen. Ausgerechnet mich?

Jetzt stehe ich hier mit schief aufgesetzter Baseballcap auf meinem plattgedrückten Pferdeschwanz und beobachte einen gut gebauten Mann, der bis zum Bauchnabel im Meer steht und mit seinen ebenso attraktiven Mitarbeitern versucht, einen knallgelben Schwimmponton zu verankern. Zugegeben, der kühle Wind ist lästig, dafür sind die Aussichten im Meer umso besser.

Morgen soll von hier aus ein Probeflug unseres wahnwitzigen Projektes beginnen. Bei der Vorbesichtigung sind wir und unsere chinesischen Partner so aufgeregt wie das Huhn mit den schwarzen Füßen, beziehungsweise die quicklebendige Familie vom Huhn. Ach ja, die Insel hier liegt übrigens nicht vor Kuba, sondern im Chinesischen Meer, das mir, unter uns gesagt, entweder durch die Nähe von Max oder an sich ausnehmend gut gefällt. Aber vielleicht liegt das auch daran, dass ich außer der rauen Nordsee nicht allzu viele Vergleichsmöglichkeiten habe, denn ich fahre selten in den Urlaub. Mein Job lässt das nicht zu. Das stimmt vielleicht nicht ganz, würde meine Freundin Carla jetzt einwenden. Vielmehr nehme ich den Urlaub nicht so wichtig wie andere Dinge in meinem Leben, denn sonst hätte Urlaub bei mir Priorität. Egal, was Carla meint. Ich reise sehr viel, aber eben mehr im Auftrag des Jobs und nicht, um mich im Liegestuhl zu bräunen. So.

Morgen findet also ein Probeflug unseres Ballons statt. Ob es für das Hüllenmaterial zu heiß ist? Wohl weniger bei dem Wind ... Wie wird das feinmotorige Gerät auf den fliegenden Sand reagieren? Funktioniert die Steuerung oder dümpelt der Ballon orientierungslos in den Morgenhimmel davon? Fragen über Fragen. Max sieht die Probleme eher gelassen. Er hat mit seinen Technikern die Kisten ausgepackt und fast keine Reparaturen waren notwendig. Im aufblasbaren Hangar zwischen den Palmen am Strand steht unser Ballon mit dem neuen Antrieb. Von dem Flug morgen hängt mehr ab, als Max sich eingestehen möchte. Wir brauchen einen Erfolg.

Wir starten unser gemeinsames Abenteuer. Für mich das größte Abenteuer meines Lebens. Und ich wäre das ganz sicher nicht eingegangen, wenn Max nicht diese unverschämt braunen Augen hätte. Oder doch? Diese Augen werden mich garantiert nie näher ansehen, wenn ich weiterhin so ausnehmend unattraktiv gekleidet bin mit meinen alten, ausgebeulten Jeans, dem ausgeliehenen Männerhemd von Tom und schiefer Cap – und überlege, wie spät es jetzt zu Hause in Berlin ist. Ob Britta alleine im Büro klar kommt? Ach, gestern war ich noch in meinem sicheren Umfeld …

Adam und der Bio-Apfel

»Zwei frische Feldgurken – nur ein Euro«, ruft der Markthändler hinter uns und wedelt mit den gigantischen Salatgurken aus Bioanbau.

»Schale Himbeeren nur ein Euro«, schallt es von der anderen Seite herausfordernd.

»Wir sind wieder einmal zu spät dran. Sie räumen schon ein«, ruft meine Freundin Desiree. Wie jeden Mittwoch, denke ich, doch es stört mich nicht. Wir treffen uns mittwochs immer zum Mittagessen und nicht immer kann ich meine Klienten pünktlich zur Tür begleiten, um mit Desiree unseren Lieblingsimbiss zu zelebrieren. Außerdem brauche ich nicht viel auf dem Markt einzukaufen. Notfalls könnte ich die drei Teile sogar im Supermarkt um die Ecke kurz vor 20.00 Uhr zusammenraffen. Aber das würde ich Desiree natürlich nicht sagen.

Heute kaufe ich Äpfel in außergewöhnlicher Form. Eine neue Apfelsorte interessiert mich immer. Sie hat weiße Noppen und sieht aus wie eine Untertasse aus dem All. Wie so ein Apfel wohl schmeckt? Passend zum Marktschluss des heutigen Tages erhalte ich drei Stück für einen Euro. Die wandern in die grüne Plastiktüte und kommen nachher mit in mein Büro. Das ist kein großer und schon gar kein wichtiger Kauf. Darauf kommt es auch nicht an, denn der Mittwochmittag ist so etwas wie ein Ritual. Und wenn ich mich so umsehe, dann stehen wir mit dieser Auffassung nicht alleine da. Viele Gesichter erkenne ich jedes Mal in der Menge wieder. Der braungebrannte Mann am Kaffeestand trinkt hier immer seinen Espresso und wartet auf seine Frau, die am Fischstand frisches Nordseeglück kauft. Oder die blonde Frau in der hellen Lammlederjacke mit den Armflicken, die ist auch fast immer hier. In wechselnder männlicher Begleitung.

Endlich haben wir uns zu unserem Imbissstand durchgekämpft und genießen das scharf gewürzte Fleischspießchen mit gerösteten Zwiebeln und dazu heiße Pommes mit Megaklecks Majo – gefühlte eine Million Kalorien.

»Na, wie war deine Woche?«

»Wie immer«, nuschele ich in die Pommes und beobachte den Mann mit dem Busch Zyperngras, der neben uns am Tisch steht und jedes Wort mithören möchte.

»Wieder ein paar ausweglose Fälle?«, fragt Desiree, ohne ihn zu beachten.

»Ja, …« Über den Beruf zu sprechen, macht mir über ein leckeres Fleischspießchen gebeugt keinen großen Spaß. Nicht mehr. Irgendwie ist der im Laufe der Jahre abhanden gekommen und die Euphorie ist schon lange raus. Aber von irgendetwas muss der Kühlschrank ja gefüllt werden, und da mir bislang auch keine Idee für etwas Neues gekommen ist, mache ich eben weiter. Schließlich hat man sich ja auch etwas aufgebaut im Laufe der Jahre. So etwas wie einen Kundenstamm. Inzwischen kann ich von den Empfehlungen meiner Mandanten ganz gut leben. Und ihre Fälle sind manchmal wirklich kniffelig und fordern mich heraus. Mitten in Berlin in Charlottenburg liegt mein Büro und am Wochenende arbeite ich in unserem alten Familiensitz im Elternhaus bei meiner Mutter. Ein Haus am See bei Berlin könnte ich mir von meinem Verdienst trotz aller guten Empfehlungen nie leisten. Das kann kaum eine Rechtsanwältin, die meine Fälle hat. Doch eine bewährte WG mit Mama ist für das Leben in einer solchen Immobilie äußerst hilfreich. Sie wohnt in der Beletage und ich wohne – positiv ausgedrückt – ebenerdig mit Blick auf den Garten und einer großen Steinterrasse mit Seezugang. Es ist mein Elternhaus, aus dem ich folgerichtig nie richtig ausgezogen bin. Nur einmal kurz zum Studium in England und für die Zeit, in der ich mit Mike zusammen war. Aber das ist lange her. Man nennt das wohl Nesthocker. Nach meinen Erfahrungen jedoch würde ich mich mehr als Weltenflüchter bezeichnen. Wie gesagt, so ein ruhiges überschaubares Domizil wäre ohne eine WG mit Mama eben nicht drin. Alles könnte wunderbar sein, aber …

»Hallo, Kind, da bist du ja«, ruft es aus der beschäftigten Menschenmenge.

Wenn man vom T… spricht. Ja, denke ich, soweit man mit Ende dreißig noch Kind sein kann, dann bin ich das hier.

Ma schwebt neben mir ein mit einer Entourage ihrer Freunde. Diesmal sind es Potpourri, ihr perfekt gekleideter Schneider und eine Freundin mit breitkrempigem Sommerhut im Frühling. Mama liebt große Auftritte, leider auch an einem Mittwoch auf einem gewöhnlichen

Bauernmarkt zwischen Rohmilchkäseständen und Zimteinlegesohlen vom Biobauernhof.

»Kind, was isst du denn da? Das ist doch gar nichts …«

»Für meinen Teint und meine Figur«, ergänze ich. »Ich weiß, schön dich zu sehen, was machst du denn hier?«, und ich will sie in den Arm nehmen.

Klang ich zu wenig begeistert oder warum ziehen sich ihre Mundwinkel nach unten? Das Missfallen gilt dem Mann mit dem Zyperngras, der nicht schnell genug zur Seite springt, damit Mama mich umarmen und an sich drücken kann. Mit lautem Weh und Ach, versteht sich. So, als käme ich von einer langjährigen Wüstenexpedition hungrig und erschöpft zurück. Dabei haben wir uns erst heute Morgen beim Frühstück gesehen. Aber das weiß hier auf dem Markt keiner.

»Ich wusste doch, dass ich dich hier finden werde.« Und sie schiebt mit einem freundlichen Kopfnicken, das meiner Freundin gilt, meinen Pappteller mit den Pommes und dem letzten fertig aufgehäuften Gabelbissen gerösteter Zwiebeln in Tomatensoße zur Seite.

»Du weißt doch …« Kunstpause. Was weiß ich?

»Nächste Woche wird das neue österreichische Restaurant eröffnet und da sind wir Ehrengäste neben Vielsmeyer. Und da muss Potpourri noch etwas Schönes für mich schneidern. Und für dich übrigens auch. Der junge Friedmann wird kommen, und ich möchte doch, dass du eine gute Figur machst.« Und sie zieht noch einmal die Stirn kraus, während sie auf unsere Pappteller schaut. Doch Desiree hat schon alles aufgegessen und putzt sich zufrieden den Mund an einer Papierserviette ab. Interessiert schaut sie nach den französischen Apfeltartes am Nachbarstand.

Könnte Mama endlich ihre Kuppelversuche lassen? Könnte sie endlich aufhören, irgendwelche Männer mit Namen Friedmann für mich auszusuchen? Das kann ich auch alleine. Wenn ich will. Und im Moment will ich nicht! Drei Ausrufezeichen. Meine Erfahrungen habe ich gemacht, und die waren nicht gerade so ausgefallen, dass ich bei meinen Männergeschichten unbedingt auf eine Fortsetzung fiebere.

Was ich suche, das gibt es nicht und wenn doch, dann ist es schon vergeben. So wie der Typ mit dem Arm voll roter Rosen, dem wir den halben Markt hinterher wie Undercover-Agentinnen unauffällig gefolgt sind, um in Höhe der Fässer mit den italienischen Oliven festzustellen, dass er die Rosen für seine attraktive Frau getragen hat. Die schmeckte mit spitzem Mündchen die feinen Antipasti ab und steckte ihm mit perfekt manikürten Fingerchen eine grüne Olive in den Mund, was er mit verliebtem Blick goutierte. So, das war es dann wohl. Desiree und ich konnten abtreten. Und jetzt will Mama uns die wohlverdiente Enttäuschungsmahlzeit an unserer liebsten Berliner Imbissbude auch noch zunichte machen!

»Ich? Wieso ich?«, schrecke ich aus meinen Gedanken an den Rosenmann auf. Zeit gewinnen durch Vortäuschen von Überbeschäftigung. »Ich kann nächste Woche nicht.«

»Doch, du kannst am Donnerstag. Ich habe in deinem

Büro angerufen und die Termine geprüft. Donnerstagabend hast du frei für Vielsmeyer und mich. Ganz sicher. Und Potpourri schneidert dir was Schönes.«

»Mal sehen«, sage ich. Was soviel bedeuten soll, wie: wenn ich überhaupt mitkomme, dann suche ich was aus meinem Kleiderschrank raus oder gehe in meine Lieblingsboutique um die Ecke. Stevie findet schon was für mich in ihren Regalen, um mein Hüftgold zu verdecken.

Passend zum Thema taucht Desiree mit drei bezaubernden Apfeltartes wieder auf und stellt die Teller vor uns auf den Tisch. Gewissenhaft verteilt sie die bunten Plastikgäbelchen, als wäre es ihr bestes Silber, doch Mama hat schon einen weiteren Bekannten gesehen und eilt mit Schneider Potpourri und Freundin Sommerhut in ihr Lieblingsbistro gegenüber dem Markt. Zum Brunch vermutlich. Sie winkt mir noch einmal verschwörerisch zu und droht mit dem Finger der kleinen Apfeltarte, dann verschwindet sie unter der rotweißen Markise des Edelbäckers.

»Uff, ist das anstrengend«, sage ich.

»Finde ich nicht, du hättest es schlimmer treffen können«, sagt Desiree und probiert einen großen Bissen von der Apfeltarte. »Mmmmh, köstlich und zuckersüüüß.« Wie kann sie mir nur so in den Rücken fallen?

»Es hat doch niemand hier auf euer Gespräch geachtet und sie meint es doch nur gut.«

Ja, das höre ich öfter.

»Wir können doch einfach zum Österreicher zur Eröffnung gehen, das ist doch phantastisch! Essen und trinken kostenlos und dafür brauchen wir nur gut auszusehen und pünktlich zu sein. Das ist ein klares, einfaches Geschäft. Da bin ich dabei.«

»Du kommst mit?«

»Na klar, da lasse ich dich doch nicht alleine hingehen. Wir finden schon was Tolles für dich in deinem Kleiderschrank. Ohne diesen überkandidelten Potpourri bemühen zu müssen.« Das klingt doch gleich viel besser und eher nach meiner Freundin. Plötzlich legt sich eine Hand auf meine rechte Schulter.

»Na, hallo, wie geht es euch?«, flötet Jens Schuster. Seines Zeichens Journalist für die Berliner Klatschblätter und mein heimlicher Schmusi für gewisse Stunden. Kein unbedingt intelligenter Mann, aber die sind sowieso Mangelware.

»Gut geht es uns«, antwortet Desiree, während ich die Apfelstücke auf meiner Tarte zähle. Der fehlt mir jetzt gerade noch, denke ich. Heute nicht.

»Wie sieht es mit einem Stück Kuchen aus?« und schon schiebe ich ihm Mas Teller mit dem unberührten süßen Teilchen über den Stehtisch.

»Gerne, das lasse ich mir nicht zweimal sagen«, und Jens greift sich das Tartestück und beißt herzhaft rein. Das hat mir an ihm immer gefallen, seine unbekümmerte Art. Desiree grinst und schaut schon nach dem Espressowagen.

»Jetzt noch etwas Koffein und der Tag ist gerettet. Dann können wir einkaufen gehen.« Ich wundere mich immer, wie sie so schlank bleibt, bei dem Kalorienkonsum pro Tag und kein Sport. Vielleicht isst sie abends nichts? Oder gar nichts, wenn ich nicht in der Nähe bin?

»Was gibt es Neues?«, fragt Schuster beiläufig und spuckt dabei Krümel auf die Papiertischdecke.

»Alles wie immer«, sage ich.

»Und was wollte deine Mutter heute schon von dir?« Schuster hat seine Augen überall und kann nerven.

»Ach, eine Einladung zur Eröffnung eines neuen Österreichers. Sie muss mich unbedingt mitschleppen.«

»Ein In-Österreicher mit Restaurant?« fragt Schuster.

»So etwas in der Art«, glaube ich.

»Wann denn?«

»Nächste Woche, und Vielsmeyer kommt auch.«

»Der Regisseur Vielsmeyer?« Schuster nickt anerkennend und schielt auf mein halbes angebissenes Tartestückchen.

»Isst du das noch?«

»Nein«, maule ich. Natürlich esse ich das noch, aber nicht, wenn ich mich unterhalte und Schuster mich und das Tartestückchen beobachtet. Er ist einfach unmöglich. Kurzerhand steckt er sich mein Kuchenstück auch noch unter die Nase und fragt mit vollem Mund: »Wo? Hier bei uns im Viertel?«

»Ja, in Charlottenburg. Sie wird es mir schon noch genauer sagen.«

»Gehst du hin?«

»Ja«, sage ich, »mit Desiree« – damit gar nicht erst Zweifel an meiner Begleitung aufkommen. Sie nickt und räumt ungeduldig den Stehtisch auf. »Die Sonne wandert auf die andere Seite, wollen wir zum Kaffeestand und dann losziehen?«

Schuster strahlt mich an. »Toll«, sagt er und putzt sich die fettigen Hände an seiner Jeans ab. Meint er jetzt die Apfeltarte oder den Espressowagen?

Ich höre schon von weitem das Hupkonzert, das mich erwartet. Die Autos in meiner Straße quälen sich wieder einmal hinter dem Müllwagen her, und ich kann froh sein, dass ich mit dem Fahrrad in die Stadt fahre. Mit dem Auto würde ich über eine Stunde im Stau stehen, dann vergeblich um den Block kurven und nachher in Tränen aufgelöst versuchen, irgendwo vor einer Ausfahrt oder auf dem Bürgersteig einen illegalen Parkplatz zu finden. Das kenne ich schon. Und trotz Anwohnerparkplakette würde mir nur das Halteverbot bleiben und die zu erwartende 50-Euro-Strafe. Nein, ein Fahrrad, das ist hier in Berlin in der Innenstadt das Beste. Meine Kanzlei liegt direkt am Kudamm. Ich könnte mir diesen Standort nie leisten, wenn Mama mich nicht sponsern würde. Aber auch sie hat etwas davon. Gleich um die Ecke hat ihr Star-Friseur sein Geschäft und von hier aus hatte sie es nie weit zu ihren Auftritten in der Oper. Oft hat sie vorher bei mir in der Kanzlei noch ein Gläschen Schampus gegen das Lampenfieber getrunken, und ich habe sie dann zur Oper gebracht und mit Küsschen und Händedrücken Glück gewünscht. Das ist lange her. Jetzt ist es nur noch meine Kanzlei in einer guten Gegend mit einem gekühlten Schampus im Kühlschrank, was letztendlich tatsächlich besser ist, als eine Kanzlei in einer tristen Vorstadt. Ich arbeite als Notarin und Anwältin. Leichte und weniger schwere Fälle wie Beglaubigungen und Firmengründungen erledige ich morgens, wenn ich noch ziemlich müde bin. Die Sahneschnittchen hebe ich mir für den Nachmittag auf: Heiratsverträge sind meine Spezialität. Insbesondere Zugewinngemeinschaften und ihre Auswirkungen sowie die notariellen Absicherungen meist sehr junger Ehefrauen gegenüber ihren meist sehr viel älteren Ehemännern. Da weiß ich aus eigener Familientradition Bescheid. Das Thema wurde mir sozusagen in die Wiege gelegt. Mama war hier ein gutes Vorbild. Auch sie hat sich gegenüber Papa rechtzeitig abgesichert, was auch nötig war, denn er war mehr in der Welt unterwegs, als bei uns zuhause. ›Sicher ist nun mal sicher‹ ist ein bewährtes Familiencredo. Und so wurde ich Anwältin. Natürlich fehlt mir ein bisschen das Abenteuer. Klar sind alle Tage ähnlich strukturiert und ich weiß, wann ich ungefähr abends nach Hause komme. Ich habe meine Woche durchgeplant wie andere Leute auch. Spätnachmittags nehme ich Aktenmappen mit nach Hause und an den Wochenenden gehe ich samstags für zwei, drei Stunden ins Büro. Da stört mich keiner, und ich kann besonders viel wegdenken. Danach gehe ich mit meiner Freundin Desiree oder Carla Wochenendeinkäufe organisieren. Es hat sich so ergeben und irgendwie fehlt mir im Moment auch nichts. Wenn ich darüber nachdenke, wie andere Frauen einen Spagat absolvieren zwischen Arbeit und Privatleben, finde ich das bewunderns- und anerkennenswert. Erst mehr als acht Stunden im Büro sitzen und dann noch einmal zehn Stunden Privatleben und Familie managen und den Ehemann bei Laune halten. Und dabei auch noch gut aussehen. Ich vergebe einen ›Oscar für besondere Leistungen‹ an die Frauen, die das können. Und der Oscar geht an meine neue Nachbarin, die in drei Wochen eine Wohnung komplett neu eingerichtet, zur Einweihungsfeier ein riesiges euro-asiatisches Buffet vorbereitet, den ganzen Abend perfekt frisiert im hautengen Schlauchkleid in High Heels die Gastgeberin gegeben und die nachts auch noch frische Brioche gebacken hat, während ich dumpf an der Hausbar saß, Chardonnay trank und in der Schale mit den Erdnüssen fischte. Für mich wäre das einfach zu viel. Vielleicht liegt es auch daran, dass ich nie den richtigen Mann kennengelernt habe, der mit mir dieses Infernum managen oder zumindest in mir entfachen würde. Aber wenn Mama weiterhin so mit ihren Verkuppelungsversuchen weitermacht, wird sie früher oder später bei mir vielleicht doch noch einen Erfolg verbuchen können.

Klar fehlt es mir manchmal, in den Arm genommen zu werden oder ein bisschen auf dem Sofa zu kuscheln, aber dafür habe ich ja Schuster. Er ist sozusagen mein ›Mann für besondere Fälle‹ oder ›besondere Stunden‹. Auf mehr möchte ich mich mit ihm nicht einlassen. Ich möchte mir gar nicht vorstellen, wie seine Wohnung in echt aussieht. Einmal habe ich unfreiwillig ein Foto gesehen, weil wir abends noch ein bisschen mit Skype gespielt haben. Im Hintergrund konnte ich ein chaotisch vollgeräumtes Bücherregal mit Fußballpokalen sehen und eine Leine, auf der seine künstlerisch groß aufgezogenen Fotos zum Trocknen hingen. Aber das Allerschlimmste war die Wäschespinne mit seinen T-Shirts und Unterhosen links in der Wohnung neben dem Flatscreen und der Musikanlage. Nein, ich muss nicht in seiner Wohnung sein, um mit weiblicher Hingabe und Duftkerzen etwas aus diesem männlichen Chaos zu machen. Seine durchaus vorhandene Kreativität genieße ich bei mir zu Hause. Es passt auch so alles ganz gut zusammen.

Ich schließe mein Fahrrad an einer Laterne fest, während das Hupkonzert hinter dem Müllauto langsam an mir vorbeizieht wie eine Hochzeitsgesellschaft. Nur nicht so feierlich. Heute wartet die Beglaubigung eines Testaments auf mich und später, so gegen fünf, ein Gespräch in einer Scheidungssache.

»Es wartet schon jemand auf dich«, sagt meine Sekretärin, als ich ins Büro komme.

»Es scheint ein neuer Klient zu sein, ich habe ihn noch nie gesehen.«

»Wartet er schon lange?«

»Nein, erst eine halbe Stunde. Er trinkt einen Kaffee nach dem anderen und liest in einem Flugmagazin.«

»In einem Flugmagazin?«

»Ja, er war auf dem Gelände für die diesjährige ILA, der Internationalen Luftfahrtausstellung, um dort etwas vorzubereiten.«

»Und, was möchte er?«

»Es geht um ein Patent, eine Anmeldung für das Ausland. Er hat es gleich mitgebracht.«

»Da bin ich mal gespannt.«

»Das kannst du auch sein«, sagt sie.

»Wie meinst du das?«

»Das ist mal ein sehr interessanter Klient, nicht wie die anderen immer. Irgendwie anders eben.«

Wie anders er ist, das sehe ich sofort. Er trägt eine Pilotenjacke und abgewetzte Jeans aus den siebziger Jahren. Zufrieden sitzt er in aller Seelenruhe auf meinem Platz am Schreibtisch und blättert in seinem Magazin. Als ich eintrete, erhebt er sich sofort und entschuldigt sich:

»Sorry, dass ich auf Ihrem Platz sitze, aber da drüben auf der anderen Seite war das Licht so schlecht.« Ein kurzsichtiger Pilot, das ist doch mal eine interessante Ausrede, denke ich. Der wollte doch bestimmt nur sehen, welche Fotos ich in den Rahmen auf meinem Schreibtisch stehen habe. Unbekümmert nimmt er sein Magazin, kommt auf mich zu und reicht mir die Hand.

»Max, ich heiße Max Tepperwein.«

›Bond, James Bond‹, denke ich. Fast derselbe Tonfall, nur nicht so arrogant wie der Filmbeau. Aber immerhin hat meine Sekretärin Britta Recht, dieser Klient ist wirklich anders als die anderen.

»Worum geht es?«

»Ich habe ein Patent und möchte es gerne international anmelden. Ich bin Luftfahrer und nehme jedes Jahr an der Luftfahrtausstellung in Berlin teil. Die Vorbereitungen für die neue Messe laufen und da habe ich gesehen, dass die Konkurrenz nicht schläft. Das Patent ist in Deutschland gültig, aber es muss auch in Amerika angemeldet werden.«

»Gut, aber warum kommen sie damit ausgerechnet zu mir?« Ich bin sonst nur für Papierschlachten zuständig und nicht fürs Fliegen, ergänze ich insgeheim.

»Sie sind mir empfohlen worden«, erklärt er, »Sie haben mal einem Freund geholfen.«

»Einem Freund?«

»Ja, er ist Lufthansa-Pilot und war mit einer sehr geldgierigen Frau verheiratet. Ihr Ehevertrag hat ihn vor dem kompletten Ruin bewahrt. Federn hat er trotzdem gelassen. Jörn.«

»An den Fall erinnere ich mich genau.« Ich nicke. Jörn mit den braunen Locken und der unwiderstehlichen Stimme.

»Dann wollen wir mal. Worum geht es denn in Ihrem Patent?«

Wie ein durchgeknallter Daniel Düsentrieb sieht er nicht gerade aus, trotzdem erwarte ich etwas Kurioses. Ich werde nicht enttäuscht.

»Ich habe ein Fluggerät erfunden, eine Art Ballon. Er kann besonders lange in der Luft bleiben, und ich möchte damit die Welt umrunden.«

Klar, geht es nicht noch ein bisschen größer? Die Welt ist nicht genug – und wieder spukt mir James Bond durch den Kopf.

»Und wie haben Sie sich das vorgestellt?«

»Das geht so«, sagt er und rollt einige Skizzen aus. »Es

ist ganz einfach. Ich habe alles in den Patenten beschrieben, und es ist auch schon ins Englische übersetzt worden. Es geht mir nur um die Auslandsanmeldung und darum, ob man es verstehen kann.«

»Ich bin keine Ingenieurin, ich weiß nicht, ob ich den technischen Details folgen kann.« Und das ist die Wahrheit. Um ehrlich zu sein, bin ich nicht einmal Patentanwältin.

»Gerade drum sind Sie die Richtige. Eine Patentschrift muss klar sein, auch ein Nicht-Profi muss sie halbwegs verstehen können.«

Das mit dem Nicht-Profi schmeckt mir dann doch nicht. Aber gut, erst mal anschauen. Auf den ersten Blick sehen die Skizzen wirklich verständlich aus.

»Warum wollen Sie das hier in Berlin anmelden? Sie kommen doch aus München.« Ich deute auf seine Adresse oben rechts im Briefkopf.

»Ja, das stimmt, aber wir haben hier bei Berlin ein Flugfeld. Das nutzen wir für Erprobungsflüge. Ich bin oft hier, und Sie sind mir ja, wie schon erwähnt, empfohlen worden.« Er grinst. Was soll das denn jetzt bedeuten?

»Was wollen Sie mit dem Patent machen? Wofür ist es gut? Was macht das Gerät so besonders? Es gibt doch schon so viele Fluggeräte«, gebe ich zurück.

»Mit diesen kann man länger fliegen, als mit allen anderen, und wir wollen damit um die Welt fliegen und einen neuen Weltrekord aufstellen.«

Die Welt ist nicht genug – wieder geht mir Jamie durch den Kopf. Gerührt und nicht geschüttelt.

»Einen Weltrekord! Und dafür suchen wir einen Sponsor, privat oder eine Firma.«

»International?«

»Genau, deshalb müssen wir vorher das Patent festzurren.«

»Ich brauche jetzt erst einmal einen Kaffee. Möchten Sie auch noch einen?«

»Sehr gerne, vielen Dank. Ich kann Ihnen dann gleich alles erklären. Mein Flug zurück nach München geht erst um …«

Die nächste Stunde verbringen wir über die Papiere gebeugt, und ich verfolge mit angespannter Aufmerksamkeit, was dieser Mann alles technisch zusammengestellt hat. Begeistert schildert er die ersten Versuche, die so erfolgversprechend waren. Und dass er mit seinen Studenten bereits einen Windkanaltest aufgebaut hat, der nächste Woche startet. Wenn auch diese Ergebnisse so ausfallen wie berechnet, dann steht dem Unternehmen nichts mehr im Weg.

»Außer die notwendigen Finanzen. Aber das müssten wir hinbekommen. Deshalb war ich auf der ILA, um ein paar Kontakte wieder aufzuwärmen. Vielleicht ist jemand daran interessiert, dies für sich zu nutzen.«

Ich nicke, aber wirklich überzeugt bin ich nicht.

»Es ist ein langer Weg von einer Zeichnung zum Bau«, sage ich in Gedanken.

»Ja, aber die ersten Prototypen haben wir bereits gebaut. Insgesamt sind es schon über 30.« Und seine braunen Augen strahlen mich an. Er hat seine Pilotenjacke lässig über den Stuhl geworfen und im Eifer seiner Ausführungen die Hemdsärmel hochgekrempelt. An seinem linken Handgelenk blitzt eine dicke Fliegeruhr mit geschätzten hundert Funktionen. Und ich ertappe mich dabei, dass ich überprüfe, ob er vielleicht einen Ehering trägt. Aber ich kann keinen ausmachen. Komischerweise beruhigt mich das.

»Kommen Sie uns doch mal besuchen in München«, sagt er. »Das wäre sowieso das Beste. Dann sehen Sie den Ballon in der Halle und haben ein viel besseres Verständnis davon, wie wir uns das alles vorstellen.«

»Nun, das ist schon ein größerer Aufwand. Und nur wegen der Patentanmeldung …«

»Na, ich könnte Ihnen auch gleich das Institut zeigen – und vielleicht am Nachmittag einen Bummel durch München. Kennen Sie unsere schöne Stadt?«

»Leider nicht wirklich. Ich war erst einmal da.« Soll ich ihm erzählen, dass ich nahezu nie verreise, weil ich keine Zeit habe, sondern nur arbeite oder im Büro sitze?

»Das müssen Sie ändern. Ich möchte Ihnen unser Team vorstellen. Sicherlich werden die Jungs Ihnen gefallen.«

»Nun …, ich weiß nicht.«

»Airberlin fliegt direkt nach München. Ich fliege mindestens zweimal im Monat von München nach Berlin und wieder zurück. Es ist wirklich ein Klacks. Nicht zu vergleichen mit dem, was wir noch vorhaben.« Und er zwinkert mir zu.

»Ich muss es mir überlegen. Ich habe ja auch noch andere Termine. Wann wäre denn der Windkanalversuch?«, höre ich mich sagen. Was tue ich da? Ich weiß nicht einmal, wie ein Windkanal aussieht und stelle ihn mir vor wie eine Bobrinne an einem Alpenhang.

»Nächsten Donnerstagmorgen. Wenn Sie am Mittwochabend anreisen, sind Sie am nächsten Morgen voll dabei.«

»Ich überlege es mir«, sage ich.

»Ich zähle auf Sie. Nun muss ich aber schnell zum Flughafen, sonst verpasse ich das Flugzeug.« Er greift sich seine Jacke und nestelt was aus seiner Seitentasche. Es ist ein abgewetztes ledernes Etui. Er sieht meinen Blick, deutet ihn aber falsch.

»Das Etui ist von meinem Vater, ich hänge sehr daran«, und er gibt mir verlegen seine Karte.

»Es ist wunderschön«, sage ich, und merke, dass meine rechte Gehirnhälfte gerade komplett aussetzt.

»Ich habe über etwas anderes nachgedacht, deshalb …« Er nickt. »Überlegen Sie es sich in Ruhe. Viele Fluglinien haben das Ziel München. Ich hole Sie auch vom Flughafen ab, damit Sie uns nicht suchen müssen.«

Uns? Ich hoffe, dass er sein Team meint und nicht sich und seine holländisch blonde Sekretärin für gewisse Aufgaben. Er gibt mir die Hand und drückt sie eine Sekunde zu lang.

»Mein Freund hat Recht gehabt. Sie sind die Richtige für diese Aufgabe. Ich freue mich auf die Zusammenarbeit«, und ehe ich noch zu weitläufigen Nachfragen ansetzen kann, eilt er zur Tür, öffnet sie und stürmt mit einem Kopfnicken an Britta vorbei zum Treppenausgang. Er dreht sich noch einmal um, winkt uns zu und weg ist er.

»Was war denn das?«, fragt Britta amüsiert.

»Das möchte ich auch gerne wissen. Könntest du mal die Flugverbindungen nach München checken? Nur prophylaktisch. Für den nächsten Mittwochnachmittag. Und noch nicht buchen, erst reservieren. Ich muss noch mal nachdenken.«

Britta lächelt und startet den PC. »Klar, mache ich. Business oder Economy?«

»Economy«, sage ich. »Ich brauche mal einen freien Tag für mich. Ohne Business.«

Abends sitze ich am Kamin auf meinem Lieblingssessel und lese in einem Buch über die hundert größten Erfindungen der Menschheit, das ich in der alten Bibliothek von Pa gefunden habe. Ich muss schließlich im Bilde sein, wenn ich mit Max über seine Technik rede. Ich weiß zwar noch nicht, wie mir das Wissen über die Funktion einer Glühbirne weiterhilft, zumal wir gerade die Beleuchtung in der Kanzlei auf Halogen und LED umstellen, aber man weiß nie. Plötzlich klingelt mein Handy. Mein Herz macht einen seltsamen Ruck. Es ist aber nur eine SMS von Schuster. Was habe ich denn sonst erwartet?

»Wann und wo? :-)«, schreibt er mir. Sehr witzig. Wie wäre es mit einem netten Gruß zum Abend? Er will nur wissen, wann die Eröffnung des Nobelösterreichers stattfindet. Ich simse genauso unhöflich zurück: »Ohne dich am Donnerstagabend, Querstraße zum Markt.« Mehr simse ich nicht, Strafe muss sein. Doch für Schuster ist das schon genug. Zufrieden setzt er sich an seinen

PC, googelt den Straßenplan von Berlin und am nächsten Morgen steht er mitten in den Renovierungsarbeiten des Restaurants und spricht mit dem Chef des Hauses. Für Schuster sind Markttage und Begegnungen mit Mama und mir immer sehr lukrativ.

Der schöne Rudolf und andere Saubermänner

»Was steht heute an?«, fragt Ma und sieht erwartungsvoll von ihrer Berliner Morgenzeitung auf.

»Nichts Besonderes, nehme ich mal an«, kommt es zwischen Toastbrot und Himbeermarmelade aus meiner Richtung.

»Da irrst du dich, Mausespeck!«

Super, wenn sie mich Mausespeck nennt, dann hat das nie etwas Gutes zu bedeuten.

»Heute ist die große Eröffnung im Opernpalais, der neue Dirigent stellt sich vor – und du bist mit dabei.«

»Ich? Wieso ich?«

»Weil ich den schönen Rudolf auch mit eingeladen habe, und er ganz sehnsüchtig darauf wartet, dich wiederzusehen.«

Der schöne Rudolf, na prima. Ein tatsächlich ausnehmend gut aussehender und nobler Mann. Hanseat durch und durch, und er würde es nie wagen, mir auch nur einen Schritt näher zu kommen, als zuvor mit meiner Mutter abgesprochen. Er wäre der perfekte Mann für mich, meint Mama. Seine Kanzlei ist in etwa dreimal so groß wie meine, und auch sonst würden wir uns weit über das Fachliche hinaus ergänzen. Ich finde ihn wunderbar antiquiert. Kein Mann hat mir jemals so viele rote Rosen geschenkt wie er. Sie kommen wöchentlich. Der eine Strauß ist noch nicht verwelkt, da kommt schon der nächste ins Büro. Wir stellen sie auf den Empfangstresen. Sie unterscheiden sich nur an der Blütengröße, was saisonal bedingt ist. Rot sind sie alle. Rudolf wäre perfekt für mich. Mit seinen grauen Schläfen und den dunkelblauen Blazern mit akkurat aufgereihten Goldknöpfen ist er nie zu übersehen. Bei jeder Veranstaltung, an der wir teilnehmen recken die Frauen die Hälse nach ihm. Trotzdem. Irgendwie wird das nichts zwischen uns beiden. Vielleicht, weil Rudolf schon etwas älter ist? Er liebt jüngere Frauen, sagt er und war schon dreimal verheiratet. Vermutlich, wenn seine Frauen ihm zu alt wurden, hat er sich wieder getrennt.

»Für mich wäre er zu alt«, sagt meine Mutter. »Aber du weißt ja, ich brauche jüngere Männer, um meine Kreativität zu erhalten.«

Ja, Mama, ich weiß. Deine Aquarellmalerei wäre längst nicht mehr so farbenfroh, wenn du jeden Tag Wäsche waschen, Geschirrspüler ausräumen, Geranien pflegen und einkaufen gehen müsstest. Du hast großes Glück, als Dame geboren worden zu sein. Und als Operndiva hattest du auch deine entsprechenden Erfolge. Du bist eine lustige Witwe durch und durch. Ich bin zwar nicht die graue Maus in unserer Familie, aber mithalten kann ich mit dir nicht. Meine musikalische Laufbahn beschränkte sich auf die dritte Stimme im Schulchor. Dann war Schluss. Und heute folgt also ein musikalischer Abend mit Rudolf. Andererseits ist Rudolf Patentanwalt. Vielleicht kann er mir genau die Anmeldung durchführen, die ich ausnahmsweise mal angenommen habe?

»Was wird denn gespielt?«, frage ich und gieße mir

möglichst lässig Kaffee nach. Vielleicht habe ich die Gelegenheit, heute Mittag schnell in meinem Opernführer die Inhaltsangabe nachzulesen? Sonst verstehe ich von dem Geschehen auf der Bühne wieder gar nichts.

»La Traviata. Und ich bin sicher, es gefällt dir. Wir haben Logenplätze.«

»Was sonst. Hattest du jemals andere?«

»Kind, sei nicht so ironisch. Davon wird man alt. Genieße den Abend und mach dich hübsch. Und komm nicht wieder zu spät aus deiner Kanzlei. Ich möchte vorher mit dir und Rudolf noch ein Schampönchen im Blauen Salon trinken.«

Ich lege das Buttermesser beiseite und wische die Mohnkrümel von der Tischdecke.

»Kannst du mich nicht einmal fragen, ob ich überhaupt mit will?«

»Doch, aber du würdest absagen. Außerdem arbeitest du zuviel. Einer muss dich ja von Zeit zu Zeit hinter deinen Akten hervorziehen. Sonst verstaubst du mir da noch.«

»Ganz sicher nicht.« Ich stehe auf. »So, nun muss ich aber los. Bis heute Abend, Ma,« sage ich und drücke ihr einen Kuss auf die Stirn.

»Bis heute Abend. Ich freue mich drauf!«

»Ich auch«, und schon bin ich zur Tür raus. Natürlich könnte man sich wundern, warum ich mit 39 noch bei Mama wohne. Oder wieder. Aber nachdem meine langjährige Beziehung mit Mike abrupt endete, weil sich mein ER plötzlich für Miss Amsterdam entschieden hatte und inzwischen drei kleine Neu-Holländer durch die Grachten schaukelt, ist mir nicht nach Männern. Von ein paar Affären, die mir nicht das Herz kosten oder brechen, mal abgesehen. Ich habe nicht einen Mann, sondern vier. Schuster, den Mann für alle Sehnsuchtsanfälle. Den hanseatischen Rudolf fürs öffentliche Parkett und um Mama zu beruhigen. Peter, meinen Barmann und Autoreparateur, der meine Stimmung oder meinen Oldtimer wieder aufpoliert. Und Potpourri, den Schneider von Mamas Abendroben und spezialisiert auf das Kaschieren meines Hüftgoldes. Dieses Arrangement lässt mich ruhig schlafen und bringt mich nicht durcheinander. Dazu ein strukturierter Job und ab und zu gut vorgeplante Feste unter Freunden in unserer alten Villa am See, das ist durchaus auszuhalten. Es gibt schlimmere Tage und schlimmere Leben.

Männerträume in der Mittagspause

Ich stehe also in dieser Kassenschlange bei Kaisers und warte darauf, dass ich meinen grünen Salat in der Plastikschüssel, ein Bund Biomöhren und eine Dose Energy Drink aufs Band packen darf. Ich bin in Gedanken und träume vor mich hin. Endlich lege ich alles ab und betrachte die verführerischen Süßwaren in Kassennähe. Quengelware für die Kleinkinder, aber auch für große Kinder durchaus verlockend. Wie wäre es mit einem Mars King Size? Mir läuft das Wasser im Mund zusammen. Ein Twix wäre auch wünschenswerter als ein Bund Biomöhren. Als ich nach dem Bounty Dreierriegel greifen will, spricht mich plötzlich eine Stimme von hinten aus der Kassenschlange an.

»Sind die echt?«

»Wer? Ach, die Fingernägel, ja die sind echt.« Diese Frage kenne ich schon, die ist nicht neu. Bei meinen roten Krallen höre ich die öfter. Erschreckt ziehe ich die Hand zurück. Ade Bounty.

»Wie machen Sie das?«

»Was?«

»Dass die so lang werden. Meine brechen immer ab.«

Und treuherzig zeigt mir ein fremder Mann hinter mir in der Kassenschlange seine Hand. Eine breite Männerhand. Ich nicke. Da ist nageltechnisch wirklich nicht viel zu machen. Aber warum auch? Wozu will der lange

Fingernägel haben? Ist er Edward mit den Scherenhänden?

»Gutes Erbe von Mama«, sage ich stattdessen zu Edward. Und ärgere mich im gleichen Moment über den Satz. Immerhin etwas Gutes, wenn man bedenkt, dass sie ansonsten eine Nervensäge sein kann.

»Und wie pflegen Sie die?«

»Mit Niveacreme«, sage ich. Was leider sehr unglamourös klingt, aber stimmt. Dieser Mann ist eindeutig an irgendetwas interessiert. Ein Fingernagelfetischist? Ich sehe ihn mir näher an. Ich scanne ihn, sagt Desiree dazu. Leinenblazer, Jeans, Sneakers, ein rundliches und freundliches Gesicht mit Brille und kein Ehering an der Hand. Immerhin. Erstmal nicht durchs grobe erste Sieb potentieller Kandidaten gefallen.

»Sie sind Künstlerin«, sagt er wieder.

»Künstlerin. Sieht man das?« Ich und Künstlerin? Wie komme ich bloß aus dieser Nummer wieder raus? Diva Mama vertritt in unserer Familie den musischen Part, nicht unbedingt ich als Juristin für ausweglose Papierberge.

»Und Sie? Sie sind auch Künstler?«

»Lebenskünstler«, sagt er und räumt seine Supermarktbeute aufs Band. Eine große Ingwerwurzel fällt mir ins Auge. Das ist wohl ein Gourmet, und ich schäme mich etwas über meinen unbiologischen, nicht CO_2-neutralen Plastikschüsselsalat mit eingeklebter Gabel im Deckel.

»Und was machen Sie so?«

»Ich habe alles im Leben erreicht«, sagt er, »was ein

Mann erreichen kann. Ein Haus gebaut, einen Sohn gezeugt …«

»Einen Baum gepflanzt …«, falle ich ihm ins Wort.

»Auch das«, sagt er und räumt weiter seine ausgewählten Lebensmittel aufs Band. Er scheint ein exquisites Abendessen vorzubereiten.

»Aber es gibt etwas, was Sie noch nicht gemacht haben«, trällere ich in voller Lautstärke. »Sie sind noch nie um die Welt geflogen.«

»Warum sollte ich?«, fragt er ratlos. »Was soll ich da?«

Ich denke an dieses wahnwitzige Projekt, das Max vorhat und wundere mich über mich selber, dass mir das an einer Supermarktkasse einfällt. Abenteuer und Leidenschaft bei Kaisers. Gourmet Edward sieht mich sprachlos an, was ich verstehen kann. Er hält mich wahrscheinlich für eine durchgeknallte Performance-Künstlerin.

»Warten sie auf jemanden?«, fragt er vorsichtig. Bei so einer wie mir weiß man anscheinend nicht, ob man plötzlich Teil einer Supermarkt-Performance wird.

»Ja, auf meine Freundin, die steht da hinten.« Und Desiree lässt es sich nicht nehmen, im richtigen Moment mit einer Flasche Weißwein zu uns herüberzuwinken. Klasse, jetzt halten uns alle hier für zwei verzweifelte Nachmittagstrinkerinnen. Andererseits, nicht ganz falsch, diese Annahme.

»Dann können wir uns leider gar nicht weiter unterhalten«, sagt er, nimmt seinen prall gefüllten Einkaufsbeutel und geht. Super, das habe ich wieder toll gemacht. 1 A! Liz: 10 Points. Verstört stelle ich mich vor den Supermarkt, frische Luft schnappen und meine Pleite ausdünsten. In Italien wäre ein solches Gespräch in einem Geschäft beim Einkaufen völlig normal und man würde nichts voneinander erwarten. Man erzählt einem Fremden im Bus seine ganze Lebensgeschichte und die seiner Töchter, steigt am Bahnhof Termini aus und das war es dann. Aber in Deutschland hat es ein teutonischer Mann tatsächlich mal gewagt, mich anzusprechen, und ich habe es wieder vermasselt und nicht mal ein weiteres Gespräch oder gar eine Telefonnummer daraus herleiten können. Ich bin völlig aus der Übung.

»Na, das sah ja nach einem netten Gespräch aus«, empfängt mich Desiree, in der Hand ihre Flasche Weißwein und einen Beutel Salatzwiebeln.

»Na, nicht ganz«, erwidere ich, und während wir zu ihrer Galerie gehen, trinke ich den Energy Drink, den ich bitter nötig habe. Es wird Zeit für eine Sitzung unter Freundinnen vor der nächsten amtlichen Beglaubigung und dem Opernabend mit dem aparten Rudolf.

Wir schließen die kleine Galerie in einer Seitenstraße auf und schieben gemeinsam das schwere Rollgitter zur Seite. Desiree hat geniale Arbeitszeiten. Halbtags von 12 bis 19.00 Uhr. Oft versitzen wir meine ganze Mittagspause in ihrer Galerie. Vor 14.00 Uhr kommen meist sowieso keine Interessenten zu ihr und den Anrufbeantworter mit möglichen Kundenanrufen kann sie auch abhören, wenn ich wieder in meine Kanzlei abwandere.

Wir nehmen uns aus der Spüle zwei Weingläser, die von vorgestern Abend und der Vernissage noch dastehen und waschen sie kurz aus.

»Die anderen Gläser mache ich nachher. Unsere Pause ist jetzt wichtiger.«

Pause, wovon?, möchte ich sie am liebsten fragen, aber manchmal muss man ja schon belohnt werden, weil man überhaupt zur Arbeit erschienen ist. Eine morgendliche Verleihung des Tag-der-Arbeit-Ordens zeichnet Desiree dann aus. Vermutlich hat es so etwas sogar in der ehemaligen Sowjetzone gegeben. Sich jeden Morgen zur gleichen Zeit aus dem warmen Bett zu schälen, sich gesellschaftsfähig herzurichten, indem man sich wäscht, kämmt, sauber anzieht, einparfümiert, und pünktlich oder nahezu pünktlich zum Job zu fahren und diesen dann neun Stunden lang klaglos durchzustehen, das finde ich, ist belohnenswert. Ganz klar.

»Denkst du wieder über deinen Orden nach?«, fragt Desiree. »Ich sehe dir das immer an. Wenn du so begeistert guckst, dann denkst du über die Arbeit nach«, und sie entkorkt mit Schwung die Weißweinflasche.

»Ja, ich denke darüber nach und auch, warum manche Dinge so kommen wie sie kommen.«

»Was ist los? Wieder ein Besuch von Rudolf? Küss ihn doch endlich, dann weißt du, ob er dir gefällt.«

»Ich küsse Rudolf nicht.«

»Warum nicht? Es gibt genug Frauen in Berlin, die sich genau das wünschen.«

»Ich nicht.«

»Schade. Er sieht gut aus, hat Manieren, einen guten Job …, einfach ein Traummann.«

»Dann nimm du ihn doch!«, maule ich und halte ihr mein Glas hin.

»Mich will er nicht. Ich bin ihm zu alt. Außerdem sind Freunde von Freundinnen tabu.«

Ich horche auf. »Gefällt er dir etwa?«

»Nun ja, wenn du mich so fragst. Natürlich gefällt er mir. Welche Frau findet ihn nicht attraktiv?«

»Das stimmt. Er ist wirklich ein Klasse-Mann.«

»Aber?«

»Ich liebe ihn nicht.«

»Dann wird das nichts. Da hast du Recht. Liebe muss sein. Ohne geht das gar nicht gut. Prost! Darauf stoßen wir jetzt erst einmal an.«

»Es ist wegen Ma und ihrer unmöglichen Verkupplungsversuche. Ich komme mir vor wie im Mittelalter, als die Familie den Mann für eine Frau ausgesucht hat. Das kann ich auch alleine! Alt genug, mir einen Partner zu suchen, bin ich ja wohl.«

»Wenn ich mich richtig erinnere, hast du Rudolf aufgetan. Und zwar bei einer Oldtimershow, als wir dein neues Auto ausgesucht haben. War er es nicht, der uns am Bentley-Stand auf eine Spritztour mit seinem Wagen eingeladen hat?«

Mhhh, leider hat sie Recht. Rudolf habe ich mir selber zuzuschreiben.

»Ja, aber Mama hat daraus gleich eine Staatsaktion gemacht. Mit Picknick in unserem Garten und Barbecue am Abend. Das war ihre Idee.«

»Auf die er und du gerne eingegangen seid.«

»Ich wollte ihn doch kennenlernen. Auf welcher Seite stehst du eigentlich?«

»Auf deiner. Ich möchte dich nur daran erinnern, dass du nicht alles auf deine Mutter schieben kannst. Für manche Dinge bist du einfach selbst verantwortlich. Auch wenn ihr zwei eine tolle WG habt, um die ich euch wirklich beneide.«

»Du beneidest mich darum, dass ich bei Mama wohne?«

»Nein, darum, dass ihr euch noch so gut versteht. Meine Eltern sind ja schon lange tot. Da fehlt schon etwas. Das merkst du erst später.«

Toll, diese Mittagspause baut mich total auf, und ich nehme noch einen großen Schluck aus meinem Weinglas.

»Wie sollte er denn sein, der Mann, den du dir vorstellst?«

»Es ist leichter herauszufinden, wie er nicht sein soll«, antworte ich und schaukle bedenklich mit ihrem Galeriestuhl.

»Lernen wir die falschen Männer kennen?«, fragt sie.

»Mmmmh, woher kommen unsere Vorstellungen von ihnen? Sind es unsere Erwartungen oder Wünsche oder Erfahrungen? Haben wir als Jugendliche zu viele Western oder James Bond Filme gesehen? Müssen sie für uns entweder Held oder Macho sein, Gentleman oder Familienvater? Was denn nun?«

»Wenn wir jung sind, dann interessieren sie uns nicht.

Dann kommt die Zeit der Pubertät und wir denken, wir müssten unbedingt einen kennen lernen oder ›abbekommen‹. Bis wir erkennen, nach einigen Erfahrungen und Tiefschlägen, dass Frau sie nicht braucht, um glücklich zu sein.«

Ich nicke. Die Erfahrungen hat jede Frau gemacht.

»Tja und dann haben wir wieder die Art von Frauenästhetik, die nur Frauen um sich herum schaffen können. Wie unsere Sonntage unter Freundinnen in weiten Sweat Shirts und gemütlichen Socken, zwischen Kühlschrank und Sofa hin- und herpendeln, erzählen, lesen, etwas nachdenken. Und irgendwo brennt immer eine Kerze, und es ist gemütlich.«

»Während Männer an einem heißen Julitag bei geschlossenen Rollläden vor der Glotze sitzen und Formel 1 gucken können.« Wir lachen. Männer und Frauen sind doch immer wieder beliebte Studienobjckte.

»Müssen wir uns einen Traummann backen?«

»Wir sind doch intelligent, sehen ganz passabel aus, verdienen unser eigenes Geld und sind auch sonst vorzeigbar. Warum haben wir dann kein Glück?«

»Tja, warum sitzen wir nicht einfach mal in einem Pferdeschlitten und fahren durch das winterliche St. Moritz zum White Turf mit einem netten Mann an unserer Seite? Das Schlittenglöckchen klingelt, die Skier warten auf ihren Einsatz, es schneit dicke Flocken, die Sonne glitzert auf dem frischen Schnee, ach, das muss schön sein!«

»Wo lebst du denn? Das ist total kitschig!«, sage ich.

»Wieso? Das gibt es nicht nur in Heimatfilmen, sondern auch heute noch. Leider sitzen meistens sehr, sehr alte Männer in diesen Schlitten.«

»Und mit sehr, sehr jungen operierten Frauen«, grummele ich missmutig hinterher.

»So kommen wir mit dir nicht weiter, also wie soll er sein?«

»Gepflegt, aufmerksam, ...«

»Und mit einem geregelten Einkommen! Das ist Pflicht«, unterbricht sie mich.

»Das ist Pflicht«, nicke ich.

»Und sonst so?«

Ich denke an Max. Was fasziniert mich bloß an ihm so, dass ich bei diesem Gespräch an ihn denke?

»Er soll eine Idee haben, ein Ziel, für das er sich einsetzt. Für das er lebt und brennt. Er muss aktiv sein, und ruhig mal anders sein als die anderen.«

Desiree sieht mich nachdenklich an.

»Wen hast du denn kennengelernt? Seit wann stehst du auf Abenteurer?«

»Tue ich doch gar nicht.« Warum treffen Freundinnen immer ins Schwarze? Kann man das nicht wie eine Option bei facebook einfach ausklicken? Freundin darf nicht ins Ziel treffen. Klick. Aus.

»Ich? Wieso ich?« Erstmal Zeit gewinnen.

»Du, wer denn sonst?«, kontert Desiree mit unserer Standardantwort aus der Schulzeit auf die dümmste Zeitgewinnfrage der Welt.

»Ein Mandant. Es ist kompliziert zu erklären.«

»Aha, dann fang mal an. Wir haben noch 37 Minuten.«

»Es gibt nichts zu erzählen«, sage ich und fasse kurz unsere erste Begegnung zusammen und schließe ab: »Die Frage ist jetzt, ob ich nächsten Mittwoch nach München fliege oder nicht.«

»Das ist doch völlig klar. Natürlich fliegst du hin. Du schaust dir doch nur alles an. Rein beruflich, natürlich. Daran ist nichts auszusetzen. Im Gegenteil. Du lernst ihn besser kennen und seine Heimatstadt auch. Was soll daran falsch sein?«

»Ich bin unsicher.«

»Du? So ein Quatsch! Du hast bloß Angst davor, dass er dir besser gefallen könnte als gedacht.«

»Oder gar nicht.«

»Wenn nicht, dann ist das auch eine Erkenntnis. Dann bleibt es beim reinen Mandanten-Dasein, was auch eine Lösung ist. Ansonsten wird es schwierig, aber das ist bei dir ja nicht das erste Mal.«

»Was meinst du?«

»Ich denke da an Schuster.«

»Ach, der.«

»Ja, der. Ich glaube, über diese Beziehung musst du auch mal gelegentlich nachdenken und was klarstellen …«

»Nicht jetzt«, sage ich.

»Na gut, dann erzähle ich dir später, was ich über ihn gehört habe.«

»Okay, das interessiert mich im Moment wirklich nicht.«

Sie schüttelt den Kopf.

»Also, flieg hin. Meinetwegen nimm mich mit, dann halte ich vor dem Treffen noch dein Händchen.«

Wir lachen laut los. Eine groteske Vorstellung, aber durchaus amüsant. Die Galerietür geht auf und ein junges Pärchen kommt rein.

»Guten Tag, wir waren vorgestern Abend auf der Vernissage. Uns gefällt die Komposition in Gelb so gut. Ist die noch da?«

»So, dann muss ich wohl«, sagt Desiree leise zu mir. »Bleib ruhig noch ein wenig sitzen.« Und während sie die beiden höflich begrüßt und durch die Galerie führt, beobachte ich sie. So, so, Desiree findet also meinen Rudolf gut. Mmmmm. Darüber muss ich nachdenken. Vielleicht sollte ich ihn mir heute Abend doch noch mal genauer anschauen?

»Du, Desiree, ich gehe los, ich sollte mir noch etwas vor meinem nächsten Termin durchlesen.«

»Alles klar«, ruft sie zurück. »Halte mich auf dem Laufenden«, und wirft mir eine Kusshand zu. Ich flitze aus der Galerietür. Mir bleiben noch genau 11 Minuten um nachzulesen, worum es in dieser Oper heute Abend eigentlich geht.

Der Rosenkavalier

Während ich mein Auto in der Einfahrt vor unserem Haus parke, kommt mir Potpourri entgegen. Er trägt einen Berg Stoffballen über dem rechten Arm und balanciert unter dem linken eine große Schneiderpuppe. Ich laufe ihm entgegen und erreiche ihn gerade noch rechtzeitig, bevor ihm die weißen Stoffballen auf unseren sandigen Kiesweg fallen.

»Was machst du denn schon hier?«, fragt er mich.

»Na, das ist ja auch eine Begrüßung. Heute bin ich mal früher dran, denn wir haben nachher noch etwas vor«, erkläre ich.

»Ich weiß«, sagt er verschmitzt und schließt einhändig seinen Kofferraum auf.

»Und du, hast du wieder Mamas Roben angepasst?«

»Ja, ähem, genau. Sie braucht ja immer was Neues«, und schon verstaut er die Stoffballen geschickt zwischen Kästen mit Knöpfen und Bergen von weißem Tüll.

»Danke«, sagt er und nimmt mir die Schneiderpuppe ohne Kopf ab. »Die brauch ich später noch, ich fang dann gleich mal an. Habe ja diesmal wenig Zeit, das Kleid fertig zu bekommen.«

»Ja, bei Mama ist es irgendwie immer eilig.«

»Ähh, tja, du sagst es.« Und schon drückt er mir zwei Küsschen rechts und links auf die Wange und setzt sich hinter das Steuer seines Vans.

»Ciao, meine Liebe, du siehst wieder umwerfend aus. Hast du abgenommen?«

Ich abgenommen? Ohne eine Antwort abzuwarten schließt er die Tür und fährt rückwärts in die Buchsbaumhecke. Knicks. Vorwärtsgang – und schon ist Potpourri verschwunden. Ich gehe zu dem hundertjährigen Buchsbaum und richte seine Zweige. Noch mal gut gegangen, alter Knabe, murmle ich. Hat dich nur ein paar Äste gekostet.

»Mit wem sprichst du denn?«, sagt eine bekannte Stimme hinter mir. Ich drehe mich um und sehe in Rudolfs blaue Augen. Natürlich hat er wieder einen formvollendeten Rosenstrauß dabei. Diesmal allerdings kürzer gebunden und die Rosen sind seltsamerweise weiß. Sollte er es endlich aufgeben? Ausgerechnet dann, wenn Desiree mir empfohlen hat, ihn mir mal näher anzusehen. Auch gut, das erspart mir einige Komplikationen.

»Ich? Ich habe da nur was festgestellt«, antworte ich verlegen.

»Der Buchsbaum hat es überstanden? Potpourri fährt ihn jedes Mal an, es ist ein Wunder, dass er nicht schon ganz gelb ist.«

»Wir könnten doch mal einen Findling neben den Baum stellen, dann gurkt Potpourri dagegen. Ich meine, er fährt dagegen.«

Rudolf schmunzelt. Wahrscheinlich hat mich meine Ausdrucksweise in seiner Wahrnehmung gleich um zehn Jahre jünger gemacht und umso attraktiver für ihn.

»Gute Idee.« Er legt den Strauß auf die Motorhaube

meines Autos und rollt doch tatsächlich vom Steingarten einen großen Findling herüber. Wie eine Schneekugel, nur eben aus Stein.

»Passt perfekt«, lache ich. »Genau unter den Ast rollen. So.« Toll, der Mann bewegt ganze Steingärten für mich!

»Und wenn Potpourri nächste Woche wieder rückwärts fährt ist zumindest der arme Baum sicher.«

»Was macht ihr denn da?«

Mamas Stimme schallt vom Wintergartenbalkon zu uns herunter. Sie lehnt sich bedenklich weit über die Brüstung und in ihrem nicht zu übersehenden Dekollete baumelt Omas Medaillon. Das ist ihr Glücksbringer für besondere Gelegenheiten. Es scheint ein großer Abend zu werden.

»Ist was passiert? Sucht ihr was?«, ruft sie.

»Nicht direkt«, antworte ich und gucke auf Rudolfs lehmige, manikürte Hände. Ich habe ihn noch nie angeschmutzt gesehen. Er ist immer so perfekt. Angelehmt gefällt er mir irgendwie besser. Menschlicher und nicht so steif. Aber was soll's, ist ja jetzt sowieso egal. Heute gibt es nur noch weiße Rosen.

»Gehen wir rein? Ich muss mich noch umziehen.«

»Gerne, ich nehme dann mal so lange noch die Blumen.« Wie peinlich, die hatte ich glatt auf der Motorhaube vergessen.

Clarence, unser Hausmann für alle Fälle, öffnet die Haustür und verneigt sich. Auch er in vollem Ornat in englischer Butlerweste und Kneifer im Auge. Donnerwetter, habe ich wieder einmal einen Geburtstag verpasst?

»Clari?«, flöte ich ihm leise ins Ohr. »Liegt hier was in der Luft?«

Er nickt unmerklich. »Ja, aber was, kann ich dir nicht verraten, Liz.« Clari ist schon bei uns, seit meine Schwester und ich noch im Kinderwagen gelegen haben. Damals war er schon alt. Heute müsste er geschätzte 150 Jahre sein, was natürlich nicht stimmt. Er ist einfach noch bei uns, weil er nirgendwo anders hin kann und wir ihn in die Familie integriert haben. Ohne ihn geht es nicht, und für ihn geht es nicht ohne uns. Zwar ist er nicht mehr so flink wie in jungen Jahren (wenn er jemals flink war), aber seine Empfangsdienste und förmlichen Anmeldungen lässt er sich nicht nehmen. Einerseits ist es auch gut so. Als ich in meiner wilden Pubertät meist erst im Morgengrauen nach Hause kam und Mama noch eines ihrer großen Feste feierte, ließ er mich wortlos rein, ohne zu verraten, wann ich nach Hause gekommen war. Dafür habe ich nie verraten, dass hinter dem rechten roten Samtvorhang neben der alten Ritterrüstung eine Flasche bester Whisky versteckt ist – für besondere Gelegenheiten oder lang dauernde Empfänge. Ich habe die Flasche mal beim Versteckspiel mit meiner Schwester entdeckt. Sie steht noch immer da. Also nicht dieselbe, sondern immer wieder eine neue, was ich an den wechselnden Jahreszahlen auf dem Etikett erkennen kann.

Auch dieses Mal plaudert Clari nichts aus. Da ist nichts zu machen.

»Möchten sie sich kurz frisch machen?«, höre ich ihn den lehmigen Rudolf fragen. Die beiden verschwinden im Seitentrakt. Sehr gut, die bin ich erstmal los. Ich nehme zwei Treppenstufen auf einmal und haste in mein Zimmer. Beziehungsweise in meine beiden Zimmer, denn seit meine Schwester ausgezogen ist, habe ich auch ihr Domizil übernommen. Wir haben eine Verbindungstür zwischen den Zimmern, was immer sehr lustig war, weil wir abends heimlich zusammen in einem Bett lagen und uns Geschichten erzählt haben. Ich denke oft an sie und wüsste gerne, wo sie ist. Von einem Abenteuerurlaub in Australien ist sie nie zurückgekehrt, seit vielen Jahren ist sie vermisst. Vielleicht hängt Mama deshalb so an mir. Und wahrscheinlich traue ich mich auch deshalb nach der Trennung von Mike nur noch bis zu meiner Kanzlei und wieder zurück. Es gibt Nächte, da träume ich von ihr und sie liegt sonnengebräunt am australischen Strand neben einem Surfer und schaut auf die Wellen. In meinen Alpträumen liegt sie in einer Felsspalte und kann nur noch an ihrem zerfledderten Reisepass identifiziert werden. Es ist ein Horror nicht zu wissen, wo sie ist. Aber ich hoffe jeden Tag, dass sie eines Tages wieder zu uns findet. Sie weiß ja, wo wir sind. Auch deshalb würden wir nie von hier weggehen.

In ihrem Zimmer habe ich mir einen begehbaren Schrank eingerichtet. So einen, von dem die Girls in ›Sex and the city‹ immer träumen. Rechts habe ich mit Clari ein beleuchtetes Schuhregal zusammengenagelt und dahinter schiebt man eine Wand zur Seite und sieht fein säuberlich gestapelt meine Pullis, Hosen und Handtaschen. Da das Regal für die Hüte seit Jahren leer ist (und leer bleiben wird, ich schwöre!), habe ich stattdessen die Blumenvasen dort untergebracht. Nicht ganz passend, aber beleuchtet sehr dekorativ. Und genau daneben hängen dicht an dicht meine Kanzleianzüge und ungefähr dreißig verschiedene Kleider, die Potpourri im Laufe seines Schneiderlebens für mich zusammengeschneidert hat. Ganz kleine in hellrosa als ich noch mit Schleife im Haar durch den Garten geflitzt bin. Und lange schwarze mit Schlitz an der Seite für die erwachseneren Jahre. Manche sind noch ungetragen, weil sie aus einer Laune meiner Mama heraus entstanden sind und mir inzwischen vermutlich viel zu klein geworden sind. Ich sitze eben zuviel am Schreibtisch und mache zu wenig Sport.

»Kind, du brauchst mal wieder was zum Anziehen«, höre ich hinter mir.

»Alles prima, es reicht noch bis ins nächste Jahrzehnt.«

»Nein, ich meine ein ordentliches Kleid. Und heb' doch nicht immer diese grauen Anzüge aus der Kanzlei auf. Du könntest doch auch mal was in Creme tragen?« Ich kriege ein Kratzen im Hals.

»Creme? Mama, wer trägt denn heutzutage so eine Farbe? Niemand. Ich habe mir stattdessen einen Anzug in ...«, ich zögere, ihn aus der Papiertüte zu ziehen, obwohl er mir in meiner Mittagspause an der Schaufensterpupe noch sehr gut gefallen hat, »in Orange gekauft?«

»Was hast du?«

»Ja, das ist eine Farbe, die wirkt immer. Das muss mal sein.«

»Du hattest noch nie etwas in Orange.«

»Nun, dann wurde es eben Zeit.« Und ich suche einen Bügel, um das neue Teil entsprechend zu präsentieren.

»Wo hast du das denn her? Trägt nicht die Berliner Müllabfuhr Orange?« Mama, das ist der unpassendste Kommentar zu meinem neuen Teil!

»Von COS. Das trägt man so. Color Blocking. Das passt zu Desirees Vernissagen und auch mal ins Büro. Und den Gürtel trägt man über der Anzugjacke. So!« Und ich binde mir in Ermangelung eines greifbaren Gürtels den hellblauen Frotteegürtel von meinem Bademantel über den Nadelstreifenblazer und drehe mich vor dem Spiegel. Clari steht in der Tür und hüstelt.

»Meine Damen, der Champagner ist gekühlt.«

»Wir kommen«, ruft es ihm sachlich entgegen. Er hat uns schon in verfänglicheren Positionen überrascht, das ist seine Spezialität. Lautlos anschleichen und dann hüsteln. Aber nach fast vierzig Jahren kann er mich mit diesem Trick nicht mehr aus der Ruhe bringen.

»Was ziehst du heute Abend an?«, fragt Ma mich noch im Weggehen.

»Den neuen Anzug?« Es war als Witz gemeint.

»Wie wäre es mit einem Abendkleid? Es ist ein besonderer Abend.«

Das ist es, denke ich. Und nicht nur, weil der neue Dirigent auftaucht. Will Mama etwa wieder versuchen, mich an den Mann zu bringen? Hoffentlich hat der Dirigent keine graue Mähne wie der Bobtail der

Nachbarn und ist nicht so klein wie unser Schulchorleiter, der immer auf einer Kiste stehend den Chor befehligte. Für mich ist es auch ein besonderer Abend, es gibt was zu feiern. Heute habe ich tatsächlich beschlossen, nach München zu fliegen, und habe Britta noch schnell vorm Weggehen gebeten, für mich die Flüge zu buchen. Soviel Mut hat der orangefarbene Anzug ausgestrahlt und gipfelt heute Abend in einem rückenfreien Abendkleid. Dank Potpourri sehe ich nicht aus wie eine Bockwurst, weil er vor den entsprechenden Problemzonen einen Wasserfallkragen geschneidert hat. Nur der Rücken ist schön schlank (bei wem eigentlich nicht?) und den betont der Ausschnitt. Tja, ein guter Schneider ist das halbe Leben, sagt Mama immer. Als ich mich im Spiegel ansehe, kann ich dem zustimmen. Bin mal gespannt, ob Rudolfs sonst so kühle blaue Augen auch glühen können.

»Und kein Tüll, habe ich ihm noch gesagt. Das ist nur etwas für eine Ballerina«, höre ich Ma noch sagen, als ich in den Salon komme.

»Da bin ich«, sage ich, völlig überflüssigerweise, denn das sieht ja sowieso jeder Anwesende. Clari gießt mir sofort ein Schlückchen Champagner ein, und wir prosten uns zu.

»Auf einen gelungenen Abend«, sagt Rudolf und sieht bewundernd an meinem Wasserfallkragenensemble herunter. Irgendwo darunter ist meine Figur begraben, aber das soll auch so sein. Als ich mich kunstvoll umdrehe, um meine Champagnerflöte abzustellen, spüre ich seine Blicke in meinem nackten Rücken. Ja, ich wette, jetzt glühen selbst seine blauen Augen, und ich höre wie Clari leise hüstelt. In diesem Fall unser geheimes Zeichen für 100 Prozent Aufmerksamkeit und einen gelungenen Auftritt.

Der Opernabend wäre nicht weiter erwähnenswert, wenn nicht tatsächlich noch in der Pause der Dirigent auf uns zuschwebt und sich mit Mama und Rudolf unterhält. Er hält Rudolf versehentlich für ihren Begleiter und so steht es auch in der Fotounterschrift, die morgen früh in der Berliner Zeitung im Bericht zur Premierenfeier abgedruckt sein wird. Ich folge dem Gespräch nur beiläufig und nehme mir die Zeit, meine SMS zu checken.

Flug gebucht :-) , wo willst du übernachten? LG Britta

Eine gute Frage. Natürlich im Hotel. Welches das richtige ist, das werde ich morgen Max einfach telefonisch fragen. Ich habe da sowieso noch ein paar Nachfragen über sein Patent. Einige Fachausdrücke, die wir überprüft haben, findet Britta nicht im Übersetzungslexikon und auch leo.org ist dieses Mal keine Hilfe. Da muss er uns schon selber sagen, was schwenkbarer Heckantrieb übersetzt heißt.

Den zweiten Teil der Opern-Aufführung bekomme ich nicht wirklich mit, weil ich mir die ersten Sätze für mein Telefonat mit Max ausdenke.

Variante 1: Hallo, Max, wie geht es Ihnen?

– Völlig blöd und infantil.

Variante 2: Guten Tag, Herr Tepperwein, ich habe da noch ein paar Nachfragen.

– Zu professionell unterkühlt, das geht auch nicht.

Variante 3: Das war ein sehr nettes Gespräch vergangene Woche, vielleicht können wir daran in München anknüpfen?

– Zu direkt und lasziv. Wahrscheinlich kaue ich bei der Variante auch noch lässig an meinem Kugelschreiber herum.

Wenn mir doch bloß bis morgen früh etwas Treffendes einfallen würde. Aber mir fällt nichts ein.

Plötzlich stößt mich Ma in die Seite, und ich erwache aus meinen Träumen. Wir applaudieren, der Dirigent und sein Ensemble bekommen vier Vorhänge und begeistert ziehen wir uns im Foyer die Mäntel an. Wir wollen gerade in Rudolfs Bentley steigen, als mein Handy erneut eine SMS anzeigt.

Warum hast du mich nicht mit zur Oper genommen? Der neue Dirigent wär' ne Story gewesen. Schuster.

Bin ich sein Presseinformationsdienst oder was? Und außerdem kann er sich doch selber eine Pressekarte besorgen. Oder kann er das etwa nicht? Ich spiele auf Zeit und antworte nicht. Das kann ich morgen mit Desiree besprechen, denn das sieht nach Knatsch aus und den müssen wir im Vorfeld von allen Seiten unter Freundinnen beleuchten.

Smart und sexy

Ich sitze in der Kanzlei, drücke mich vor dem Anruf an Max und installiere stattdessen erst einmal eine neue Sprachsoftware auf meinem Handy, damit ich mir auch unterwegs Memos erstellen kann. Schließlich bin ich nächste Woche zwei Tage nicht im Büro. Da muss trotzdem etwas weggedacht werden.

Laut spreche ich in das Mikrofon: »Hallo, dies ist mein neues Smartphone«

Als Antwort erhalte ich auf dem Display:

Heino ist niemals eine Frau.

Tja, das ist generell richtig, aber nicht das, was ich gesagt habe. Versuchen wir es noch einmal mit was Leichtem:

»Guten Tag.«

Auf dem Display erscheint: *Roth im Tag*

Langsam werde ich ärgerlich. Jetzt spreche ich mal ganz langsam in dieses Mikrofon. So, als ob ich mit jemandem spreche, der nicht alle an der Waffel hat.

»Jetzt bin ich aber gespannt« höre ich mich sagen und das meine ich wörtlich.

Es erscheint: *Jetzt bin ich aber gespannt.*

Na, also!, denke ich triumphierend, es geht doch. Und um das Schicksal noch ein weiteres Mal zu beschwören, fasse ich meinen ersten Erfolg zusammen:

»Wenn ich langsam spreche, versteht mich das Gerät gut.«

Die Antwort auf dem Display lautet:

Wenn ich langsam Sprecher der einen versteht das Gerät nicht gut.

Was tatsächlich der Fall ist. Allerdings versteht das Gerät nie gut. Egal, was ich hier veranstalte und wie langsam und deutlich ich vor mich hindoziere. Und bevor ich das Smartphone ebenso smart an die Wand klatsche, klingelt mein Bürotelefon.

»Hallo, Max Tepperwein ist in der Leitung. Darf ich euch beide verbinden?«, fragt Britta. Max, oh nein, ich weiß doch noch gar nicht, wie sich der erste Satz zusammensetzt. Das muss ich doch erst noch wie eine Verteidigung vor Gericht richtig durchdenken und strategisch …

»Guten Morgen, wie schön, dass ich Sie erreiche und Sie nicht gerade einen Mandaten gegen seine Frau beschützen«, höre ich da schon in der Leitung.

»Ähh, hallo, guten Morgen«, antworte ich sprachgewandt.

»Also, die überprüften Übersetzungen für die technischen Fachausdrücke, die Sie mir gestern gemailt haben, die kann ich Ihnen korrigiert zurückschicken. Die haben wir natürlich hier.«

Mail? Habe ich eine Email geschrieben? Das muss Britta gewesen sein. Habe ich eine Kopie bekommen, damit ich weiß, worum es geht? Ich starre auf den PC-Bildschirm und starte das Programm.

»Haben Sie die nächste Woche schon geplant?«, fragt er nach. »Ich könnte noch einen Probeflug mit einem zweiten Ballon vorbereiten lassen, dann sehen Sie alles gleich in Action.«

»Ja, ich komme nach München«, sage ich so betont lässig wie möglich.

»Wissen Sie schon, wo Sie übernachten werden? Ich habe da einen guten Tipp mitten in der Innenstadt. Dann erleben Sie München direkt am Viktualienmarkt.«

»Nein, noch habe ich keine Idee, ich dachte, wir fragen mal bei der Hotelreservation …«

»Da habe ich eine viel bessere Idee«, ruft er euphorisch aus. »Kein Touristennepp, ich kenne ein Hotel direkt in der Innenstadt. Die Daten maile ich Ihnen gleich. Sie können die U-Bahn zu Fuß erreichen und sind auch sofort auf dem Marienplatz. So fängt doch jede Münchenreise an, oder etwa nicht?«

Klang da so etwas wie Ironie durch? So nach dem Motto: Na, Metropolit, mal sehen, ob du auch mit den Bayern klar kommst? Oder bilde ich mir das nur ein, weil ich grundsätzlich gewohnt bin, von allen Seiten immer nur verbal beschossen zu werden?

»Mhhhh«, antworte ich, was natürlich nicht sehr kommunikativ ist.

»Mein Institut ist etwas weiter draußen, aber vielleicht treffen wir uns erst einmal zum Abendessen und sprechen das englische Patent durch? Dann haben wir den folgenden Tag für den Rundgang.«

»Das wäre eine gute Planung«, höre ich mich sagen. Denn für Planungen habe ich immer ein Ohr. Sie geben mir Sicherheit. Und dann finde ich auch meine Sprache wieder.

»Ich komme am Nachmittag am Flughafen München an und muss am nächsten Tag am späten Nachmittag auch wieder zurück. Ich sende Ihnen die genauen Abflugzeiten per Email.«

»Das ist genau richtig. Für einen ersten Eindruck ist das perfekt. Ich hole Sie am Flughafen ab und sende Ihnen vorher noch die Koordinaten für das Hotel. Und die Fachausdrücke zum Einsetzen in das Patent. Vielleicht können wir vorher noch einmal telefonieren, damit alles klar geht?«

»Wann wäre das denn? Ich habe viele Gerichtstermine«, schiebe ich schnell hinterher. Tatsächlich sollte ich mir wieder einen Plan zurecht legen und einen festen Termin, sonst fiebere ich tagelang herum und warte auf seinen Anruf. Ich fiebere zwar auch dann tagelang herum, wenn ich weiß, dass wir am Dienstag um 11.00 Uhr telefonieren. Aber dann fühle ich mich zumindest in der Zeit davor sicher, dass es nicht unverhofft klingelt. Dafür habe ich keine Nerven mehr. Zu oft habe ich neben einem schweigenden Telefon gesessen und darauf gewartet, dass ER anruft. Was ER natürlich nicht getan hat. Seit es Handys gibt, ist die Situation auch nicht viel besser. Zwar kann man jetzt aus dem Haus gehen und sich wenigstens was zu essen kaufen, ohne SEINEN Anruf zu versäumen. Doch das tragbare Telefon führt nur dazu, dass man es geschätzte 100 Mal in der Stunde hervorzieht und nachschaut, ob man eine Nachricht bekommen oder SEINEN Anruf verpasst hat. Und wenn ich eines hasse, dann sind es solche Situationen. Seltsam, dass mir das alles einfällt, wenn ich mit Max Tepperwein telefoniere. Er kann mich doch sowieso nur im Büro von 9.00 Uhr bis 19.00 Uhr erreichen und eine Firewall namens Britta ist auch schon vorgeschaltet. Dieser Typ verbreitet Unruhe in meinem Leben. Das ist faszinierend, aber andererseits hasse ich nichts mehr als unangekündigte Änderungen in meinem Leben.

Ich check es einfach nicht

»Und deshalb bin ich der Meinung, dass …« Ich kann ein Gähnen nur schwer unterdrücken. Dieser Vortragsabend ist heute nichts für mich, ich habe in der Nacht zuvor zu wenig geschlafen, weil ich die halbe Nacht vor Google gesessen und so ziemlich alles gelesen habe, was man über die Stadt München lesen kann. Ich habe sogar einen Insider-Blog gefunden und mir einige Ideen auf die Rückseite der Opernkarte geschrieben, weil ich in meinem papierlosen Homeoffice so schnell keinen anderen Zettel gefunden habe. So kann ich in München mit dem einen oder anderen Bartipp glänzen, falls der Abend länger wird als gedacht. Über Streetmap habe ich dann auch gleich gegoogelt, wie weit man von meinem Hotel dorthin laufen muss und das Ganze mit Straßenkarte an Britta ins Büro gemailt, die es am Montag ausdruckt. Sicher ist sicher. Wie ich den zu erwartenden Stapel Papier aber unauffällig in meiner Handtasche unterbringen will, das weiß ich noch nicht. Aber das fällt mir bis Mittwoch noch ein. Vielleicht wäre die Laptop-Tasche groß genug?

Schuster sitzt neben mir und mault. Zwar hat er mir verziehen, dass ich ihm die Dirigentenstory vermasselt habe, aber die Wiedergutmachung gefällt ihm genauso wenig. Da musst du jetzt durch, signalisiere ich mit einem Lächeln und drücke seinen Unterarm. Er versteht dies wiederum falsch und raunt mir ins Ohr:

»Hast du nachher noch etwas vor oder können wir uns davonmachen?«

Schuster und ich allein zu Haus? Auf keinen Fall, das fehlt mir heute gerade noch. Dazu habe ich nicht die geringste Lust. Eigentlich habe ich schon seit einigen Wochen keine Lust mehr auf ihn.

Schwierig, signalisiere ich und deute mit dem Kopf auf Rudolf und Mama, die in der Reihe neben mir sitzen.

Schuster zieht einen Schmollmund wie ein Vierjähriger. Endlich hören die Einführung des Referenten und seine Lobeshymnen auf und der Star des Abends betritt das Podium. Vicco von Bülow alias Loriot ist in seinem alten Berlin und stellt launig und eloquent seine liebsten Straßen der Wahlheimat vor. Das Publikum ist begeistert und auch die Laune von Schuster verbessert sich zusehends. Er steht sogar während des Gespräches auf und fotografiert Loriot und den Interviewer, um mir kurz darauf zuzuraunen. »Das kann ich heute Abend doch noch absetzen. Wir treffen uns im *Tattersall.*« Und weg ist er. Der *Tattersall* ist eine urige Kneipe in Berlin, die bis Mitternacht Rollmops mit Gurke und selbstgemachte Buletten mit Roggenbrot serviert. Alle Nachtschwärmer, die sich zur schreibenden oder künstlerischen Zunft zählen, tauchen hier im Laufe eines Abends mal kurz auf. Ich war schon lange nicht mehr mit ihm da. Für Schuster ist es ein willkommener Tummelplatz, um Geschichten der Kollegen abzugreifen.

Mein Handy vibriert und zeigt eine SMS an. Schuster wieder, der sich nicht benehmen kann. Er weiß doch, dass ich noch hier sitze und mich über Loriot kugelig lache. Ich schaue aufs Display und verschlucke mich fast. Es ist eine SMS von Max!

»Heute Nacht im Cultmac ein Beitrag über Münchens Barszene. Vielleicht interessant?« Lg Max T.

Münchens Barszene? Da bin ich doch inzwischen der Experte, oder etwa nicht? Wo hat er meine Handynummer her? Das gibt es doch gar nicht! Britta! Hat Britta geplaudert? Was soll ich antworten? Ich brauche dringend einen Rat von Desiree und simse:

Brauche deine Hilfe, komme wegen München nicht klar. LG Liz und drücke auf die Option Senden. Die Antwort folgt nach drei Minuten:

Kein Problem. Heute oder morgen telefonieren? Max.

MAX? Wieso? Ich schüttele mein Smartphone, als ob es etwas dafür kann und fange mir ein Lächeln von Rudolf ein, der das amüsant findet. Für infantile Verhaltensweisen hat er ja volles Verständnis. Ich lächle zurück.

»Ich brauche mal kurz eine Pause«, flüstere ich in sein Ohr und verlasse möglichst leise den Vortragssaal, was nicht weiter auffällt, weil die Leute sich gerade über einen Mops totlachen, der unter einem Stuhl im Schlaf herzzerreißend schnarcht. Loriot findet das ebenso komisch und setzt mit Geschichten seiner beiden Vierbeiner noch eins drauf. Der Saal kocht. Ich auch, aber im Foyer. Wie habe ich das bloß wieder hingekriegt? Da muss ich doch im Halbdunkeln auf Option Antworten gedrückt haben, statt auf Desirees Adresse. Mist, was mache ich denn jetzt?

Alles klar?, folgt nach weiteren fünf Minuten, in denen ich mir im Waschraum kaltes Wasser über die Pulsadern laufen lasse und versuche, mein Spiegelbild zu ergründen. Wie alt bist du eigentlich? Wie viele Fälle hast du erfolgreich gewonnen? Wie hoch ist dein Jahreseinkommen? Alles vergeblich, mein Puls beruhigt sich nicht. Eine Antwort muss her und die sollte möglichst ausgefallen sein.

Ein Telefonat mit Max vor nächstem Dienstag. Unmöglich! Vorher habe ich die Patentanmeldung nicht fertig und worüber sollte ich mit ihm reden? Er ist mein Mandant. Da gibt es keine persönlichen Verquickungen, so ist das nun mal vorgesehen. Andererseits kann ich ihn ja nach dieser SMS auch nicht bis Dienstag mit einer Antwort hängen lassen. Das wäre unhöflich. Wie würde das eine professionelle Anwältin regeln? Mandant vertauscht und Nachrichten irrtümlich verkehrt weitergeleitet? Das macht keinen guten Eindruck! Man hat die Sache nicht im Griff, bedeutet das. Und das ist die Wahrheit, ich habe es wirklich nicht im Griff. Wenn ich jetzt wenigstens zu Desiree fahren könnte, um mit ihr bei einem Jasmintee eine Lösung zu finden, aber ich habe ja Rudolf dabei ... Und Schuster sitzt nachher im Tattersall.

Ein Gin Tonic wäre eine gute Idee. Nachdem ich im Waschraum zumindest meinen Lippenstift erneuert habe, gehe ich durch das Foyer direkt in die Bar und setze mich auf einen Barhocker.

»Einen Gin Tonic, bitte.«

»Kommt sofort«, sagt der Barkeeper.

»War es langweilig?«, fragt er als er mir den Drink serviert.

»Nein, überhaupt nicht. Ich muss nur alleine nachdenken.«

»Gut, dann will ich nicht weiter stören« und schon ist er nebenan in der Küche verschwunden. Denn in den Pausen ist er auch für das Aufwärmen der heißen Wiener Würstchen zuständig. Am liebsten würde ich auch gleich ein Paar bestellen. Haben nur 90 Kalorien pro Stück, denn der Gin auf nüchternen Magen tut seine Wirkung. Mir wird angenehm warm ums Herz und die Panik weicht einem ruhigeren Gedankenfluss. Zwar habe ich immer noch keine Idee für eine SMS-Antwort an Max, aber inzwischen sind auch erst 35 Minuten vergangen. Ich könnte ja auch in einer Vorstellung sein oder im Kino oder in der Badewanne oder heißen Sex mit … (unrealistische Vorstellung, da ich den nie habe) oder oder … Er kann nicht erwarten, dass ich sofort zurücksimse. Oder doch?

Desireeaaa, denke ich. Warum sind Freundinnen immer dann nicht da, wenn es brennt? Als in meinem Glas nur noch die Eiswürfel auf dem Boden still vor sich hinschmelzen und ich die Erdnüsse aus der Thekenschale bis auf eine Anstandsnuss komplett aufgegessen habe (garantierte 500 Kalorien), vibriert mein Handy auf dem Bartresen und rutscht langsam zur Kante dem Absturz entgegen.

Habe noch zwei Stories abgesetzt. $$! Bist eingeladen. Bin im Tattersall. S.

Na toll, Schuster habe ich ganz vergessen. Da muss ich mir auch noch etwas einfallen lassen, wie ich den heute

Abend höflich hängen lasse. Merde. Aber wenn man denkt, es kann nicht schlimmer kommen, dann kommt es schlimmer.

»Wo bist du denn, Kind, ist alles in Ordnung? Du hast die Pointen über den Mops verpasst.«

»Wenn ich Witze über die armen Tiere machen möchte, dann fahre ich zu Carla und ihrem Mops Lotta. Da gibt es immer was zu lachen, aber heute ist mir nicht danach.«

»Du hast ja ganz nasse Arme, geht es dir nicht gut? Hast du Kreislaufprobleme?«

»Nein, alles okay. Ich bin sofort bei euch.«

Ma klappt ihren Minispiegel auf und überprüft das Kanebo-Puder auf ihrem Nasenrücken und richtet einen Perlohrring, dabei gibt es da definitiv nichts zu richten. Puder und Ohrring sind 1A! Es ist nur ihr Trick, denn sie beobachtet mich aus den Augenwinkeln wie eine Anakonda ihr Opfer. Hier komme ich alleine nicht mehr weg. Dann zupft sie an ihrem schmalen Hosenanzug imaginäre Staubflusen ab, um anschließend in ihrer Handtasche in aller Ruhe nach einem Lippenstift zu kramen. Dabei lässt sie mich einfach nicht aus den Augen.

»Du siehst prima aus, mach dir keine Sorgen«, knurre ich.

»Die Konkurrenz schläft nicht. Man muss immer das Beste aus sich machen«, sagt sie und zieht den ohnehin nicht vorhandenen Bauch ein. Mein mit Erdnüssen vollgepackter Bauch ist mir gerade total Wurscht. Glücklicherweise kann man ihn unter dem von Desiree empfohlenen Lagenlook a la Bohemien ohnehin nicht ausfindig machen.

»Komm endlich, wir haben noch eine Überraschung für dich.«

Noch eine? Das ist für meine Nerven heute nicht gerade eine Wellnesskur.

»Und deshalb glaube ich, dass wir perfekt zueinander passen.«

Rudolf steht am Kamin und sieht mich an. Ich schaue durch ihn hindurch wie seit fünf Minuten schon und überlege, was ich an Max als Antwort simsen kann. Wenn man lange genug mit seiner Familie zusammengelebt hat, dann hat man einfach die Fähigkeit erworben, so zu tun, als ob man zuhört und kann trotzdem über andere Dinge nachdenken. Im Regelfall ergänze ich trotz zweigleisigen Denkens sogar die Sätze oder gebe Bonmots zum Thema zum Besten, während ich in Gedanken meine Steuererklärung durchgehe. Daher ist dieser Abend wieder eine meiner leichtesten Übungen Marke: Veranstaltungsnachgespräch mit seichten Kommentaren inklusive Dämmerschluck und anschließend gepflegtes Abtreten. Null Problemo.

»Weil ich ja weiß, dass du etwas schüchtern bist und Zeit brauchst, schlage ich vor, dass wir uns erst aneinander gewöhnen. Eine inoffizielle Verlobung wäre vorteilhaft.«

Ich suche unauffällig mit den Augen nach Clari, ohne meinen Kopf zu bewegen, weil ich Durst habe und mein Halskratzen wieder zunimmt.

»Ich bin aber fest entschlossen, dass daraus mehr wird. Am Anfang können wir ja so leben wie bisher. Nur ein bisschen mehr möchte ich schon mit dir unternehmen.« Rudolfs Stimme klingt zärtlich leise. Ma sitzt auf dem großen Sofa und gibt Clari ein Zeichen.

Endlich was zu trinken. War hier schon ziemlich trocken die Atmosphäre.

»Und darum möchte ich dich fragen, ob du dir vorstellen könntest, meine Frau zu werden.«

Clari bewegt sich nicht und bleibt mit drei Champagnergläsern in seiner Ecke stehen. Muss man denn hier alles selber organisieren? Und ich gehe auf ihn zu und nehme mir ein Gläschen. Mama hüstelt. Clari hüstelt. Rudolf fragt leise nach:

»Liz, hast du mich gehört?«

Erde an Liz, war der Funkspruch eben für mich bestimmt? Ich habe gar nicht aufgepasst, ich dachte, er meint Mama.

»Wie, das kann doch nicht sein, ähem, ich meine, du meinst doch nicht mich? Oder doch? Und wenn ... ich meine, wie kommst du denn auf diese Idee? Ich bin doch viel zu jung für dich und überhaupt ... das geht doch nicht, weil ...«

Ich gucke hilfesuchend zu meiner Mutter, doch die fingert an einem Spitzentaschentuch herum und tupft sich die Augen.

»Was für ein schönes Paar das wird«, höre ich sie murmeln.

Rudolf kommt auf mich zu und bleibt in Armeslänge vor mir stehen.

»Liz, ich weiß, das kommt vielleicht überraschend. Aber so überraschend kann das doch für dich auch wieder nicht sein. Ich wollte dich schon an unserem Opernabend fragen, aber es passte nicht, weil …«

Deshalb trug Mama ihr Glücksmedaillon und alle waren so piekfein gekleidet, inklusive Clari, der seine neue Butlerweste trug.

»Ich glaube, das ist keine so gute Idee«, versuche ich zu antworten.

Rudolf hebt einen Arm und will ihn um meine Schulter legen.

»Wie gesagt, am Anfang bleibt erstmal alles so, wie es ist. Wir sollten da nichts überstürzen.«

Wir? Ich ganz bestimmt nicht.

»Du hast dir da, glaube ich, etwas ausgedacht …«

»… was ganz wunderbar zusammenpassen würde«, ergänzt meine Mutter. »Liz, überleg doch mal. Du könntest endlich mehr reisen und reduzierst mal ein bisschen deinen Job.«

Reisen? Kreuzfahrten meint sie wahrscheinlich. Für das Klientel: Ich hab's im Kreuz, sagt Udo Lindenberg dazu. Ich sehe Clari an und trinke mein Glas in einem Zug leer.

»Tschuldigung, euch enttäuschen zu müssen, aber ich glaube …«

»Überlege es dir in Ruhe«, erwidert Rudolf und lächelt mich an, als wäre ich Trotzkopf in Person.

»Ich muss mal an die frische Luft«, und schon bin ich draußen im Flur, greife mir meine Handtasche mit dem Autoschlüssel und fahre durch die Nacht in die Innenstadt.

»Schuster, bist du noch da?«, frage ich in mein Handy.

»Ja«, klingt es säuerlich am anderen Ende.

»Ich komme auf einen Wein vorbei, aber nur auf einen«, erkläre ich und fahre mit 80 Stundenkilometern die Kantstraße runter.

»Wirklich? Ob sich das lohnt?«, mault er.

»Das lass mal meine Sorge sein.« Sicherlich wäre ich lieber alleine. Aber andererseits ist der *Tattersall* nachts um Zwei genau das Richtige. Zwischen den bunten Nachtschwärmern fällt eine Frau wie ich im Veranstaltungslagenlook mit Businesshandtasche und wirrem Blick wirklich nicht auf. Außerdem lenken die Bunten der Nacht mich ab. Und Schuster als Begleitung rettet mich davor, angequatscht zu werden.

Was für ein chaotischer Abend! Da sitze ich jetzt neben der C-Wahl und trinke einen Wein, während der B-Kandidat in Mamas Villa auf mein Ja-Wort wartet. Und für den Favoriten, Max, A-Kandidat, kriege ich in dem Tohuwabohu nicht mal eine simple SMS zusammen. Liz! Wo ist dein kühler Kopf geblieben?

Drei sind keine zu viel

Sorry, habe die Nummer verwechselt, wir telefonieren am Dienstag. Viele Grüße Liz.

»So, ganz einfach«, sagt Desiree, »und jetzt senden.« Wir haben drei Latte Macchiato in unserer Lieblingsmilchbar und die Beratung von Carla gebraucht, um an diesem Samstagmorgen in zwei Stunden diesen läppischen Satz als SMS zu formulieren. Max wird sich wundern, aber mehr ist im Moment nicht drin. Ich muss erst einmal den Fast-Heiratsantrag von Rudolf verdauen.

»Unmöglich«, sagt Desiree, »das geht gar nicht, er ist viel zu alt für dich. Und außerdem, du liebst ihn nicht, hast du mir gesagt.«

»Liebe ist ein großes Wort«, sagt Carla. »Manchmal wächst sie auch noch, wenn man sich erst besser kennenlernt. Es hat schon Paare gegeben, die mit weniger Sympathie füreinander geheiratet haben.«

»Du meinst, wenn etwas Kleines unterwegs war oder Zwangsehen, aber davon sind wir hier weit entfernt. Das muss sich niemand mehr antun. Heutzutage verdienen Frauen selber ihr Geld, die brauchen keinen Ernährer mehr, der sie sechzehn Stunden im Haushalt auf Trab hält.«

»So meine ich das nicht. Rudolf ist ein charmanter Mann. Er könnte Liz durchaus umgarnen und dabei vielleicht von seinen Qualitäten überzeugen.«

Ich beiße auf einem steinharten Cantuccini-Keks

herum und riskiere den Verlust meines teuren Stiftzahnes.

»Nee, Rudolf ist wirklich nicht unbedingt mein Traummann.«

»Ich finde ihn wunderbar und würde ihn sofort nehmen«, ruft Desiree.

»Ja, du«, sagt Carla, »du bist auch anders drauf.«

»Ich würde, wenn ich Lizs Job hätte, erstmal in seiner Kanzlei mitarbeiten und mir alles ansehen.«

»Und dann? Willst du ihn dir jeden Abend schön trinken?«

»Er sieht bereits gut aus.«

»Ja, aber nicht für Liz.«

»Außerdem«, ergänze ich leise, »finde ich Max ziemlich interessant.«

»Das ist ein Mandant, und den musst du erst näher checken. Vorher läuft da gar nichts. Und darf auch nicht, okay?«

»Ja, deshalb haben wir ihm ja jetzt auch den Einzeiler von SMS geschickt. Das wird ihn genug frustrieren.«

Gerne, freue mich auf Dienstag, Max

erscheint in diesem Moment wie bestellt auf meinem Smartphone und alle starren drauf. Privatsphäre gleich null bei diesen modernen Dingern. Ich wünsche mir mein altes Klapphandy zurück. Da konnte ich selber entscheiden, wer meine Nachrichten mitliest und wer nicht. Prompt folgt ein Kommentar.

»So frustriert scheint er nicht zu sein«, sagt Desiree.

»Er wäre auch dumm, sich deswegen so anzustellen«, ergänzt Carla.

»Schuster stellt sich so an«, erwähne ich.

»Der ist ja auch doof«, antwortet Carla und streichelt ihren Mops, der auf ihrem Schoß sitzt und interessiert von einem zum anderen blickt.

»Darf er einen Keks?«

»Klar, aber nicht so einen harten italienischen. Gib ihm diesen hier, dann wird er dich lieben«, und sie nestelt aus ihrer Handtasche eine kleine Papiertüte mit Schokohundedrops hervor.

»Fast fettfrei, dann hält er die Taille. Oder zumindest fast.« Sie lacht und streicht ihm über den Kopf. Moppi verputzt den Schokodrops und schaut mich flehentlich an. MEHR, signalisieren seine großen Kugelaugen. »Später«, murmle ich und nehme das Gespräch wieder auf.

»Wie soll ich das bloß in München möglichst sachlich hinbekommen?«

»Musst du doch gar nicht«, sagt Carla. »Du darfst ruhig ein bisschen nervös sein. Männer mögen das. Sie denken, es liegt an ihnen und fühlen sich dann besser. Marco legt sich dann immer voll ins Zeug und gibt alles, um mir zu gefallen.« Sie streicht sich verlegen eine Haarsträhne von ihrem blonden Haar aus dem Gesicht.

»Blöder Trick«, sagt Desiree. »Du musst souverän sein und über den Dingen stehen. Wenn er ein Techniker ist und obendrein ein Abenteurer, der um die Welt fliegen will, dann kann er kein kleines Mädchen gebrauchen. Da braucht er eine richtige Frau mit Sinn und Verstand, die auch mal was für ihn regeln kann. So wie dich als Anwältin. Prinzessinnen sind da fehl am Platz.«

Carla sieht sie mit großen Augen an und wirkt in diesem Moment so unschuldig wie ihr Hund.

»Was mache ich bloß richtig?«, murmle ich vor mich hin.

»Ich empfehle ein Training vorher. Verstehst du? Du musst einfach mit einem Mann flirten, damit du es wieder lernst. Und du suchst dir einen aus, von dem du garantiert nichts willst.«

»Wo soll ich den hernehmen?«, frage ich. Doch Carla schaut sich bereits interessiert im Café um.

»Wie wäre es mit dem Zeitungsleser dort nebenan?«, und sie zeigt auf einen langhaarigen Surfertyp mit offenem Karohemd und hochgeschlagenen Hosenbeinen, der seine Füße im städtischen Brunnen kühlt und lässig an der Brunnenskulptur lehnt. Ganz klar, eine Wahl nach Carla.

»Nein, der da drüben.« Desiree zeigt auf einen Typ, der in seinem Anzug alles zwischen Versicherungsverkäufer und Wallstreet-Verbrecher sein könnte. »Wie wäre es mit diesem da?«

Hallo? Vielleicht darf ich mir meinen Probanden mal selber aussuchen? Und ich zeige auf einen Langzeitstudenten mit Laptop. Desiree verdreht die Augen.

»Such dir einen aus«, sagt sie genervt, »ich muss jetzt leider in die Galerie, bin ohnehin schon eine halbe Stunde zu spät dran. Heute Abend berichtest du, okay? Und drücken gilt nicht. Nur Übung macht den Meister.«

»So ein Blödsinn«, sagt Carla, nachdem wir Desiree verabschiedet haben. »In der Liebe gibt es keine Übung. Da sind Fehler erlaubt. Sie müssen sogar sein. Sonst ist das nicht prickelnd, wenn man alles so generalstabsmäßig durchplant. Lass es auf dich zukommen. Alt genug sind wir inzwischen, dass wir uns nicht Hals über Kopf in Las Vegas verheiraten. Das kann nicht passieren.«

Keine schlechte Vorstellung, denke ich, denn dieser Max hat schlichtweg zu schöne braune Augen. Aber vorher müsste ich erstmal die Sache mit Rudolf bereinigen. Ich begleite Carla und ihren Mops noch ein Stück durch den Park, und wir reden mal nicht über unsere Männerprobleme. So habe ich genug Power und starte meinen Testflirt.

Ab jetzt muss ich mir eine andere Buchhandlung suchen, statt dieses verstaubte Labyrinth hier. ›Altpapierfriedhof‹ sagt Schuster immer zu diesem Laden. Und tatsächlich sind manche Bücher nur noch antiquarisch loszuwerden, so lange stehen die schon im Regal und gilben vor sich hin. Und nach diesem Desaster kann ich mich hier sowieso nicht mehr blicken lassen. Wie konnte ich mich nur auf diesen blöden Plan von Desiree einlassen? Unmöglich! Frage ich doch glatt den Buchhändler, den ich seit Jahren kenne, ob er mit mir zu einer Vernissage kommen möchte. Kenne ich wirklich keinen anderen, den ich zum Testflirt verwenden konnte? Ehrlich gesagt: Nein! Aber das gehört jetzt nicht hierher.

Verdutzt war er, als ich ihn fragte. Das kann man ihm nicht verübeln. Kommt da eine ansonsten unbescholtene Kundin hereinspaziert und fragt ihn, ob er mit ihr zu einer Vernissage geht.

»Wieso? Stellen sie da aus?«, war seine Gegenfrage.

»Nein, ich bin nur Gast, aber es interessiert mich«, und ich lächle ihn an.

»Ich kann, wenn überhaupt, nur sonntags. Ich muss ja arbeiten.«

Da hätten bei mir bereits alle Alarmglocken klingeln müssen, aber ich bin ja bei solch männlichem Zaunpfahlwinken gänzlich blind. Sonntags? Da gibt es gar keine Vernissagen. Stattdessen antworte ich:

»Diese Vernissage ist aber am Dienstagabend und auch schon nach Geschäftsschluss.« Eine breitere Brücke konnte ich ihm wirklich nicht bauen. Und nun?

»Dienstag, gaaaaanz schwiiiierig. Was sieht man denn da?«

Spätestens jetzt müsste ich sagen »Sie sehen Kunst, Sie Trottel!« und affektiert den Laden verlassen wie es meine Mutter getan hätte (wenn sie es überhaupt soweit hätte kommen lassen, dass sie einen Mann zu einer Ausstellung einlädt). Stattdessen lasse ich mich dazu herab, hinter die abgewetzte Buchtheke zu treten, seinen altersschwachen PC ins Internet zu hiefen und ihm die Galerieseiten anzuklicken, damit er schon vorab sehen kann, was ihn künstlerisch erwarten würde. Wie spannend ist das denn? Hat ein Mann nicht so etwas wie Abenteuerlust? Müsste er nicht an meinen Lippen kleben und jeden Satz aufsaugen wie ... – ach, lassen wir das ... Jedenfalls tut dieses Exemplar von Mann hier nichts dergleichen. Der merkt nicht einmal, was für eine Frau ihm gerade entgeht.

Während am Bücherregal nebenan zwei Schülerinnen sich insgeheim totlachen und über meine peinliche

Dusseligkeit (wie alt bin ich eigentlich?) tuscheln, schaut der adipöse Buchhändler in seinen speckigen PC auf die auszustellenden Galeriewerke.

»Ich weiß nicht«, sagt er und hat immer noch nicht begriffen, dass es nicht um die Ausstellung geht, sondern um einen Flirt. Ein Test-Flirt, um genau zu sein. Ich verlasse die Buchhandlung mit einem roten Kopf und einem dicken Buch von Alexander Kluge. Ich höre die Teenagermädels durch die geschlossene Ladentür hindurch kichern und vor Lachen prusten. Hoffentlich bewahrt mich diese Erfahrung in Zukunft davor, noch einmal solch einen Blödsinn zu machen. Und eine neue Buchhandlung habe ich an der Ecke Rankestraße auch bereits im Visier. Es ist ein Tipp von Desiree, die mich bei einem Drink in unserer Lieblingsbar wieder aufbaut.

»Bücher von Kluge sind doch gut, warum geht es dir schlecht?«, fragt sie und zeigt auf meine Papiertüte.

»Verstehe ich, da würde ich mich auch peinlich berührt fühlen«, sagt sie, nachdem ich meinen Flirtbericht mit dem Buchverkäufer abgeliefert habe. Sie prustet vor Lachen wie die Schülerinnen in der Buchhandlung. Na toll. Aufbauend! Aber dafür hat frau ja Feindinnen, Entschuldigung, Freundinnen für den richtigen Moment im Leben.

Abflug

Ich sitze in dem Flugzeug Richtung München und bin mehr oder weniger gelassen. Ich habe keine weiteren Flirtübungen absolviert und bin stattdessen jeden Abend eine Stunde schwimmen gegangen. Zwar habe ich am ersten Abend wie ein ungelenkes Nilpferd im warmen Nudelbad gelegen und mir zwei der bunten Styroporwürste, die normalerweise für Rehapatienten ausliegen, unter die Arme geklemmt und mich im Strudel der Filteranlage langsam im Wasser treiben lassen. Aber die Wärme und das blaue Licht im Pool haben mich wunderbar entspannt. Am nächsten Tag habe ich mich voll in meinen gewohnten Arbeitsrhythmus gestürzt und durch Übereifer tatsächlich einige Verträge weit vor der Frist abgeben können. Das ist auch mal ein befriedigendes Gefühl, nicht immer alles auf dem letzten Drücker zu erledigen. Das Thema Rudolf habe ich gegenüber Ma nur ein einziges Mal angesprochen, was dazu geführt hat, dass sie mir einbläute:

»Überleg es dir richtig und lass dir nicht zu viel Zeit mit der Entscheidung. Es ist deine große Chance, dein Leben zu verändern.« Und für diese Veränderung brauche ich ausgerechnet Rudolf?, hätte ich sie am liebsten gefragt. Kann ich das nicht auch alleine? Als ich sie mit einer Erzählung über meinen neuen Auftrag in München ablenken wollte, war sie nicht begeistert. Sie runzelte ihre Stirn, und ich vermied es, sie daran zu erinnern, dass das Falten gibt, wie sie immer sagt. Max habe ich an den nächsten Tagen ihr gegenüber dann nicht mehr erwähnt. Warum auch? Ich bin keine sechzehn Jahre mehr alt und noch ist Max eben nur ein Mandant. Und welche Frau möchte die ersten Schmetterlinge im Bauch, die nach Jahren endlich mal wieder vorbeiflattern, mit einer Mutter teilen, die einen anderen Favoriten für sie ausgesucht hat? Tja, und meine Freundinnen waren auch nicht sehr erfreut darüber, dass ich drei Tage im Nudelbad auf Tauchstation gegangen bin, statt jeden Abend mit ihnen zu telefonieren.

Schick mir ne SMS, wenn du Hilfe brauchst, simste Desiree noch kurz vor dem Abflug nach München. Und Carla sprach auf meine Mailbox: »Du wirst wissen, was richtig ist, folge deiner inneren Stimme.«

Und die hatte in diesem Flugzeug zunächst einmal einen Bärenhunger, denn das Mittagessen hatte ich heute zu Gunsten eines Friseurbesuches ausfallen lassen. Ein bisschen Einsatz muss schließlich sein. Ich schaue aus meinem Kabinenfenster auf die wattegleiche Wolkendecke und knabbere von den Sesamkeksen der Fluggesellschaft. Die Sonne scheint auf die weißen Wolken. Herrlich! Man möchte sich augenblicklich in dieses Wattebad legen. Doch jeder weiß, dass das nur eine schöne Illusion ist. Hier oben sieht die Erde friedlich aus und für eine Stunde und zehn Minuten ist sie das auch. Friedlich und weit weg. Keiner kann mich anrufen und keiner kann etwas nachfragen oder Fristen und Termine festlegen. Hier habe ich meine Ruhe, abgesehen von dem Dröhnen der Turbinen. Ich habe mir in meiner neuen(!) Buchhandlung die Biographie der Fliegerin Emilia Erhard bestellt, die ich jetzt aus der Handtasche ziehe und lesen will. Doch ich komme nicht dazu. Zu viele Gedanken gehen mir durch den Kopf.

Das Telefonat mit Max am Dienstag war gut ausgegangen. Auf meine unbeabsichtigt verschickte Hilfe-SMS vom Freitagabend sind wir gar nicht weiter eingegangen, sondern haben nur noch einige administrative Dinge besprochen. Schwieriger war das Kofferpacken. Um nicht zu sagen, beinahe unmöglich. Bis nachts um eins bin ich auf und ab gelaufen und habe die Kleidungsstücke auf meinem Bett ausgelegt und an der Schrankwand hängend zusammengestellt. Letztendlich habe ich den großen Flugkoffer vom Dachboden holen müssen und wäre dabei beinahe die Leiter vom Hängeboden hinuntergestürzt, weil ich mit den bequemen dicken Kuschelsocken natürlich keinen Halt hatte. Der Koffer polterte zu Boden, und ich stieß mir den Oberschenkel an meinem alten Schlitten. Außer einem blauen Fleck und einem verwirrten Clari, dessen verstörtes Gesicht plötzlich vor der Bodenluke auftauchte, war alles gut gegangen.

»Liz, brauchst du Hilfe?« Er starrte durch das offene Lukenfenster. Im Halbdunkel stand ich neben dem alten Klavier, einem ausgestopften Hirschkopf von Opas Jagdgesellschaft, einem Lampenschirm mit Troddeln, dem leeren Aquarium mit den ausgetrockneten Seeigeln und dem geöffneten Schalenkoffer. Eine Szene wie in *Shining*. Doch Clari behielt Contenance, nahm mir durch die Luke den Koffer ab, und wir bugsierten uns langsam rückwärts wieder aus der Dachboden-Gefahrenzone die schmale Bodentreppe hinunter. In meinem Zimmer angekommen, befreite ich den Samsonite vom Winterstaub. Jetzt hatte ich Platz genug für meine vier Paar Schuhe (Stiefel für den Rock, Hosenstiefel, High Heels für die Bar, Pumps für die Besichtigung des Institutes) und meine zahlreichen Kombinationsmöglichkeiten für zwei Tage. Eigentlich für eineinhalb. Ich bin da sehr genau und muss für jede Eventualität gerüstet sein. »Es fehlt dir nur noch ein Tropenhelm«, sagt Carla immer, wenn wir im Urlaub am Ferienort unsere Koffer auspacken und sie erstaunt ist, was ich alles in den winzigen Hotelschränken unterbringen will.

»Wir bitten sie nun, ihre Sitze in eine aufrechte Position zu bringen und elektronisches Gerät auszuschalten«, tönt es aus den Lautsprechern, und ich werde aus meinen Gedanken gerissen. Ich klappe den Tisch hoch, den mein Sitznachbar und ich gemeinsam genutzt haben, denn Gott sei Dank blieb der Mittelplatz zwischen uns frei. Ich wundere mich sowieso immer, wie eng die Sitzreihen montiert sind, denn selbst ich mit meinen 160 cm Körpergröße stoße mir die Knie regelmäßig am Vordersitz blau. Wie das wohl Menschen ergeht, die größer sind als ich? Also rund 80 Prozent der Menschheit? Ich nehme die bunten I-Pod-Smartie-Kopfhörer aus meinen Ohren und schaue stattdessen zur Ablenkung auf dem Monitor der Animation zu, die den Landeanflug auf München suggeriert. Ich bin gespannt auf die Stadt und versuche bis zur Landung an den entspannenden blauen Pool der Therme zu denken.

Max steht am Gate, ich erkenne ihn schon von weitem. Er trägt eine dunkle Lederjacke im Aviator-Style (was sonst?), helle Jeans und hat sich eine Brille in den offenen Hemdkragen gesteckt. Ich ziehe meinen störrischen Koffer hinter mir her, der leider ein Rad verloren hat. Eigentlich halten diese Koffer alles aus, weshalb ich bereits den dritten dieser Serie gekauft habe. Leider wird diese Kofferserie nicht mehr produziert, sondern so ein neumodischer Kram mit vier beweglichen Rollen und popbunt. Das ist nicht mein Stil und ich hoffe, dass sich im Lager vom Traditionskaufhaus KaDeWe in Berlin vielleicht noch ein Exemplar meiner Serie finden lässt. Ich stelle den Koffer ab. Max begrüßt mich begeistert und streckt mir die Hand entgegen.

»Hallo, ich freue mich, dass es geklappt hat und Sie kommen konnten.« Ich nicke und ergreife seine ausgestreckte Hand.

»Ich bin sehr gespannt auf das Institut«, sage ich.

»Ja, das schauen wir uns morgen an. Erstmal bringe ich Sie ins Hotel und dann zeige ich Ihnen etwas von München. Ein prima Abendessen wartet auf uns. Was ist mir Ihrem Koffer?«

Er schaut auf mein riesiges Ungetüm, das etwas schief dasteht.

»Rad ab«, sage ich lakonisch. »Das passiert sonst nie. War wohl schon zu oft unterwegs.«

»Das können wir bei der Fluggesellschaft reklamieren. Das dürfte beim Gepäcktransport nicht passieren.«

»Ich glaube, dass lohnt sich nicht mehr«, sage ich wahrheitsgemäß. »Den habe ich schon sechs Jahre, und der hat auch schon mehrere Flüge nach Italien hinter sich. Das nehme ich ihm nicht übel, wenn der jetzt schlappmacht.«

Max sieht mich verwundert an. Vermutlich hat er mich als Anwältin für kampfesbereiter gehalten. Aber in diesem Fall kann ich für meinen altersschwachen, gebrechlichen Koffer wirklich niemandem die Schuld geben. Wir hiefen ihn mit vereinten Kräften zu Max' Auto, das vor dem Flughafenterminal im Halteverbot steht.

»Nur für fünf Minuten«, lacht er, als er sieht, dass ich das Halteverbotsschild entdeckt habe. Ich bin Anwältin und keine Polizistin! Außerdem war mein Blick ein geschicktes Ablenkungsmanöver, denn ich versuche möglichst vorsichtig auf den Beifahrersitz zu klettern, ohne mir den Gehschlitz im engen Rock aufzureißen. Wer hat eigentlich diese riesig hohen Autos erfunden, in die man hineinklettern muss wie in einen amerikanischen Überland-Truck? Gibt es dafür nicht mal eine ordentliche Leiter? Wie soll man da mit einem engen Bleistiftrock einsteigen? Hallo, Ingenieure: auch mal an die Frauen gedacht, die nicht den ganzen Tag auf einem Ponyhof herumlaufen und praktische Reiterstiefel tragen? Während ich noch insgeheim hoffe, dass der Gehschlitz jetzt nicht bis zum Po aufgerissen ist und nach dem Sitzgurt fische, weil ein lautes Warngepiepse mich darauf aufmerksam macht, beginnt Max bereits das Gespräch:

»Wir haben alles vorbereitet. Morgen startet der Windkanalversuch. Ein Flug am Nachmittag wird wahrscheinlich nicht klappen, weil das Wetter laut Vorhersage kein

Flugwetter sein wird. Aber wir besichtigen trotzdem den Hangar.«

Er steuert den Wagen durch den Feierabendverkehr von München und erzählt mir von seinem Ballonmotor. Ich schaue mir das Cockpit des Autos an, das gefühlte tausend Instrumente mehr hat, als mein guter Oldtimer. Der hat Tacho, Ölanzeige, Choke, Blinklicht, das Radio ist bereits seit dem Kauf vor vier Jahren defekt. In Max' Auto würde ich mich nie und nimmer zurecht finden, es hat nicht mal mehr einen ordentlichen Schlüssel. Ich befürchte, ich befinde mich mit meinem Auto und mit meinem Technik-Know how auf dem Wissensstand vom alten Methusalem oder so.

»Ich bin seit fünf Jahren Dozent an unserer Uni und gebe drei Vorlesungen«, erklärt Max, was mein Gefühl bestätigt.

»Insgesamt betreue ich zehn Doktoranden und mehr als 400 Studenten. Und es werden immer mehr, weil die Universität Lehrkräfte einspart.«

»Das ist bei uns in Berlin auch so«, sage ich. »Gerade zu Semesterbeginn sitzen die Studenten in den Hörsälen auf den Treppen, bis sich nach zwei, drei Wochen herausstellt, welche Kurse und Vorlesungen sie wirklich besuchen wollen, und es sich etwas umverteilt.«

»Dazu kommt, dass die Gelder immer weniger werden. Um das auszugleichen stellen wir jetzt mehr Forschungsanträge, was aber auch mehr Papierkram ist. An den Wochenenden schreibe ich Anträge, korrigiere Klausuren und bereite die Vorlesungen vor.«

»Samstags bin ich auch am liebsten im Büro, da stört

mich keiner«, wir haben also schon eine Gemeinsamkeit. Er nickt.

»Ja, nur zum Fliegen kommen wir immer weniger. Dabei ist das doch das, wofür wir angetreten sind. Stattdessen steigt der Verwaltungsaufwand immer mehr.«

Dazu schweige ich, denn ich bin als Juristin Teil dieser allseits vorhandenen Verwaltungs- und Verkomplizierungsstrategie.

»Ich zeige Ihnen morgen mal meinen Schreibtisch. Ich wünschte, er wäre so aufgeräumt wie Ihrer in Berlin.« Er schmunzelt.

»Der ist nur deshalb so klar strukturiert, weil ich im Chaos nicht arbeiten kann«, sage ich. »Britta, meine Kollegin, sorgt für die entsprechende Ordnung.« Er sieht mich von der Seite an.

»Ich nehme an, dass Sie daran trotzdem nicht ganz unbeteiligt sind.« Wieder folgt dieses verschmitzte Lächeln und um seine braunen Augen bilden sich winzige Lachfältchen. Max ist wirklich ein ausnehmend attraktiver Mann. Allerdings mehr die Marke Crocodile Dundee als schöner Rudolf. Ich lasse mich mit dem Riesenwohnmobil durch die Einbahnstraßen der Münchner Innenstadt fahren, bis wir vor einem kleinen Hotel im Fachwerkstil anhalten. Die Zufahrt hat gerade Platz für ein Auto, so schmal ist das hier alles gebaut, nicht zu vergleichen mit den breiten Straßen in Berlin. Ein Hotelpage kommt sofort zu uns an den Wagen geeilt und Max steigt aus.

»Darf ich Ihr Auto parken?«, fragt er dienstbeflissen.

»Nein«, sagt Max, »wir möchten nur etwas ausladen.«

»Gut, aber dann müssen Sie leider den Platz räumen.«

»Schon okay, ich fahre in die Tiefgarage.«

Max öffnet die Heckklappe seines BMW (was fährt man sonst in München?) und schleppt meinen Koffer aus dem Kofferraum.

»Was haben Sie da bloß alles drin?«, fragt er. Ähem, 4 x Schuhe, zwei Mäntel, ... – die Wahrheit will er sicher nicht wissen.

»Akten und Unterlagen, falls ich etwas nachlesen muss. Ich besuche noch einen Mandanten in München.« Das war überaus schlagfertig, und das habe ich auch nur der Tatsache zu verdanken, dass das Aussteigen aus diesem Truck einfacher war als das Einsteigen. Und der Rock ist auch nicht hin, was ich durch vorsichtig-unauffälliges Betasten herausfinden konnte. Für die Lüge erhalte ich zwar die Auszeichnung ›Pinocchio-Nase der Woche‹, aber die Rückgewinnung meiner an sich vorhandenen Selbstsicherheit ist mir das Flunkern wert.

»Ein Mandant in München? Bleiben Sie länger?«, fragt Max.

»Nein, ich schaue einfach, ob es ein Zeitfenster gibt, dann nutze ich das.« Prima, die Floskeln aus meinem Zeitmanagementkurs machen sich bezahlt und lassen mich professionell dastehen, wenn schon mein Koffer auf dem Wagen des Hotelpagen ein sehr schiefes Bild abgibt. Max folgt meinem Blick.

»Wir könnten schnell zu *Ludwig Beck am Rathaus-*

eck gehen und einen neuen kaufen. Sonst müssen Sie auf dem Rückweg diesen schweren Koffer tragen – mit den Akten.« Ich nicke.

»Gut, ich checke nur schnell ein, dann bin ich soweit.«

»Ich warte hier unten in der Halle«, und er zeigt auf gemütlich große Sessel, auf denen man zu zweit Platz finden würde. Sie sind mit englischem Leinen in rustikalem Muster bespannt, der Hotelmarmor ist mit dicken Teppichen belegt, und im Foyer hängt ein schwarzer schmiedeeiserner Kronleuchter wie aus einem mittelalterlichen Kloster. Es ist ein gemütliches oder eher zünftiges Hotel, würde ich sagen. Erfreut bin ich über die Bar mit geschätzten zehn Plätzen, die hinten rechts an das Foyer grenzt. Die ist ideal für einen Abenddrink. Und mein Kopfkino stellt sich die Bar bereits bei Kerzenschein und mit leiser Jazzmusik vor.

Mein Zimmer ist nicht groß, hat aber ein freundlich wirkendes Kingsize-Bett mit dicken Kissen. Zwei Sessel und ein runder Glastisch stehen unter dem Fenster, das zur Straße zeigt. Ich öffne es und lehne mich hinaus. Unter mir herrscht reges Treiben. Eine Touristengruppe folgt einem Führer, der einen bunten, nicht aufgespannten Schirm oder einen Spazierstock mit einem angeknoteten Taschentuch über den Kopf hält. Das sieht komisch aus, wie ein Karnevalsumzug. Weiter hinten, am Ende der Straße, sehe ich das Tor, durch das wir vorhin gefahren sind, und weit über meinem Kopf eine Turmuhr, die mit goldenen Zahlen halb sechs zeigt. Es ist ein milder, angenehmer Frühsommertag, schnell schließe ich das Fenster, öffne meinen Koffer und hänge zumindest die beiden Blazer in den Schrank. Und das Etuikleid für alle Fälle. Und die gebügelte Bluse. Die beiden Mäntel ebenfalls, die vier Paar Schuhe müssen auch untergestellt werden ... Dann wasche ich mir im Bad fix die Hände und betrachte mein Spiegelbild. Durch die Aufregung erspare ich mir eindeutig das Rouge, und die Wimperntusche sieht auch noch haltbar aus. Etwas Lippenstift und noch ein bisschen Puder und schon bin ich nach dem Flug und der Autofahrt wieder vorzeigbar. Ich schaue auf die Uhr. Donnerwetter, das waren doch wieder volle zwanzig Minuten. Jetzt aber los!

Gegensätze ziehen sich an

Max sitzt zufrieden in einem Sessel im Foyer und liest die Münchner Tageszeitung. Auf dem Tisch neben ihm steht ein Whiskyglas, ein Blick zur Bar sagt mir, dass sie inzwischen geöffnet hat. Ist es schon sechs Uhr? Hat das alles doch so lange gedauert? Max lässt die Zeitung sinken und schaut zu mir rüber, als ich quer durch das Foyer auf ihn zugehe. Er steht auf und kommt mir entgegen.

»Wie wäre es mit einem Willkommensschluck?«, fragt er und seine braunen Augen leuchten. »Die Bar hat gerade geöffnet.«

»Sehr gerne. Ein Campari auf Eis wäre genau richtig.«

»Kommt sofort. Setzen Sie sich doch schon mal. Ich bin gleich zurück.« Und schon steuert er auf den Barkeeper zu. Sehr aufmerksam, denke ich. Ein kleiner Campari kann mir nicht schaden und ist sozusagen mehr als Nerventonikum einzuordnen. Die Basis von Klosterfrau Melissengeist oder wie das heißt ist schließlich auch Alkohol. Ich setze mich in einen der Sessel gegenüber von Max' Platz und warte. Die Rezeption ist gut besucht. Die drei Damen, jeweils im prächtigen Dirndl mit ebenso prächtigem Dekollete, haben mehrere anreisende Gäste zu delegieren und die ruhige Zeit des Kofferwägelchens scheint auch vorbei zu sein. Es fährt lautlos hin und her, quer durchs Foyer, der Page nickt mir höflich zu. Den Campari, den Max mitbringt, kann man nicht als homöopathische Dosis betrachten, sondern der Barkeeper hat wohlwollend eingeschenkt. Das nehme ich zufrieden zur Kenntnis, denn mein verspäteter Auftritt hat meine Selbstsicherheit wieder untergraben und ich bin angespannt. Das wird auch nicht besser, als Max sich nicht auf seinen vorherigen Platz setzt, sondern direkt neben mich.

»Auf eine erfolgreiche Zusammenarbeit«, sagt er und prostet mir zu.« Dagegen habe ich wirklich nichts einzuwenden und stoße gerne mit meinem Glas vorsichtig gegen seinen dunkelbraunen Whisky. Er greift in eine Tasche neben dem Sessel und zieht eine blaue Mappe hervor.

»Ich dachte mir, wenn wir uns die Unterlagen kurz hier ansehen, dann haben wir nachher beim Essen mehr Zeit.« Er nestelt die Papiere aus der Hülle und reicht sie mir. Ich bin ein bisschen enttäuscht, dass er sich nur deshalb so nah zu mir gesetzt hat, damit er die Unterlagen mit ansehen kann. Andererseits gibt mir das natürlich eine willkommene Nahperspektive. Ich kann ihn genau beobachten, zentimetergenau zoomen. Natürlich nur im Sinne der Sache, versteht sich. Ich trinke noch einen Schluck von dem köstlich kühlen Campari, dann fange ich an zu lesen. Es ist schnell klar, dass sich die Vorarbeit von Rudolfs Büro und meine Ergänzungen gelohnt haben. Außer zwei minimalen Korrekturen kann ich keine Fehler ausfindig machen. Ich bin voll konzentriert und sehe erst wieder auf, als das Eis in meinem Drink geschmolzen ist.

»Perfekt, das können wir nach diesen beiden Änderungen morgen sofort anmelden.«

»Wirklich? Das ist phänomenal«, sagt Max. Na ja, denke ich. Als phänomenal habe ich eine anwaltliche Tätigkeit noch nie eingeschätzt, aber wenn er das so definiert … Ich strahle ihn an und trinke noch ein Schlückchen auf die Zusammenarbeit.

»Könnten wir dann nicht auch noch eine Anmeldung für China vorbereiten?«

»China?«

»Ja, die Chinesen sind begnadete Kopisten. Da sollte ich zumindest ein Patent haben, auch wenn sie das nicht davon abhalten wird. Aber ich kann sie dann wenigstens darauf hinweisen. Kopien sind für sie an sich nichts Schlechtes. Im Gegenteil, sie haben einen klaren Leitsatz, an den sie sich halten: Den Meister erkennt man an der Anzahl der Kopisten.«

»Nun, dann sind Hermes, Louis Vuitton, Mont Blanc und Adidas eindeutig als Meister ausgewiesen, denn deren Produkte kann man als Fake an jeder Straßenecke in Hefei kaufen.« Max nickt.

»Wie ich schon sagte, abhalten wird sie das nicht. Aber ich kann mir vielleicht einen Teil von meinem geistigen Eigentum sichern.«

»Ich muss erst einen Übersetzer finden, das wird nicht ganz so einfach wie die englische Version.«

»Gut, dann wird das unser zweites Projekt.« Oder meins und Rudolfs.

»Ich schicke Britta schnell eine SMS, dass sie morgen früh einen Übersetzer anruft. Wir hatten da mal einen in einer Baugeschichte. Vielleicht ist er noch in seinem Job tätig und kann diesen Auftrag auch übernehmen. Von der Architektur zur Luftfahrt ist es ja nicht so weit«, sage ich etwas zu übermütig.

»Finde ich schon«, antwortet Max amüsiert. »Eins bleibt am Boden und das andere darf fliegen.«

»Ich meine, statisch betrachtet. Sind doch ähnliche Gesetze, nehme ich mal an«, murmle ich, bin mir aber natürlich überhaupt nicht sicher, ob das stimmt. Glatteis im Frühsommer, sagt meine innere Stimme. Vorsicht, Liz! Und geschäftig suche ich mein Smartphone (das mit der neuen Software) aus der Handtasche und bereite die SMS an Britta vor. Max beobachtet fasziniert, wie meine roten Fingernägel die Oberfläche bedienen, wobei es natürlich nicht die Nägel, sondern die Fingerkuppen sind. Ich warte schon auf die obligate Frage: Sind die echt? Aber Max fragt das nicht, sondern verstaut die Papiere samt blauer Mappe wieder in seiner Umhängetasche.

»So, nun müssen wir aber noch schnell den Koffer kaufen, sonst wird es zu spät. Wir haben noch zwanzig Minuten Zeit.«

Den Koffer? Zwanzig Minuten? Ich lasse das Handy in die Tasche plumpsen, nippe noch einmal am Glas und stehe dann auf.

»Das schaffen wir nie«, sage ich.

»Doch, natürlich, das ist doch gleich um die Ecke.«

Ich weiß wirklich nicht, wie Männer sich einen Kofferkauf vorstellen. Aber ich muss erst einmal in der Kofferabteilung auf- und abgehen, sämtliche Koffer begriffeln, die Preisschilder ausfindig machen, einen Koffer aus dem Regal zerren und tragen oder hinter mir herziehen. Das volle Programm Kofferkauf eben. Auch wenn ich zum Schluss wieder meine alte Marke kaufe. So jedenfalls läuft das nicht mit Max. Für den Weg durch die Einbahnstraße zu Ludwig Beck brauchen wir drei Minuten, und obwohl ich sehr gut zu Fuß bin, stehe ich anschließend schnaufend auf der Rolltreppe und fahre schwitzend in die Kofferabteilung. Die Auswahl ist überwältigend, hier brauche ich mindestens drei Stunden, wenn ich die Reisetaschen weglasse.

»Welche Farbe und welche Größe?«, fragt Max.

»Schwarz und so groß wie der Ex«, sage ich. »Koffer meine ich.«

Max sieht mich an. »Hartschale«, ergänze ich schnell. »Damit nicht alles so schnell zerdrückt wird. Ich habe da eine klare Vorstellung …«

Ich verlasse das Kaufhaus nach nur zwölf Minuten mit einem schwarzen Koffer, der vier Rollen hat, die sich in alle Himmelrichtungen drehen, nur nicht in die, in die ich mich gerade vorwärts bewege. Auf der Rolltreppe wäre ich schon fast mit ihm in ein älteres Ehepaar gepurzelt, nachdem ich zuvor einem Berufsjugendlichen über die Turnschuhe gefahren bin. Ein Lager hat Beck nicht und schon gar keine Koffer aus der Saison von vor sechs Jahren. Was ist das denn hier?, will ich noch fragen, aber Max eilt schon dem Ausgang zu, und ich kann gerade noch rechtzeitig den Pincode im EC-Lesegerät eingeben, damit er nicht mit meinem Koffer unterm Arm als Dieb bezichtigt wird. Im nächsten Moment ist er schon samt Koffer durch die Glastür verschwunden. Super, denke ich. Geht hier auch mal was nach mir? Na ja, er ist der Mandant, Mandant bekommt immer Recht, das ist mein Job – auch wenn es hier um meinen Koffer ging. Ruhig Blut, Liz!

Max steht fröhlich neben dem Eingang. »Jetzt haben wir noch viel Zeit für unser Abendessen. Wir bringen ihn nur kurz zum Hotel und dann zeige ich Ihnen ein typisch bayrisches Lokal.« Bei solchen Aussichten kann ich nicht mal richtig ärgerlich werden, denn ich habe einen Riesenhunger. Und im Grunde genommen ist der windschnittige Hochglanzkoffer aus superleichtem Spacematerial sogar ziemlich stylish. Er sieht aus wie Max' Auto. Groß, innovativ und mit zig Funktionen – daran muss ich mich eben erst gewöhnen.

Wenn ich jetzt dachte, der Abend wird etwas ruhiger als der ferrarischnelle Einkauf, dann habe ich mich getäuscht. Statt in einer verwunschenen italienischen Trattoria bei Kerzenschein, sitzen wir an einem langen Tisch im »Augustinerbräu«. Mein dunkelblaues Etuikleid mit den frechen Glastropfen am tiefen Ausschnitt ist genauso unpassend wie mein Peep Toes. Am Nebentisch hat sich eine Reisegruppe aus Castrop-Rauxel niedergelassen, die laut lärmend die Salzbrezeln verteilt, die auf einem Holzständer auf dem Tisch stehen. Als dann jeder von ihnen auch noch mindestens eine Maß Bier auf der Stelle wegtrinken möchte und dies lautstark der Bedienung mitteilt, greife ich mir ein Knackerwürstchen, das auf unserem Tisch neben den Brezeln auf einem anderen Holzstock hängt. Wenn schon, denn schon – hier habe ich nichts zu verlieren, nur zu gewinnen.

»Hunger?«, fragt Max.

»Und wie!«, antworte ich, und kaue auf dem leckeren Pfefferbeißer herum. Ich putze mir die fettigen Hände an der Serviette ab und schaue in die Speisekarte.

»Was wäre denn die richtig typische Speise außer Weißwürsten? Die mag ich nun wirklich nicht.«

»Wie wäre es mit einer schlichten Spezialitätenplatte für zwei«, schlägt Max vor. »Das hat den Vorteil, dass Sie sich das aussuchen, was Sie wirklich mögen.«

Vielmehr hat es eher den Vorteil, dass Max dreiviertel der Leckereien auf der Platte samt Inhalt des Brotkorbes aufisst, während ich darüber nachdenke, was in einem gefüllten Leberkäse alles drin ist. Mit jedem Schluck Weißweinschorle werde ich fröhlicher. Der Lärm der Truppe am Nebentisch trägt zum Stimmungstuning bei, und irgendwie ist es mir hier so richtig, tja, gemütlich rustikal, würde man wahrscheinlich sagen, wenn das nicht zu abgedroschen wäre.

»Ich hätte noch eine Idee für den Nachtisch in einem anderen Lokal«, rufe ich Max zu, als ich sehe, dass sich die Blaskapelle vor unseren Tischen aufbaut.

»Gerne, ich muss nur noch zahlen. Mal sehen, was die spielen!«

Das wollte ich gerade nicht wissen, aber schon ist es zu spät.

Trompete, Tuba, Tuba, Trompete lärmen durcheinander, aber tatsächlich ist sogar mir als halber Preußin die Melodie des Stückes bekannt und ich summe mit. Am

Nachbartisch wird sogar mitgesungen. Und geschunkelt! Na, denke ich, das wird hier noch richtig familiär. Und schon sitzt ein Mann vom Nebentisch neben mir, der mich bereits die ganze Zeit aus den Augenwinkeln fixiert hat.

»Wo kommen Sie denn her?«

»Aus Berlin«, antworte ich wahrheitsgemäß.

»Wollen Sie hier auch ein bisschen Spaß haben?«

»Ich. Ähem, bin beruflich hier«, versuche ich zu erklären.

»Aber man kann ja nicht immer nur arbeiten, stimmt's junger Mann?« Und er sieht Max an und haut auf den Tisch, dass das Weißbier wackelt. Max grinst und gibt der Kellnerin im bodenlangen Dirndl noch einmal ein Zeichen. Ich bin baff, dass hier alle so traditionsbewusst herumlaufen.

»Bei uns in Berlin versuchen alle, insbesondere die ›Zugezogenen‹, zu vertuschen, woher sie kommen. Hier ist es identitäts- und gruppenbildend, sich zu bekennen und dazuzugehören.«

»Das verwurzelt und gibt Sicherheit«, sagt Max. »Der Münchner ist stolz auf seine Stadt – und auch auf seine Tradition. Das ist nicht in jeder Stadt so.«

»Wirklich nicht«, erwidere ich.

Als wir langsam Richtung Maximilianstraße wandern, bereite ich meinen Google-München-Tipp Numero Uno vor.

»Ich habe eine stylishe Bar für einen kurzen Dämmerschluck vorzuschlagen«, sage ich, als das Gespräch stockt. Wir müssen ja morgen früh raus, daher wäre ein

Cocktail ganz fein. Ich hole meine vorbereiteten Ausdrucke aus der großen Laptoptasche, die mir im Halbdunkeln prompt aus der Hand gleiten, weil ich sie nicht ordentlich eingeheftet, sondern nur in die Mappe reingelegt habe. Ein Windstoß und ein vorbeifahrender Bus geben den stundenlangen Googleauswertungen den Rest und sie fliegen in alle Himmelrichtungen.

»Oh, nein!«, entfährt es mir.

»Ist es wichtig?«, ruft Max und rennt bereits den ersten Seiten hinterher, die sich schon auf dem gegenüberliegenden Bürgersteig befinden. »Oh, nein«, rufe ich wieder, jetzt sieht er auch noch, dass ich mich wie eine Schülerin aus der neunten Klasse auf München vorbereitet habe. Dieser Abend ist wirklich nicht mehr zu retten.

Max kommt mir freudestrahlend entgegen und wird von einem wütenden Autofahrer angehupt, aber er dreht sich nicht einmal um.

»Ich habe alle Papiere zusammen«, sagt er schnaufend. »Und Sie? Haben Sie auch etwas retten können?«

Ich zeige auf eine Pfütze, die von dem nächtlichen Reinigungs- und Kehrdienst der Innenstadt übrig geblieben ist. Fünf Blätter lösen sich darin gerade auf, die Farben verschwimmen, und ich kann gerade noch meinen Bartipp lesen: Schumanns Bar.

Max sieht mich nachdenklich an. »Alles in Ordnung? Können wir das wieder gut machen?« Er erkennt mit Sicherheit, dass es sich nicht um amtliche Papiere handelt, sondern schlichtweg um schlecht formatierte und schief ausgedruckte Münchentipps. Aber er ist Gentleman genug, dies nicht zu thematisieren. Oder schlichtweg kurzsichtig wie ich.

In Schumanns Bar hält der Hausherr Hof. Generös geht er durch die Reihen der Schönen und Reichen, hält hier und da ein Schwätzchen und bringt auch mal dem einen oder anderen ganz speziellen Gast einen besonderen Drink von einem der Barmixer hinter der Theke. Einer sticht mir besonders ins Auge. Er ist nicht außerordentlich groß, aber wenn er einen Drink mixt, dann mixt er den nicht nur mit den erhobenen Armen über dem Kopf. Nein, sein ganzer Körper wiegt sich im Schwung des Mixens wie der hypnotisierte Körper einer Kobra. Fasziniert schaue ich dem gefühlvollen Menschen zu. Max folgt meinem Blick.

»Er ist für mich der beste Barista der Stadt, das muss ich ihm lassen. Er hat alle Zutaten und Mengen für 150 Drinks im Kopf und vergreift sich nie.« Max kennt meinen Bartipp längst. Wahrscheinlich auch jeder Nicht-Münchner auf diesem Globus. Ich beiße mir auf die Unterlippe. Das kommt davon, wenn man nur hinter den Akten sitzt.

»Ob er einen ›Hemingway‹ mixen kann?«, frage ich. Max bleibt höflich. »Ein Klassiker. Den macht er mit links. Ich empfehle dir seinen Spezial-Drink. Einen ›Swimmingpool‹!«

Dir?? Swimmingpool? Ein Drink mit dem Namen von meinem Lieblingsfilm mit Romy Schneider und Alain Delon. Ähem, da gibt es Filmszenen, die ich durchaus auch mal mit Max nachspielen könnte, wenn wir jetzt schon so plötzlich beim DU sind. Ehe ich hyperventiliere und rücklings vom Barhocker kippe, kommt mein Drink. Köstlich-kühl, trotzdem läuft mein Gedankenkarussell heiß. Ich versuche an unverfängliche Dinge zu denken, wie an das Abendessen, die scharfe Pfefferbeißerwurst aus dem Augustiner und daran, dass ich morgen mit Basetabletten etwas gegen Sodbrennen tun könnte. Ich kühle wieder etwas ab und lasse mir die Drinks und die Bargeschichte erklären. Und so komplett anders als in meinen Vorstellungen der Abend mit Max auch wird, so tut er mir doch gut. Mädchenhafte Romantikträume gibt es eben nur bei ›Drei Nüsse für Aschenbrödel‹ am Weihnachtsabend. Trotzdem liege ich am Ende des Tages aufgedreht in meinem King Size Bett und denke an unsere Gespräche und daran, dass es nicht bei einem Drink geblieben ist. Und als er mich dann noch zum Hotel begleitet hat und mich vor dem Nachtportier mit Küsschen auf Wange rechts und links verabschiedet hat, da war mir nicht mehr klar, ob mein Schwindel vom frühen Aufstehen, den Drinks oder von seiner Nähe kam. Aber letztendlich ist es auch egal. Hauptsache, ich bin morgen wieder fit, wenn er zum Frühstück ins Hotel kommt.

Wattegleicher Absturz

Wie war euer Abend?, simst Desiree.

Schön, simse ich zurück. *Morgen sehen wir uns wieder.*

Morgen? Okay, dann schlaf mal gut! ;-), kommt es zurück.

Max kommt nicht zum Frühstück, sondern ruft an. Ich habe die halbe Nacht sowieso nicht geschlafen. Um 5.00 Uhr habe ich dann meinen neuen Koffer eingepackt und nur die Kleidungsstücke draußen gelassen, die ich anziehen wollte. Doch nachdem ich im Hotelfernseher die Vorhersage der Wetterlage aufgerufen hatte (es sollte ein milder Tag ohne Regen werden) habe ich alles wieder umgepackt. So sitze ich um 7.30 Uhr im Frühstückssaal vor einer Kanne Kaffee und der Morgenzeitung.

»Ich bin schon im Institut gewesen und habe nachgesehen, ob alles klappt. Ich hole dich gleich ab, um halb neun bin ich da. Ich rufe kurz vorher an, vielleicht kannst du dann direkt zum Hotelausgang kommen, dann kann ich vorfahren? Das ist mit den Parkplätzen immer so eine Sache in München«, sagt er sachlich. Hat ihm der Abend nicht gefallen? Keine Frage, ob ich gut geschlafen habe oder irgendwelche anderen netten Verbindlichkeiten? Ich werde in wenigen Sekunden unsicher wie in der zehnten Klasse und ärgere mich über mich selber. Hallo, Liz? Reiß dich zusammen. Ich lese die Aktienkurse, um mich abzulenken, und ein Interview über ein rausgeschmissenes Vorstandsmitglied, der sich über die Wirtschaftspolitik in Deutschland auslässt. Nebenbei beobachte ich ein älteres Pärchen, das mich sehr an meine Mutter und Rudolf erinnert. Er liest ihr jeden Wunsch von den Lippen ab und trägt Konfitüre, Butter, Käsesorten aller Art und den Brotkorb herbei, während sie für beide Orangensaft presst und für zwei kleine Gläser ganze fünfzehn Minuten braucht. Ich schmunzele und simse an Desiree: *Drück mir die Daumen, fühle mich gerade wie fünfzehn.*

Toll, was hast du eingenommen?, simst es zurück.

Nichts!

Denkste! Stichwort: Code!

Ach ja, sie hat Recht. Unser geheimer Mädelscode. Ihre Warnung kam rechtzeitig. Ich hole mir ein Glas kühles Leitungswasser und trinke es in einem Zug leer. So, jetzt kippe ich bei der Institutsbesichtigung wenigstens nicht wegen Dehydrierung um. Endlich klingelt mein Telefon. Ich denke an den Mädelscode wie an ein Mantra.

»Ja, Liz … am Apparat.« Wer sonst? Aber ich tue mal so, als ob auch mein zweiter Münchner Mandant anrufen könnte, und vor Max muss ich einmal mehr professionell sein, als ich im Job ohnehin schon bin.

»Ich bin's«, sagt er gut gelaunt, »ich stehe vorm Hotel, kommst du heraus?«

»Ich bin schon unterwegs«, sage ich, lege hastig die Zeitung zur Seite und verlasse fluchtartig den Frühstücksraum. Ein Blick in den Fahrstuhlspiegel beweist, dass ich auch heute Morgen kein Rouge brauche.

Warum, bitteschön, sehe ich bei der leisesten Aufregung im Gesicht immer rosarot aus wie ein Silvesterglücksmarzipanschweinchen? Gibt es dagegen nicht auch etwas aus der Kosmetikforschung, außer Verödung sämtlicher Adern? Ich checke an der Rezeption aus und schiebe meinen neuen Spacekoffer lässig neben mir her. Ich muss schon sagen, das ist mit diesem leichten Ding ein angenehmeres Reisegefühl als mit dem sperrigen Kumpel zuvor. Max steht neben dem Auto und strahlt mich an.

»Guten Morgen, gut geschlafen? War es nicht zu laut?«

»Dir auch einen guten Morgen! Zu laut? Nein, war es gar nicht.«

»Na, nebenan ist das Münchner Hofbräuhaus, da hört man abends manchmal schon die Blasmusik durch die Wände. Auch feiernde Gruppen ziehen hier oft lautstark vorbei.« Und er drückt mir einen flüchtigen Kuss auf die Wange. Ich rieche sein Rasierwasser und überlege, ob es mich an jemanden erinnert oder ob es typisch Max ist. Das mag seltsam erscheinen, aber für mich ist das wichtig. Ich kannte mal jemanden, der roch permanent nach Davidoff. Und als unsere Affäre vorbei war, habe ich noch Monate später den Geruch in jedem Raum unter hunderten von Düften ausfindig machen können. Sozusagen mit verbundenen Augen. Das hat mich ganz verrückt gemacht, weil ich ständig mit dem Auftauchen von meinem Ex in der Menschenmenge gerechnet habe. Aber Max riecht nach Max, ohne Davidoff-Vorbelastung. Ich atme erleichtert auf.

»Alles in Ordnung?«, fragt er und sieht mich mit seinen großen Augen unter den dunklen Augenbrauen an. Könnte er endlich mal eine Krawatte tragen und nicht immer das Hemd zwei Knöpfe offen stehen lassen? Das treibt mir unnötig den Blutdruck hoch. Das muss ich nicht haben.

»Alles okay«, sage ich kurz angebunden und klettere in den Amerika-Alaska-Truck-BMW. Diesmal ohne Schwierigkeiten, Stretchjeans sei Dank!

Chaos ist ein weitgefasster Begriff. Aus dem Chaos ist die Welt entstanden, aus einer Art Ursuppe oder so, sagt man. Daraus haben sich die Atome zusammengefunden, neue Elemente und Stoffe gebildet und anschließend Materie. So oder so ähnlich entstand die Welt. Dieses Chaos herrscht in Max' Büro. Die Ursuppe sind mehrere Kaffeetassen, in denen Kaffee in unterschiedlichen Verfallsstadien vor sich hinoxydieren. Vermutlich verschiedene Erdepochen. Das Chaos an sich breitet sich auf Fensterbrettern aus, auf dem Schreibtisch oder dem, was als solcher zu identifizieren ist, weil zwei Besucherstühle davor stehen und obenauf ein Telefonapparat mit einer verknäuelten Schnur thront. Der PC-Bildschirm ist voller gelber Haftetiketten als Pinwand klar erkennbar, fürs Internet wird der Laptop genutzt, der auf einem Seitenregal neben einer üppigen Orchidee steht. Wo kommt die denn her?

»Ich habe den grünen Daumen«, grinst Max und zeigt auf die blühende Pflanze.

»Ich würde eher sagen, die hat einen ausgeprägten

Überlebenswillen«, und ob ich will oder nicht, ich fange an lauthals loszulachen. Er schmunzelt.

»Tja, ich finde mich zurecht. Was brauchen wir denn, ich suche es gleich heraus?«

»Eigentlich nichts, die Patentanmeldungen habe ich mitgebracht.« Und ich öffne mein Messanger-Bag, in dem ich mir die Akten umgeschnallt habe. Das Chaos hier hat etwas Befreiendes und wirkt erlösend auf mich. Max nimmt mir den USB-Stick ab.

»Ich habe das gestern Nacht noch geändert, was uns aufgefallen war. Wir müssen es jetzt nur noch einmal ausdrucken und unterschreiben, ansonsten ist alles fertig. Dann kann ich es absenden.« Ich muss ja nicht erzählen, dass ich es erst zu Rudolf nach Berlin schicke, der es dann mit seinem Patentanwaltsstempel wieder zurück nach München ans Patentbüro schickt. Mein kleines Geheimnis.

»So, jetzt zeige ich dir das Institut und die Labore.«

Nach dem Besuch in seinem Büro habe ich noch mehr Ursuppe erwartet, aber die anderen Büros sind aufgeräumt und klar strukturiert, wie man sich wissenschaftliche Einrichtungen vorstellt. Ausgenommen die skurrilen Flugobjekte, die von den Decken hängen oder in den langen Fluren an die Wände gelehnt stehen.

»Alles erste Ideen«, sagt Max, »denen wir nachgehen müssen. Im Moment sind es nur Formfindungsprozesse aus Styropor und Balsaholz.«

Formfindungsprozess. Guter Ausdruck, genauso fühle ich mich auch seit einigen Tagen. In einem Formfindungsprozess. Alles hat sich aufgelöst und neu zusammengesetzt. Es ist so, als ob Berlin in einer anderen Galaxie existiert und weit weg ist, dabei sind gerade mal wenige Stunden vergangen.

Ich schaue durch eine Art Bullauge in eine Brennkammer für hohe Temperaturen und Max erklärt mir das zusammengeschrumpelte Etwas in dem Ofen als eine hochinteressante Keramik für Shuttlenasen, die beim Wiedereintritt in die Erdatmosphäre den enormen Temperaturen standhalten und Astronauten wie auch Geräte schützen könnten. Ich nicke. Klar, alles verstanden. Erdatmosphäre? Ich denke über meinen alten Schulglobus nach. Wie war das? Glasglobus gleich Erde, Atmosphäre in etwa so groß wie eine winzige Eierschale drumherum, die uns vor den Kälten des Weltalls schützt.

»Sehr kalt, bis zu minus 40 Grad« erklärt Max. »Und in der Höhe wollen wir nahezu fliegen. Das ist natürlich eine Herausforderung an Mann und Material.«

Sein Dreier-Lieblingsthema: Herausforderungen, Mann und Material. Drei Begriffe, die ich bisher nur in anderem Zusammenhang kennengelernt habe, wenn ich da an Schuster denke. Seine Herausforderungen bestehen darin, die nächstmögliche Story über Promis & Co. in Berlin zu entdecken und ins Mediennetz zu bringen. Max hat da ganz andere Herausforderungen. Mir wird schwindelig. Ich schaue auf seine Fliegeruhr, es ist bereits Mittagszeit, und wir haben nur die ersten Hallen und Labore angesehen. Bei einer überaus hübschen Wissenschaftlerin bleiben wir im Büro hängen und nehmen uns an ihrem Automaten einen heißen Kaffee im Pappbecher. Unter ihrer Nickelbrille blitzen hellblaue wache Augen hervor und ihre blonden Locken wären sicherlich wunderhübsch anzusehen, wenn sie sie nicht so streng zu einem Pferdeschwanz zusammengeknotet hätte. Aber hier geht es um Materieschwingungen und nicht um Schönsein, das wird mir schnell klar. Obwohl, hat Max ihre Hand nicht ein wenig länger bei der Begrüßung gedrückt als alle anderen Mitarbeiterhände zuvor? Ich nippe von dem Pappkaffee. Materie. Ursuppe. Immerhin kann man sie trinken. Noch nicht oxydiert. Ich spüre die ersten Anzeichen einer Unterzuckerung durch meinen Hunger und wühle in meiner Tasche nach einem Handtaschenbonbon. Ich finde ein uraltes Werthers Echte, das ich genüsslich im Mund zergehen lasse, während Blondie Einstein und Max durch eine Art dickes Mikroskop gucken.

»Essen wir eine Kleinigkeit zusammen?«, fragt die Schöne und kommt auf mich zu. »Der Motorversuch in der Halle beginnt erst am Nachmittag, uns fehlt noch ein Kollege, der mit den Heliumflaschen unterwegs im Stau steht. Er hat gerade angerufen und kommt eine Stunde später.« Ich zucke mit den Schultern. »Gerne!« Ehe ich hier wegdiffundiere wie ein Krümel Keramik im All, gehe ich lieber mit den beiden in die Kantine.

Nach dem Essen geht es mir besser und ich kann mich wieder ohne Schwindel auf den Beinen halten. Immerhin habe ich heute Nacht ganze zwei Stunden traumlos geruht, Schlaf konnte man das nicht nennen. Und jetzt stürzen Unmengen von Informationen auf mich ein. Wie sollen das meine armen Nervenzellen alles verarbeiten, die sich meistens nur durch Paragraphen arbeiten müssen? Die sind geduldig und immer an derselben Stelle. Hier ist alles in Bewegung. Hier ergibt eine Theorie die nächste. Und soll es nicht bei der Theorie bleiben, wird sogleich ein Versuch daraus. Mir bleiben in meinem Job gerade mal die Interpretation und das geschickte Anwenden meiner Gesetze. Auslegung oder Gesetzesbeugung nennt man das. Bei Max ist alles anders. Hier sind eigene Ideen gefragt. Sicherlich gehorchen diese auch bestimmten Gesetzen wie dem der Materie, der Flieh- und Schwerkraft und was weiß ich noch alles. Aber Max kann damit jonglieren, er ist frei. Er denkt Neues. Ich bin ein Junkie meiner roten toten Gesetzesbücher. Und ich überlege, ob die in der Kantine vielleicht auch ein Schlückchen Verteilerli in Form von Sekt oder meinetwegen auch Underberg haben, um meine aufkeimende Ratlosigkeit in Seligkeit zu verwandeln.

Max scheint von meinen Gedankenkonvoluten nichts mitzubekommen. Er führt mich durch die Laborlabyrinthe bis in den Hangar. Hier liegt eine weiße, große Hülle von etwas, das mal ein Ballon werden könnte, wenn man es aufbläst. Aber der Typ mit den Heliumflaschen steht ja noch im Stau.

»Das sieht nach Verzögerungen aus, wir wollten heute wenigstens eine Probefüllung machen, den Motor anhängen und laufen lassen und morgen früh kurz aufsteigen. Aber wenn Tom nicht bald auftaucht, wird das heute nichts mehr.«

»Wie schade«, sage ich. Denn das Ding hier vor mir fasziniert mich wirklich. Wahrscheinlich, weil ein Foto seines kleinen Bruders an der gegenüberliegenden Wand hängt, das ich eingehend betrachte.

»Und das fliegt?«

»Und wie«, sagt Max. »Wir können es mit einer speziell entwickelten Steuerung genau dorthin fliegen, wohin wir es haben wollen. Oder nahezu.«

Ich schaue auf das Fluggerät. Es sieht aus wie eine umgedrehte Birne, aber eine Kabine oder ein Korb wie bei einem Fesselballon fehlen.

»Fliegt da keiner mit?«, frage ich unschuldig.

Max lacht. »Nein, das wäre in diesem Fall nicht möglich. Dafür haben wir nicht genug Auftrieb. Wir müssen einerseits ganz leicht sein, um hoch fliegen zu können. Andererseits schwer genug, um den Winden etwas entgegenzusetzen.«

»Und das Wetter?«

»Das Wetter ist in der Tat immer eine Unwägbarkeit. Da sind wir abhängig. Wir beobachten die jahreszeitlichen Windverhältnisse ganz genau und haben uns eine Route um die Welt ausgerechnet, die die Winde nutzt. Auch die Jahreszeit ist berücksichtigt.«

Max zeigt auf ein großes Tableau neben dem Foto, das die Kontinente zeigt, mit einer großen blauen Spur, die sich wie ein mäanderndes Seil darüber zieht.

»Das ist die geplante Flugroute, da kann sich natürlich immer mal noch etwas verschieben durch aktuelle Wetterverhältnisse.«

»Was ist das optimale Flugwetter?«

»Das gibt es eigentlich nie. Beinahe windstill, kein Regen, keine Gewitter, nicht zu viel Sonne, nicht zu viel

Thermik. Manchmal früh morgens haben wir annähernd solches Flugwetter.«

»Es gibt nie optimale Voraussetzungen?«

»Beim Fliegen und im Leben wohl eher selten«, sagt Max. »Man muss mit den Gegebenheiten umzugehen lernen, die da sind. Das ist die Herausforderung.«

Da ist es wieder, dieses Wort: Herausforderung. Ob die Kantine noch geöffnet hat? Herausforderungen verunsichern mich, dafür bin ich nicht gemacht, würde ich mal sagen. Oder?

»Hättest du noch Zeit, einen Vertrag durchzusehen?«

»Einen Patententwurf?«

»Dieses Mal nicht. Wir haben eine Anfrage aus Amerika bekommen, ob wir einen Ballon für eine Firma dort bauen können. Es wäre ein gutes Angebot für uns, und wir würden für das Institut und die Forschung wieder neues Geld in die Kassen spülen.«

»Gerne, das schaue ich mir an.« Endlich wieder mein ebenes Terrain und etwas, wovon ich was verstehe!

In Max' Weltenstehungsbüro setze ich mich auf einen der Besucherstühle gegenüber seinem Papierbergschreibtisch und warte. Er findet mit wenigen Handgriffen den Vertragsentwurf in seinem Chaos. Es ist eine einfache ausgedruckte Email.

»Noch einen Kaffee?«, fragt er und sieht mir mit seinen braunen Augen mitten in meine verschlafenen Pupillen. Das bewirkt bei mir akute Bluthochdruckgefahr bei gleichbleibender Übermüdung – wenn es diesen Zustand gibt.

»Das wäre hilfreich«, sage ich. »Und vielleicht gibt es auch noch einen Keks dazu?«, frage ich vorsichtig.

»Einen? Hunderte!« Er öffnet eine Blechdose mit Fliegermotiv von Oma, die perfekte Bilderbuchplätzchen enthält. Selbstgebacken, natürlich. Wo hat er die denn her? Plötzlich taucht Blondie Einstein in der Tür auf.

»Das Helium ist da«, sagt sie. »Wollt ihr eine Probefüllung beginnen? Ohh, sie haben meine Kekse entdeckt. Selbstgebacken nach altem Familienrezept«, ergänzt sie noch. Super, denke ich. Die hat nicht nur einen IQ von 150 unter ihren Engelslocken, sondern kann auch noch Kekse backen wie eine Konditormeisterin. Vertrag ansehen, Liz, das ist etwas, was du kannst, sagt meine innere Stimme. Und bitte, stell deinen inneren Kippschalter um von persönlicher Ärger auf kühler Profi. Mein Kippschalter scheint okay zu sein. Nach zwei Stunden habe ich alle Fallstricke im Vertrag gefunden, Max' Kaffeekanne geleert und die Keksdose zur Hälfte, was mir extrem peinlich ist. Aber beim Lesen habe ich immer wieder mechanisch in die Dose gegriffen, weil diese Einstein-Kekse tatsächlich ausnehmend gut schmecken. Immerhin haben die Kekse für gute Ergebnisse gesorgt. Ich will nicht sagen, dass Max froh sein kann, dem Vertrag so nicht zugestimmt zu haben. Aber so ist es.

»Du kannst froh sein, dass du den Vertrag noch nicht unterschrieben hast«, sage ich. Wuuupps, da ist es doch rausgerutscht.

Er hebt die Augenbrauen, als ich ihm die Seiten mit

den roten Markierungen reiche. Er sitzt auf dem Hangarboden und befestigt Schnüre an dem Ballon, der bereits zu zwei Drittel gefüllt ist und im Moment aussieht wie eine schrumpelige Linse.

»Ist er nicht gut? Der Betrag ist doch einwandfrei?«

»Ja, der Betrag schon, aber die Bedingungen nicht. Ihr gebt alle Rechte an eurer Entwicklung ab, müsst eine Garantie auf 10 Jahre liefern, die enorme Rückforderungen ermöglicht und habt auch sämtliche Überführungs- und Zollkosten zu übernehmen.«

»Mmmm«, antwortet Max vom Hallenboden aus. Und ich habe die Gelegenheit, seine dunklen, dichten Haare zu bewundern. Einladend zum Durchwühlen, muss man schon sagen.

»Was schlägst du vor? Überarbeiten oder neu verhandeln?«

Ach so, ja, der Vertrag ...

»Überarbeiten wäre richtig. Und dann neu besprechen.«

»Dafür haben wir keine Zeit mehr. Ich fliege morgen nach London. Die Amerikaner sind schon da. Wir treffen uns sozusagen auf halbem Wege auf neutralem Gebiet.«

»Morgen? Dann wird das knapp.«

»Kannst du nicht mitkommen? Dann können wir alles vor Ort diskutieren.«

»Ich? Mein Flugzeug nach Berlin geht in zweieinhalb Stunden. Ich muss jetzt sowieso los.«

Er sieht mich an. Habe ich muss gesagt? Was heißt hier muss? Ich muss gerade gar nichts, denke ich.

»Du könntest die Verhandlungen begleiten, ich verstehe nämlich nicht so viel davon«, ergänzt er und legt die Zange zur Seite.

»Ja, aber …«, fange ich mit trockenem Mund noch einmal an. Plötzlich fällt mir unser Mädelscode ein!

»Ja, du hast Recht. Ich begleite dich!«

»Phantastisch«, ruft er aus. Er springt auf und steht vor mir. Jetzt ein In-den-Arm-Nehmen, denke ich, wäre super. Aber Max steckt kraftvoll seine Hände in die Hosentaschen. Er zieht einen Schlüsselbund hervor.

»Dann buchen wir sofort alles um, Doro kann dir helfen. Wir gehen gleich zu ihr ins Büro.« Und er eilt voraus zum Seitenausgang der Halle und schließt uns die schwere Blechtür auf.

Doro sitzt über ein Formular gebeugt an ihrem Schreibtisch und schreibt mit spitzem Bleistift. Ihre Zungenspitze hat sie in den rechten Mundwinkel geklemmt, die rote Modebrille in die Haare. Das Büro ist perfekt aufgeräumt und riecht nach Zitrusfrüchten. Auf einem Tischchen neben einem Airbus-Modell brennt eine Duftkerze. Doro schaut erfreut auf.

»Hallo, Doro, das ist Liz … aus Berlin. Unsere Anwältin, sie überprüft alle Verträge und kommt morgen mit nach London. Helfen Sie ihr bitte beim Flugbuchen?«

»Natürlich! Guten Tag.« Doro lässt ihren Stift sinken, erhebt sich und kommt freundlich auf mich zu. Ihr hellblaues Strickkostüm sitzt wie angegossen. Sie sieht aus wie eine große hellblaue Wolke, die auf mich zuschwebt.

Aber vielleicht sehe ich das auch nur wieder so wegen meiner Unterzuckerung, denn ich habe zur Abwechslung mal wieder Hunger. Die halbvolle Keksdose von Blondie Einstein fällt mir ein. Ich nehme Doros warme, weiche Hand, die sie mir entgegenstreckt und begrüße sie freundlich. Doro, der hellblaue Cumulus.

»Dann wollen wir mal«, sagt sie und bietet mir einen Platz neben ihrem an, so dass wir beide auf den Bildschirm schauen können. Im Flugzeug von Max nach London gibt es noch freie Plätze, allerdings zu Diamondpreisen, weil wir so spät buchen und an einem Tag hin- und zurückfliegen.

»Eine Übernachtung für morgen Abend wäre auch noch zu organisieren«, sagt Doro. »Und wo bleiben Sie heute Nacht?«

»Ich könnte wieder in meinem Hotel in der Innenstadt anrufen. Vielleicht ist da noch etwas für drei Nächte frei?«

»Gut, das setzen Sie dann aber bitte uns auf die Rechnung.«

Ich denke nach. Doro hat generell Recht. Dies sind meine Mandanten und sie bezahlen meinen Aufenthalt durch ein Honorar oder eine Spesenabrechnung. Ihretwegen bleibe ich drei Tage länger, trotzdem kommt es mir in diesem Fall nicht ganz richtig vor. Ich nicke, um wenigstens irgendeine Reaktion zu zeigen.

»Und den Rückflug nach Berlin, den verschieben wir dann auf Sonntagabend«, ergänze ich stattdessen. Ich rufe bei der Hotline an, deren Nummer auf meiner Buchungsbestätigung angegeben ist, und habe den Flug in wenigen Minuten umgebucht. Diese organisatorischen Dinge haben mir noch nie Probleme gemacht. Aber alles andere sind halbe Katastrophen.

Was passiert, wenn ein Fünf-Sterne-Koch ein Raumschiff bedienen muss? Wenn ein Malermeister einen Computer repariert oder ein Glasbläser ein vierhändiges Pianokonzert gibt? Denen ergeht es wie mir: als Anwältin für leichte Beziehungsfälle und schwere Ehekrisen stehe ich sprachlos vor den Instrumenten, die Atmosphäre vermessen und den Ballon steuern sollen. Und ich bin froh, dass das Ding keine Piloten mit an Bord nimmt, denn bei dem Glück, das ich habe, wird dem Piloten überm Atlantik schlecht, und ich kann dann eben mal den Kurs ausrechnen oder den Auftrieb überprüfen. Ich stehe in der Halle neben Max und beobachte seine Kollegen, die mit den Vorbereitungen beschäftigt sind. Ich genieße es, dabei zu sein und beobachte ihn aus den Augenwinkeln. So chaotisch sein Schreibtisch auch ist, hier hat er alles im Griff, das muss man ihm lassen. Er ist ständig im Einsatz, regelt, trägt, gurtet fest, schraubt ab, schreibt auf, misst nach, ich bin erstaunt über die Vielseitigkeit der Aufgaben und vergleiche insgeheim wieder meinen Job mit seinem. Ich werde aus meinen Gedanken gerissen, als mein Telefon klingelt.

»Ja, ich bin's«, sage ich und schaue fasziniert zu, wie die Jungs ein schweres Druckmessgerät zum Ballon rollen und es an was-weiß-ich für Verbindungen anschließen. Es pfeift und röchelt.

»Wo bist du, ist bei dir alles in Ordnung?«

Als Antwort zischt das Helium durch den Schlauch und pupst.

»Liz, was machst du da?«, höre ich die aufgeregte Stimme meiner Mutter.

»Ich bin noch in München, der Auftrag dauert länger. Ich muss morgen nach London und komme erst am Wochenende zurück nach Berlin.« Jetzt fällt lärmend das Hangartor zu.

»Aber heute Abend ist die Veranstaltung beim Österreicher, die Eröffnung. Hast du das ganz vergessen?« Oha, das habe ich wirklich! An den Schicki-Micki-Österreicher habe ich keine einzige Sekunde mehr gedacht!

»Oh, das habe ich tatsächlich vergessen«, antworte ich. »Aber das ist ja nicht so schlimm. Da kommt es auf mich doch nicht an.« Denn bei einer Restauranteröffnung werden die Gäste ganz sicher nicht abgezählt sein, sondern munter und bunt durcheinander flanieren, kommen und gehen und sich auf Kosten des Wirtes leckere Delikatessen munden lassen. So eine ähnliche Eröffnung habe ich mal bei einem Feinkostgeschäft über mich ergehen lassen müssen. Ein Mandant hatte eingeladen, und ich stand den halben Abend neben einer Tiefkühltruhe und habe mir in meinem kleinen Schwarzen die rechte Niere unterkühlt, während ich an einem sauren Weißwein nippte. So betrachtet, habe ich heute Abend nichts verpasst und die Nieren gerettet.

»Du wirst erwartet. Rudolf fragt nach dir.« Kann der sich nicht selber bei mir melden? Muss der alles über meine Mutter ausrichten lassen? Wessen Freund ist der eigentlich? Freund? Fast-Verlobter wohl eher. Oder Verlobter? Ich schiele nach Max, der auf dem Boden vor dem Ballon kniet und streiche in Gedanken von seinen Schultern bis zum Rücken hinab. Tja, das ist ein anderer Mann als Klatschreporter-Schuster und Patent-Rudolf in Berlin.

»Bist du noch dran?«, fragt Mutti.

»Ja, ich bin noch hier. Ich kann daran aber nichts mehr ändern. Die Flüge sind weg.«

»Das weiß ich auch, die Eröffnung beginnt in einer halben Stunde. Wie soll ich dich entschuldigen?«

Mich? Als ob ich da wichtig bin. »Sag die Wahrheit, ich bin noch in München und habe zu tun. Das ist zwar unglamourös, aber korrekt.«

Den letzten Satz hätte ich mir sparen können. Es war ein unnützer Seitenhieb auf Mamas divenhaftes Verhalten und ihre Entourage, mit der sie immer irgendwo auftauchen muss. Aber gesagt ist gesagt.

»Gut«, sagt sie und wie sie dieses gut betont, das spricht Bände. »Dann meldest du dich, wenn du wieder in Berlin bist.«

»Mache ich.« Dabei lässt sich das gar nicht umgehen, denn wir wohnen in einem Haus!

»Tschüss, viel Spaß heute Abend mit Vielsmeyer«, sage ich noch, doch sie hat schon aufgelegt. Max schaut mich an, als ich das Handy wegstecke.

»Schlechte Nachrichten?«

»Nicht direkt. Ich habe einen Termin in Berlin vergessen. Privat«, füge ich noch schnell hinzu.

»Und, kann man das wieder einrenken?«

»Sicherlich«, murmle ich. Sollte ich ihm erzählen, dass

ich in meinem Alter Ärger mit meiner Mutter habe und mein Fast-Verlobter alleine in einem österreichischen Lokal herumsteht, weil ich ihn versetzt habe? Ganz sicher nicht.

»Hast du Familie in Berlin?«, fragt Max treffsicher. »Ich meine, ich habe gar nicht daran gedacht, ob du dort vielleicht gebraucht wirst. Es ist ja ein Wochenende, an dem wir unterwegs sind.«

»Ich habe meine Kanzlei, aber Britta verlegt die Termine von morgen. Ich habe ihr eine SMS geschickt. Das ist nicht das Problem. Und alles andere auch nicht«, flunkere ich.

Er sieht mich mit seinen braunen Augen durchdringend an, sagt aber nichts mehr zu diesem Thema.

»Ich habe Pizza für alle bestellt«, ruft in diesem Moment Doro in die Halle, was mit lauten Begeisterungsrufen begrüßt wird. Tom zieht sofort einige Werkzeugkisten herbei und einen Kasten Bier, den er hinter dem Heliumtruck deponiert hatte.

»Wird wieder ein langer Abend«, sagt er entschuldigend, »bei solchen Gelegenheiten essen wir immer gleich in der Halle.« Max nickt und zieht sein Taschenmesser hervor. Die drei Pizzen sind so groß wie Treckerräder, und er schneidet sie gleich in ihrer Verpackung in große, handliche Stücke. Doro verteilt sie mit Servietten. Jeder sucht sich eine mehr oder weniger komfortable Sitzgelegenheit, ich finde einen Platz auf dem Teppich neben dem Ballon, lasse mich im Schneidersitz neben meiner Tasche nieder und beiße genussvoll in die warme, fettige Pizza. Köstlich und scharf! Gegen das kühle Bier, das Tom mir reicht, habe ich auch nichts einzuwenden. Nach so einem Tag schmeckt die rustikale Variante. Ich höre den Gesprächen der Ingenieure und Techniker zu. Es herrscht ein freundlicher, kumpelhafter Umgangston, die meisten duzen sich. Ihre Fachsimpelei verstehe ich nur zum Teil, ich beobachte lieber Max, der mit seinem Pizzastück in der Hand neben einem jungen Mann vor einer Höhenkammer steht. Doch meine gute Laune wird jäh ruiniert: Blondie Einstein schwebt zur Hallentür rein. Leider trägt sie keinen unförmigen Laborkittel mehr, sondern steckt in knackigen Jeans, einem schwarzen T-Shirt mit Aufdruck »Miss Management« und pinkfarbenen Sneakers. Tja, und ihre Locken sehen tatsächlich wunderschön aus, wenn sie sie nicht in einen Knoten am Hinterkopf zwängt. Die Jungs reichen ihr begeistert ein Stück Pizza und ein Bier. Sie setzt sich neben Tom und lacht und spricht mit ihm. Worüber, kann und will ich nicht hören. Dann steht sie auf, nickt mir lächelnd zu und geht zu Max. Sie streicht ihm mit der Hand über den Rücken, um ihn aus seinem Gespräch zu ziehen. Was sie zweifelsohne schafft. Sie lächelt und verabschiedet sich. Er legt ihr einen Arm um die Schulter, zieht sie leicht zu sich heran und drückt ihr einen Kuss auf die Wange. Ich schiele auf den Pizzakarton. Ob Tom noch ein Kilo Pizza an mich verteilen könnte? In meine Stretchjeans passt noch ein großes Kummerstück rein. Tom hat nicht nur ein Stück Pizza, sondern auch ein Auto und bietet an, mich mit zum Hotel zu nehmen, wenn er in die Stadt fährt. Wir holen meinen Koffer aus Doros Büro, wo ich ihn abgestellt habe. Tom bringt ihn zum Auto, und ich gehe noch einmal in die Halle zu Max und den Jungs, um mich zu verabschieden.

»Du willst schon los? Soll ich dich nicht zum Hotel bringen?«, fragt er.

»Nein, das ist nett, aber Tom macht das schon. Er wohnt sowieso in der Nähe.«

»Ich dachte, wir könnten bei einem Drink noch einen Plan für morgen ausdenken. Aber es ist tatsächlich schon sehr spät.« Er schaut auf seine Fliegeruhr.

»Treffen wir uns morgen früh in der Lobby? Ich hole dich wieder ab.«

»Okay, gerne«, sage ich so begeistert wie möglich. Er reicht mir die Hand. Ich drücke sie und überlege, ob ich ihm wie zufällig vertraulich über den Arm streichen soll. Aber mir ist nicht nach Spielchen zu Mute.

»Gut, dann bis morgen früh. Gegen 9.00 Uhr bin ich da.«

»Ja, dann noch einen interessanten Abend«, antworte ich möglichst sachlich. Ich winke den Jungs kurz zu, die bereits wieder an ihren Aufgaben herumschrauben und gehe zu Tom.

Bleibe länger, bis Sonntag, simse ich Desiree. *Unser Markttag fällt aus.*

Das ist doch egal. Läuft was bei Euch? ;-)

Eher weniger. Hat ein Einstein-Model zur Freundin.

Klug und schön? Ganz schlecht! Harte Konkurrenz. Mädelscode!

Wollen wir telefonieren?

Und ob wir das wollen! Ich simse ihr meine Hoteltelefonnummer zu und schon ruft sie an. Ich sitze erschöpft in den Kissen und erzähle ihr, was ich erlebt und gesehen habe. Sie hört zu und kommentiert. Am Ende ist für sie die Lage keineswegs so ausweglos, wie ich sie empfinde. Sie hat leicht reden. Sie ist 600 Kilometer entfernt und hat Blondie noch nicht live gesehen. Ich sollte ihr mal ein Foto von »Miss Management« senden, dann wird sie mich besser verstehen. In der Nacht kann ich wieder schlecht schlafen. In einem unruhigen Alptraum sehe ich mich mit Rudolf vor dem Standesamt. Max und Blondie werfen lachend Reis, während Desiree mir immer wieder zuflüstert, dass noch nichts verloren ist. Clari verteilt Hochzeitstorte und Mutter lässt das schöne Paar immer wieder hochleben – und zeigt dabei auf Blondie und Max!

Welt, wir kommen! Oder zumindest fast …

Ich sitze neben Max im Flugzeug. Er blättert in einem Technikkatalog mit Ersatzteilen für Ballone, und ich habe den korrigierten Vertrag auf dem Schoß.

»Das wird nicht leicht werden, aber wenn wir geschickt vorgehen, dann ist es lösbar«, beginne ich die Unterhaltung.

»Ja, wir brauchen nur mehr Leute«, sagt Max und zeigt dabei auf ein Ballonfoto. »Wir kommen nicht schnell genug voran, uns fehlt das Geld, um mit mehr Leuten daran arbeiten zu können.«

»Ich meine eigentlich den Vertrag«, und wackle mit den Knien, damit der Papierberg gefährlich ins Rutschen und zur Geltung kommt.

»Oh, ja, das natürlich auch. Ich war schon einen Schritt weiter.«

»Wir haben den Fisch noch nicht an der Angel.«

»Aber so gut wie. Wer sollte ihnen sonst so etwas bauen, was sie brauchen? Wir sind die einzigen, die das können.«

»Das stimmt, aber wir sollten darauf achten, dass sie das auch merken.«

Max grinst. »Wir ergänzen uns perfekt. Vielleicht sollten wir darauf anstoßen?« Er bestellt zwei Weißwein. Trinkfest ist Max, das muss ich ihm lassen. Wenn ich in seiner Nähe nicht wegen Bluthochdruck oder Unterzuckerung umkippe, dann wird es eine Alkoholvergiftung.

»Weißt du, ich habe mir immer jemanden wie dich gewünscht, der mich bei diesen Vertragsangelegenheiten unterstützen kann. Dafür bin ich nicht sehr begabt.«

»Ob ich begabt dafür bin, weiß ich auch nicht. Ich mache es eben.«

»Du hast es dir doch ausgesucht.«

»Ausgesucht? Na ja, nicht ganz. Es lag eher in der Familie, sozusagen. Beziehungsweise habe ich das angefangen, um mich von meiner Familie abzugrenzen.«

Max lächelt wieder.

»Das kenne ich gut. Was machen deine Eltern?«

»Meine Mutter singt La Traviata und mein Vater ist auf großer Fahrt«, sage ich ironisch.

»Hört sich nach ganz großem Kino an?«

»Eher nach Berlin-Zehlendorf.« Und ich erzähle ihm von unserem Zuhause am See, von Clari, meiner Mutter und Potpourri. Nur den patenten Rudolf erwähne ich natürlich nicht.

»Und du, wie ist das bei dir?«

»Meine Eltern interessieren sich nicht für meine Arbeit. Mein Vater baut Bohrinseln in Norwegen, meine Mutter ist Mathelehrerin. Nicht sehr spektakulär«, sagt er und seine Augen blinzeln schelmisch. Immerhin entdecke ich eine Gemeinsamkeit in unseren Leben und freue mich. Die Väter haben sich abgeseilt!

»Ich habe mir Ma nicht ausgesucht. Aber es gab auch witzige Zeiten mit ihr – oder besser gibt, denn noch ist sie ja da. Als sie ihre Auftritte zelebrierte, hatte sie viele

Freunde, und wir hatten tolle Feste im Garten. Für uns Kinder war das genial. Ich denke da an die rosarote, süße Erdbeerbowle, die wir uns heimlich in unsere Mickey-Mouse-Trinkbecher abgefüllt haben. Oder im Winter nach dem Schlittschuhlaufen haben wir von der Zange der Feuerzangenbowle den karamellisierten Zucker abgeknabbert bis uns schlecht wurde. Kleine Streiche einer behüteten Kindheit eben.«

»Wer ist wir? Hast du Geschwister?«

Ich erzähle ihm die Geschichte von meiner Schwester, die irgendwo auf der Welt unterwegs ist und von unserer Hoffnung, dass wir sie eines Tages wiedersehen würden.

Max nickt und schaut mich verlegen an. »Das tut mir leid. Ich wollte dich nicht traurig machen.«

»Ist schon in Ordnung. Wir leben mit dieser Ungewissheit schon eine ganze Weile. Man darf die Hoffnung nicht aufgeben, dann kann man es aushalten.«

Wir werden durch die Bordansage unterbrochen, was mir in diesem Moment gelegen kommt. »Bitte klappen sie jetzt auch das Tischchen vor Ihnen wieder hoch und …«

Ich sammle meine Papiere zusammen und sortiere sie nach Wichtigkeit in den Aktenordner ein. Diesen Fisch muss ich einfach an Land ziehen, und damit ist nicht nur der Besuch in London gemeint.

Harrison steht glücklich am Gate und holt uns ab. Er und Max kennen sich seit Jahren. Er ist sein Diplomat in schwierigen Angelegenheiten und, wie ich später erfahre, auch derjenige, der in Krisenzeiten immer mal wieder etwas Geld in das Münchner Institut steckt, damit die Arbeit weitergehen kann. Von dem heutigen Auftrag wird auch Harrison endlich einige seiner Investitionen zurückgezahlt bekommen. Doch die Verhandlungen laufen anders als geplant. Die Amerikaner wollen oder können nicht zahlen, so genau weiß man das nie. Stattdessen sollen wir in Vorleistung gehen, und erst wenn der Ballon fertig ist und fliegt, dann wollen sie die Hälfte anzahlen. Die Hälfte? Und wer bezahlt den Bau? Hallo? Wo leben die denn?

Harrison und ich legen uns mächtig ins Zeug. Max erklärt immer wieder, dass eine solche Technologie auch eine entsprechende Entwicklung samt Finanzierung benötigt. Am Ende des Tages sind wir immerhin soweit, dass wir uns noch vor dem Konferenzhotel gemeinsam fotografieren lassen und ihnen meinen überarbeiteten Vertrag mitgeben. Sie versprechen, diesen wiederum zu überarbeiten und per Email zurückzuschicken. Sandkastenspiele! Männer kommen mir vor wie große Jungs. Wehe, der eine hat einen größeren Bagger als der andere oder eine größere Sandburg. Dann gibt es Ärger. Ich hasse solche Mätzchen!

»Unzufrieden?«, fragt Max, als wir gemeinsam beim Check-In auf den Rückflug warten.

»Und wie! Das gibt es doch gar nicht!«, ereifere ich mich. »Soll man denn alles kostenlos machen?«

»Das wäre denen am liebsten. Die wollen kein Risiko eingehen. Das kenne ich schon, da sind sie nicht die ersten. Alle wollen sofort einen Ballon kaufen, aber entwickeln will ihn keiner. Er soll gleich als fertiges Produkt dastehen. Dass man aber auch Forschungs- und Entwicklungszeiten braucht, die finanziert werden müssen, das interessiert keinen.«

»Wie hast du es bisher gemacht?«, frage ich und rücke wieder einen Schritt in der Warteschlange vor dem Schalter voran.

»Bisher hatten wir einen Forschungsauftrag – und Harrison.« Er zieht vielsagend eine Augenbraue hoch. »Das reicht natürlich nicht für die Zukunft.«

»Verstehe. Gibt es keine eigene Firma, die das organisiert? Die für dich Investoren oder so sucht?«

»Nein, dazu fehlt mir einfach die Zeit und das Wissen. Ich habe mit meinem Lehrbetrieb und den Studenten schon genug zu tun. Und dann auch wieder kein Geld, jemanden nur für diesen Zweck einzustellen.«

Mädelscode! Plötzlich ist er wieder da, springt aus der hinteren Speicherzelle im Gehirn voll in mein Bewusstsein, und ich weiß sofort, was wir Mädels tun würden.

»Dann gründen wir doch einfach zusammen eine Firma«, sage ich spontan. »Das würde einiges erleichtern. Unsere Jobs und unser Einkommen haben wir schon, das muss anfangs nicht erwirtschaftet werden. Aber eine Firma würde helfen, nach außen hin ganz anders aufzutreten.«

»Das stimmt. Investoren wollen ihr Geld lieber in eine Firma einlegen, als in mich als Privatperson oder in ein unfertiges Produkt.«

»Jemanden wie Harrison, der nur auf deine schönen braunen Augen hin investiert, gibt es nicht so oft.« Max sieht mich erstaunt an. Uuups, was war denn da jetzt rausgerutscht? Ich lächle unverbindlich und gehe wieder einen Schritt vorwärts in der Warteschlange, sodass er nicht sehen kann, dass ich mir auf die Lippen beiße. Morgen Abend bin ich wieder in Berlin. Durchhalten Lizzy, durchhalten und durchatmen.

»Ich finde die Idee sehr gut, habe mir das noch einmal überlegt«, sagt Max, als wir nebeneinander auf 12 A und 12 B sitzen und den Steward beobachten wie er die Coladosen öffnet.

»Gut, dann machen wir das. Wo soll sie ihren Firmensitz haben und wie soll sie heißen?«

Tja, und während wir über den Wattewolken Richtung Deutschland fliegen, wird eine neue Firma geboren. Irgendwo zwischen Ärmelkanal und Brüssel stehen die drei Gesellschafter fest: Harrison, Max und ich. Über Paris werden zum Geschäftsführer Max und ich ernannt, also ein Technikexperte und ein Paragrafenreiter (ich). Das Stammkapital, beschließen wir, so niedrig wie möglich (muss ich in Berlin in meinen Bestimmungen nachlesen) zu halten. Der Firmensitz wird Berlin.

»Es fehlt nur noch ein griffiger Name für die Company«, sinniert Max. Ich bücke mich zu meiner offenen Handtasche, denn das Display des Smartphones leuchtet auf.

»Oh nein, ich habe vergessen, das Mobiltelefon auf Flugmodus umzustellen. Hoffentlich merkt das keiner.«

»Nicht ganz so schlimm, wir sind noch nicht im Landeanflug.«

Und während ich an meiner Tasche herumnestle, lese ich unauffällig die eingegangene SMS. Wir werden wegen meiner Neugier ja nicht gleich abstürzen.

Soll ich dich morgen vom Flughafen abholen? Carla und Mops Lotta.

Tja, und da weiß ich auch wie unsere Firma heißen könnte. Den Vorschlag werde ich Max nachher gleich unterbreiten.

Wir sitzen wieder in Schumanns Bar in unserer Nische rechts neben dem Eingang.

»Das wird bald unsere Stammbar«, sage ich ausgelassen und schlage lässig die Beine übereinander. Der Hosenanzug von Potpourri zaubert mir zusammen mit den Plateau-High-Heels endlos lange Beine. Soweit diese bei 160 Zentimeter Körpergröße eben endlos erscheinen können. Max bestellt zwei Swimmingpool, und ich sehe zufrieden dem gepflegten Hausherrn bei seinen Gesprächen zu, bis die Cocktails gemixt sind. Im Großen und Ganzen habe ich mich mit dem Tag versöhnt. Wir haben vorhin noch in einem Steakhaus pausiert. Das war meine Idee, weil ich mich vor einem romantischen Restaurant drücken wollte. Was ich an diesem letzten Abend in München am wenigsten gebrauchen konnte, war ein Abendessen bei Kerzenschein. Max war von dem Vorschlag begeistert und hat ein 300 gr. Steak samt Ofenkartoffel verdrückt, während ich zweimal das Salatbuffet abgeräumt habe. Er hat mächtig über meine Fähigkeit gestaunt, aus Salatblättern, Spargelstücken und Tomatenvierteln eine gralsähnliche Umrandung auf meinem Teller zu bauen, die anschließend die mehrgeschossige Salatpyramide auf dem Teller am Wegrutschen hindert.

»Warum nimmst du nicht einfach einen größeren Teller?«

»Dann macht es keinen Spaß«, habe ich geantwortet. Max wird sicher überlegt haben, was daran so spannend ist, Grünzeug zu stapeln, wenn man auch um die Welt fliegen kann, um Spaß zu haben. So hat eben jeder seine ganz eigenen Herausforderungen.

»Wie könnte sie heißen, die Firma?«, fragt Max. Die Cocktails sind da. Wir stoßen leise, fast zärtlich mit den Gläsern aneinander und lächeln uns an.

»Ich habe eine Idee, die ist mir im Flugzeug zugeflogen.«

»Und?« Er hebt die Augenbrauen und sieht dadurch noch verführerischer aus. Ich war froh, dass er den ganzen Tag wenigstens sein Hemd zugeknöpft gelassen hat, was er jetzt wie auf ein Stichwort am obersten Knopf öffnet. Heiß hier, denke ich und nehme einen Eiswürfel in den Mund.

»Und?«, fragt Max wieder. »Wie denn nun? Wie?« Mein Herz schlägt von innen an den Rippenbogen und braucht dringend frische Luft. Wie? Doch bevor ich vom Barhocker rutschen und zur Tür eilen kann, hat sich Max leicht zu mir herübergebeugt und gibt mir einen Kuss. Und kurz darauf noch einen auf den Mund, und weg ist der Eiswürfel. Vor meinen Augen flimmern Sterne und in meinem Magen grummelt der Salatberg lautstark vor sich hin. Ich greife nach meinem Cocktail, er lächelt.

»Das hat mir gefallen, als du heute Mittag den Amis eingeheizt hast. So resolut kenne ich dich gar nicht.«

Ich? Resolut? Ach ja, im Job. Alles klar.

»Das war meine Aufgabe«, flüstere ich. Super, meine Stimme funktioniert noch. Da bemühe ich mich seit Tagen, bei Max einen tollen Eindruck zu machen, und er nimmt mich kaum wahr. Aber sobald ich Sporen zeige oder einem Candlelight-Dinner ausweiche, werde ich interessant für ihn. Ich denke an unseren ersten Abend im rustikalen Augustinerbräu und an Klaus Lage. Welche Gehirnzelle den jetzt ausgespuckt hat, ist mir rätselhaft. Wie war Kläuschens Songtext? Tausendmal berührt, tausendmal ist nix passiert …? Vielleicht ist das meine Chance und Strategie, Blondie Einstein rechts zu überholen. Andererseits, vielleicht ist das auch ihre Strategie? Und sie ist hier in München geografisch eindeutig näher dran am Objekt der Begierde als ich in Berlin. Was denke ich da? Ich reiße mich zusammen und fische im Cocktailglas nach einem neuen Eiswürfel. Den lasse ich mir dann aber nicht noch einmal klauen, denn den brauche ich definitiv zum Abkühlen.

»Was denkst du?«, fragt Max.

»Ähem, ich, über den Namen denke ich nach«, schwindle ich. »Und darüber, was in Berlin auf mich wartet.« Max sieht mich an. Er legt seine warme Hand auf meine Hand auf den Bartresen.

»Zeigst du mir in Berlin deine Lieblingsbar?«

Ich denke an meine Lieblingsbar bei Peter und überlege, wie ich ihm erklären soll, wen ich da mitbringe. Auf einmal legt sich mein Leben in Berlin wie eine dunkle

Wolke auf meine Stimmung. Rudolf, mein Fast-Verlobter, fällt mir ein, und ich erstarre. Max merkt das und drückt meine Hand. Okay, das Problem Rudolf wird später gelöst.

»Klar, zeige ich dir mein Berlin.« Das ist nicht einmal eine Lüge. Es ist die Wahrheit, auch wenn sie wie ein Kloß in meinem Hals steckt. Auch ein zweiter Swimmingpool kann daran heute Abend leider nichts mehr ändern.

Back in Berlin

»Ein Kuss, nur ein Kuss …«, ruft Desiree

»Immerhin«, sagt Carla, »das ist ein Anfang.« Sicher steuert sie das Auto durch den dichten Berliner Verkehr. Mops Lotta sitzt auf dem Beifahrersitz und grunzt leise vor sich hin. Ich habe mich neben Desiree auf die Rücksitzbank gequetscht, die wir uns mit Lottas rosarotem Plüschkörbchen teilen, das Carla frisch gereinigt aus der Wäscherei abgeholt hat. »Weil es so nah am Weg lag«, hat sie gesagt. Das stimmte zwar, aber für uns bleibt aufgrund dieser genialen Zeitsparidee kaum noch Platz im Auto.

»Kann Lotta nicht hinten sitzen und ich vorne, dann haben wir etwas mehr Luft?«, fragt Desiree ärgerlich.

»Nein, du weißt doch, dass sie vorne alles sehen muss, sonst fühlt sie sich nicht wohl.« Desiree schaut auf das Hundenest in Augenhöhe. »Frisch gereinigt«, flüstere ich. Desiree zieht die Nase kraus.

»Und angeschnallt ist sie auch nicht«, meckert sie.

»Macht doch nichts«, ruft Carla zurück, während die Lüftung schnurrt, »es ist doch nur ein kurzes Stück.«

Die dreißig Minuten kommen mir wie eine Ewigkeit vor, denn die Mädels nehmen mich als Anwältin mal mächtig ins Gericht.

»Und hast du zurückgeküsst?«

»So gut es eben ging, ja, wie man das eben in einer

öffentlichen Bar so anstellen kann, ohne verwiesen zu werden«, antworte ich wahrheitsgemäß.

»Will er dich wieder sehen?«

»Das hoffe ich doch. Zumindest hat er das ausgedrückt.«

»Hat er das gesagt?«

»Er hat gesagt, das nächste Wiedersehen ist dann in Berlin.«

»Und wann?«

»Das weiß ich noch nicht. Wenn er wieder Probeflüge im Brandenburger Land hat, nehme ich an.«

»Was war denn am Flughafen?«, bohrt Carla weiter.

»Wir haben uns umarmt, und er hat mir noch eine von seinen Orchideen geschenkt.«

»Orchideen? Carla, was bedeutet das in der Blumensprache?«, fragt Desiree nach vorne.

»Weiß nicht mehr, das muss ich Paula fragen, die hat den Blumenladen um die Ecke.«

»Ihr braucht euch keine Mühe zu geben. Sie hat eine spezielle Bedeutung nur für uns und hat mit dem Blumencode gar nichts zu tun. Es ist die einzige Pflanze, die in seinem Büro überhaupt wächst, weil er sie kaum gießt. Er sagt, er hat dafür einen grünen Daumen.«

»Mmhh«, murmelt Desiree. »Was hat das jetzt mit dir zu tun?«

»Es war nett gemeint, eine Erinnerung.« Die Orchidee liegt oben in meiner geöffneten Tasche, damit sie nicht zerdrückt wird.

»Was war bei euch in Berlin los?«, frage ich, um vom Thema abzulenken.

»Nichts, wie immer«, antwortet Desiree. »Interessierte Kunden in meiner Galerie, zwei Verkäufe, eine Reservierung und eine Idee für eine neue Ausstellung. Es waren ruhige Tage ohne dich, ich konnte sogar einige Stunden in der Sonne vor der Galerie sitzen. Es wird ein phantastischer Sommer, da bin ich mir sicher.«

»Und bei dir, Carla?«

»Alles perfetto. Im Seminar haben wir ein neues Frühjahrsprogramm begonnen, das sehr erfolgreich ist.« Carla gibt Yogastunden und Gesprächsrunden für gestresste oder beziehungsgestörte Berliner. Von der Hausfrau mit drei Kindern bis zum genervten Immobilienmakler mit Burnout ist alles in ihren Kursen dabei. Oft erheitert sie uns mit ihren Geschichten, die sie erlebt hat oder die ihr die Kunden erzählt haben, während sie ihnen eine Klangmassage oder eine ajurvedische Ölkur verabreicht hat. Clara nennt natürlich keine Namen, die bleiben ihr Berufsgeheimnis, versteht sich. Trotzdem wissen wir natürlich, dass ein berühmter Berliner Politiker auf ihrer Yoga-Matte sitzt und ein erfolgreicher Schönheitschirurg regelmäßig Öl-Stirngüsse genießt.

»Rudolf hat nach dir gefragt«, sagt Desiree plötzlich.

»Rudolf? Bei dir?«

»Ja, er war in der Galerie.«

»Warum war Rudolf in deiner Galerie?«

»Weil ich ihn und dich zur Vernissage am Freitag eingeladen habe und ihm dieses Mal auch persönlich eine eigene Einladungskarte geschickt habe. Du bringst ihn ja nie mit.«

»Nein, weil Schuster gerne zu deinen Vernissagen kommt, und die beiden mögen sich nicht sonderlich.«

»Schuster? Den kannste knicken«, sagt Desiree. »Ich brauche Käufer mit Kapital und keine, die mir alle Käsecracker wegessen und meine Kunden bei den Unterhaltungen bespitzeln, ob da vielleicht eine Story für sie herausspringt.«

»Und Rudolf hat Kapital?«

»Weißt du doch selber. Ist doch dein Freund. Oder Verlobter.«

»Aber er kauft keine moderne Kunst.«

»Hat er mir auch gesagt, aber auf seine charmante Art und Weise.« Und irgendwie nimmt Desirees Gesichtsausdruck etwas Schwärmerisches an. Erstaunlich, dass man Zuneigung nicht verbergen kann. Sie zeigt sich wie ein offenes Buch. Nur Carla kann das vorne nicht sehen, während sie uns und Lotta durch den Berliner Verkehr chauffiert.

»Was soll das denn heißen?«, mischt sie sich vom Fahrersitz aus ein. Sie bremst ungewöhnlich scharf vor einer Ampel, und Mops Lotta rutscht ein Stück auf Carlas Jacke, auf der sie sitzt, nach vorne.

»Festhalten, Süße«, ruft sie. Was aber überflüssig ist, denn auf die runde Lotta wirkt genug Schwerkraft, sie auf dem Sitzpolster zu halten. Da müssen stärkere Bremsmanöver erfolgen als dieses eben.

»Nichts bedeutet das«, sagt Desiree. Und jeder, der nicht vollends bekloppt ist, sieht, dass das nicht stimmt. Rudolf! Ich kann nur hoffen, dass er nicht gerade wieder bei uns zu Hause sitzt und auf mich wartet. Aber als ich mit den Mädels zu Hause vorfahre, sehe ich seinen Bentley nirgendwo.

»Die Luft ist rein«, trifft es Carla auf den Punkt. Desiree sieht enttäuscht aus. »Dann wollen wir mal.« Carla parkt mitten in der Auffahrt, steigt aus und öffnet ruckzuck alle drei Autotüren samt Kofferraum. Mops Lotta wird vorsichtig von seinem hohen Sitz gehoben und erleichtert sich in meiner Buchsbaumhecke. Wir laufen mit meinem neuen Koffer ums Haus und stürmen die Terrasse. Meine Vermutung ging auf: an diesem schönen Frühlingstag stehen die Terrassentüren weit offen und Clari hat alle Terrassenmöbel herausgestellt. Er steht mit Eimer und Lappen vor den Möbeln und verscheucht den Winterdreck.

»Hallo, Clari!«, rufe ich und nehme ihn in den Arm. Der nasse Lappen fällt auf den Boden. Carla hebt ihn auf.

»Das machen wir schon. Haben sie noch ein paar Lappen, dann gehen wir die Sache zu viert an?«

»Ja, aber …«

»Klar, das machen wir«, sage ich. »Nach so viel Herumsitzen im Flugzeug, in Galerien und auf Yogamatten tut uns Bewegung gut.«

»Dann mache ich inzwischen Kaffee und Tee für die Damen«, sagt Clari. Er taucht noch einmal kurz auf, um zwei weitere Eimer samt Schwämmen und Bürsten zu bringen, dann sind wir wieder unter uns. Eifriges Schrubben folgt.

»Du musst es ihm sagen.«

»Was? Wem?«

»Rudolf. Wenn du ihn nicht willst, dann musst du ihm das sagen. Es ist nicht fair, es nicht zu tun«, sagt ausgerechnet Desiree.

Carla lässt die Drahtbürste sinken und guckt erst zu ihr, dann zu mir.

»Ja, ich warte nur auf eine passende Gelegenheit. Ich kann ja schlecht eine SMS mit den Worten *Es ist aus* schicken. Er benutzt sein Handy auch nicht für Privates.«

»Das weiß ich auch, aber du hast ja die ganze nächste Woche Zeit.«

»Warum hast du es eigentlich so eilig, dass er frei wird? Lass Lizzy doch mal in Ruhe entscheiden, was sie will. Im Moment ist mit dem Münchner noch nichts passiert, was Rudolf etwas wegnehmen würde.«

Na ja, denke ich. Erstens hat Rudolf noch nie etwas gehört, wenn ich von mir als einer zu besitzenden Sache spreche. Und zweitens habe ich mich in Max verliebt, der so ziemlich das Gegenteil von Rudolf ist. Und beinahe halb so alt. Ich schmunzle und schrubbe an meinem Teak-Deckchair.

»Es wird sich schnell ergeben. Mama wird mich schon drängen, eine Entscheidung zu treffen. Das wird sie sich nicht nehmen lassen.« Carla summt ein Lied vor sich hin und setzt Mops Lotta auf den ersten sauberen Stuhl. Bei uns Vieren hat Lotta die Aufsicht. Dann wischt Carla mit Schwung den zweiten Stuhl ab und wirft Desiree den Lappen in den Rücken.

»Hey, Mädel. Was ist los? Stehst du auf Lizzies Rudolf?«

Desiree beugt sich tiefer über ihren Wassereimer und sucht nach der Bürste.

»Ist ein echter Gentleman. Davon gibt es nur noch wenige.«

»Ja«, sagt Carla und verdreht die Augen. »Außer Clari.« Und sie strahlt ihn an, als er die Porzellantassen achtsam auf den Tisch stellt und sogar an den Teller mit den englischen Scones gedacht hat, die Carla so gerne isst. Und Lotta. Als wir schließlich alle Stühle Richtung See und Sonne gedreht haben und zufrieden und erschöpft an unseren Tassen nippen, beginne ich von der zweiten großen Gemeinsamkeit zwischen mir und Max zu berichten – nach dem ersten Kuss in der Bar.

»Wir wollen zusammen eine Firma gründen.«

Desiree sieht mich sprachlos an. Carla wackelt mit dem Kopf. Meine Freundinnen haben sich traute Zweisamkeit ganz offensichtlich anders vorgestellt. Also muss ich das erst einmal erklären. Und weil das eigentlich ein Grund zum Feiern ist, gehe ich vorher ins Haus und in die Küche und suche im Kühlschrank nach meiner Flasche »Pommery« vom letzten Geburtstag. Da ist das gute Stück, drei, besser vier Gläser unter den Arm geklemmt und dann wird auf die Zukunft angestoßen.

»Wie stellst du dir das vor?«, fragt Desiree, als wir die ersten Champagnerperlen in unseren Gläsern begutachten.

»Ganz einfach. Ein bisschen Verwaltung und ganz viel Abenteuer.« Carla lacht ihr glucksendes, ansteckendes Lachen, das mir an ihr so gut gefällt.

»Das hört sich seeehhhr gut an. Auf euch beide, wenn

ihr Hilfe braucht, könnt ihr auf mich zählen. Ich lasse mir ein neues Werbeschild auf mein Auto kleben: Telefondienste und Kurierfahrten: 24 Stunden Dienst, kostenfrei – ich bin dabei!«

Und sie hält mir übermütig ihr Glas entgegen. Ich stoße mit ihr an.

»Das nenne ich Freundschaft, und du, Desiree, was denkst du?«

»Noch mehr Arbeit und noch weniger Zeit für dich selbst, befürchte ich. Wolltest du nicht mal ausgiebig Urlaub machen? Wie viele Jahre ist unser Mädelsurlaub her? Fünf oder sechs Jahre?«

»Acht«, antworte ich. »Ich habe seit acht Jahren keine ganze Woche am Stück mehr frei gehabt. Aber das wird anders. Britta muss mehr in der Verwaltung übernehmen, sie wollte sowieso mehr verdienen. Dann kann sie ihre Stundenzahl von den 75 Prozent die sie arbeitet, auf 100 erhöhen. Sie ist ohnehin nie ausgelastet. Das wird dann anders werden.«

»Und du musst dir deine Mandanten besser aussuchen. Du kannst ja mal die Parksünder & Co. weglassen, die dich nur viel Zeit kosten und finanziell herzlich wenig einbringen. Bleib bei den spannenden Beziehungsfällen, das ist dein Spezialgebiet aufgrund weiblicher Intuition sozusagen – und für uns drei Freundinnen ist das auch am spannendsten, da lernen wir meistens noch was draus. Ergänzt durch die Geschichten von Carlas Yogakandidaten sind das gute Beziehungslehrkurse.« Sie zwinkert mit dem rechten Auge und Mops Lotta macht es nach. Wobei bei ihr auch die Sonne oder ihre chronische Müdigkeit der Auslöser sein könnten. Wir flachsen noch eine Weile hin und her, als Lotta ein Auto auf die Einfahrt zurollen hört. Sie blafft leise vor sich hin.

»Besuch ist im Anrücken«, sagt Desiree, die wie Sherlock Holmes in gebückter Haltung, hinter der Kiefernhecke geschützt, um die Hausecke schielt.

»Wer ist es?«, flüstere ich. Hoffentlich nicht Rudolf, den kann ich noch nicht gebrauchen.

»Es ist deine Mutter mit einem Mann, den ich nicht kenne. Sieht aber gut aus.«

»Alle Männer, die Ma anschleppt, sehen gut aus.«

»So meine ich das nicht. Sie sieht fröhlich aus. Dann wird sie dir deinen Münchenaufenthalt vielleicht leichter verzeihen.« Desiree kann alles immer genau auf den Punkt bringen. Leider zu den unpassendsten Momenten.

»Na, mal sehen«, sage ich nicht sehr begeistert.

Ma biegt mit ihrem Begleiter um die Hausecke und bleibt erfreut stehen.

»Kind, da bist du ja, wie schön. Darf ich dir meinen alten Freund Howard vorstellen. Er saß in den neunziger Jahren bei jeder meiner Aufführungen in der Loge.« Und sie schaut ihn kokett an. Howard ist höflich genug, ihren Satz nicht zu verbessern, denn in den neunziger Jahren stand sie längst nicht mehr auf der Bühne. Aber was soll's? Jeder hat das Recht auf ein bisschen Mogelei. Dafür erdrückt sie mich fast mit ihrem Zangengriff, aus dem ich mich mühevoll retten kann. Howard gibt dem fast vierzigjährigen Kind artig die Hand, Kind lächelt und meine Freundinnen schauen sich spitzbübisch den Typen an, den meine Mutter da mitgebracht hat. Er trägt Knickerbocker, rote Strümpfe, einen Blazer zum rot karierten Hemd, eine Autofahrermütze aus Leder und einen unförmigen Strauß dorniger Zweige mit blauen Beeren in der Hand.

»Howard kommt gerade aus Schottland von seinem Landsitz zurück und wollte mal vorbeischauen. Wir nehmen einen Tee im Wintergarten.«

Howard nimmt die Lederkappe ab, schüttelt jetzt zur Begrüßung und zum gleichzeitigen Abschied nacheinander die Hände meiner Freundinnen und bleibt vor Lotta stehen.

»Ich habe auch drei«, sagt er, bückt sich und streichelt sie. »Wir Engländer lieben Pugs. George, Emily und Tremor heißen meine.« Dann eilt er Mama hinterher, die ich schon im schattigen Haus rumoren höre.

»Gut gegangen«, sage ich. »Und Lotta mag er auch. Der scheint in Ordnung zu sein. Da schenken wir noch mal nach. Ich hoffe, Clari hat noch ein paar Shortbreads in seiner Kekskiste, sonst wird das nichts für Howard. Ohne Kekse keine Teaparty.«

»Was habt ihr drei eigentlich zu feiern?«, ruft es aus dem dunklen Wohnzimmer zu uns in den Garten. Wusste ich es doch, so schnell gibt Ma nicht auf.

»Lottas Geburtstag«, ruft Carla und wird dabei nicht einmal rot. Sie zeigt ihre blendend weißen Zähne und hält ihr Glas in die Sonne.

»Na dann, trinken wir auf Lotta«, ruft Desiree. Die liegt inzwischen ausgestreckt auf dem Deckchair und verschläft den Tag. Ich hoffe nur, dass Mama uns das erst einmal glaubt. Tierlieb genug ist sie, uns die Geschichte abzukaufen. Und ihr Howard anscheinend auch.

Es ist erstaunlich, wer sich ganz von alleine meldet, wenn man eine neue Firma gründet. Der Handelsregistereintrag ist noch nicht einmal bestätigt, da flattert schon Post vom Finanzamt ins Haus. Keine Woche sind wir alt und schon sind die uns auf den Fersen. Hallo? Wie wäre es, wenn die warten, bis wir überhaupt die ersten Einnahmen haben? Ich rufe meine Steuerberaterin an, die ich für die Sache erwärmen möchte. Vielleicht kann sie etwas ausrichten. Aber statt erwarteter Schützenhilfe fällt sie mir eiskalt in den Rücken.

»Das hat alles seine Richtigkeit. Sie müssen auch eine Umsatzsteueridentifikationsnummer beantragen.«

»Wir haben noch keinen Umsatz«, sage ich ärgerlich.

»Doch«, sagt sie. »Die Anwaltsrechnung und die Anmeldegebühren beim Amtsgericht zum Beispiel. Da ist schon Umsatzsteuer drin.«

»Der Anwalt bin ich selber«, schnaube ich, »und ich stelle mir keine Rechnung.« Und Rudolf stellt nur eine kleine Patent-Rechnung, sozusagen pro forma für die Akten, und die bezahle ich ihm.

»Das müssen Sie aber«, sagt sie hartnäckig. »Und zwar nach Ihrer Gebührenordnung.«

Ich grummle etwas Unverständliches, das zwischen »Mensch Meier« und »alles Geier« so ziemlich alles heißen könnte und frage nach:

»Die wollen auch noch eine Eröffnungsbilanz und einen Geschäftsführervertrag sehen.«

»Die Eröffnungsbilanz mache ich Ihnen, die ist schnell

gemacht. Und der GF-Vertrag kann auch mündlich geschlossen sein, den brauche ich erst einmal nicht. Aber Ihr Gehalt, was Sie dann bekommen, müssen Sie zusätzlich versteuern.«

»Gehalt? Davon war keine Rede. Ich möchte mit der Firma Geld für unser Projekt einnehmen und keines für mich ausgeben«, sage ich.

»Dann ist das nicht professionell. Sie müssen ein Gehalt angeben und die Lohnbuchhaltung machen lassen.« Mir schwirrt der Kopf. »Das habe ich mir alles einfacher vorgestellt. So wie bei meiner kleinen Kanzlei, da geht das auch einfacher.«

»Ja, das habe ich im Griff.« Sie? Wer schickt ihr die Daten und Infos. Macht Britta das alles? Höchste Zeit, über die Erhöhung von Brittas Arbeitsvertrag von 75 auf 100 Prozent zu reden.

»Du, Britta, machst du eine vierteljährliche Umsatzsteuervoranmeldung für meine Kanzlei?«

Sie sieht mich überrascht an, als ich vor ihrem Schreibtisch stehe. Sie hält mich wohl für eine Erscheinung.

»Natürlich mache ich die, warum fragst du?«

»Du machst das?«

»Na, sicher, wer denn sonst?«

»Wie lange schon?«, frage ich nach.

»Seitdem ich hier bin. Ich sende alles zur Steuerberaterin und die kümmert sich um den Jahresabschluss und berechnet die zu überweisenden Abzüge oder die Guthaben. Die Überweisungen mache ich dann wieder online für die Kanzlei. Warum fragst du? Das hat dich doch nie interessiert.«

Ich erzähle ihr alles über die Neugründung der Firma und auch ein bisschen mehr von Max.

»Daher weht der Wind«, sagt sie und nippt an ihrem heißen Kakao. »Die Buchhaltung übernehme ich auch gerne für euch.« Sie lächelt verschwörerisch. Und dann klären wir bei einem weiteren Kakao das mit den 100 Prozent und einem höheren Gehalt. Da werden wir beide uns schnell einig, und der Zukunft steht zumindest hier nichts mehr im Wege.

»Ich weiß bald nicht mehr, wie es weitergehen soll«, höre ich Ma flüstern. Gut, ich bin leise ins Haus geschlichen, damit sie mich nicht hören, denn ich habe auf der Einfahrt Rudolfs Bentley parken gesehen, aber was ich jetzt mit anhören muss, das passt mir gar nicht.

»Das Dach ist undicht und im Keller bricht der Stockschimmel aus, die Sanierungen sind nicht mehr abzuwenden. Diese Villa kostet ein Vermögen, und Lizzys Vater ist irgendwo in der Weltgeschichte unterwegs.«

Ich stehe im dunklen Flur und halte den Atem an. So wie damals, als meine Schwester und ich vom Fenster aus den Weihnachtsmann im Garten beobachtet und uns gewundert haben, dass der selbstsicher in Opas Geräteschuppen den Sack mit unseren Geschenken gefunden hat. Da haben wir auch gleich gemerkt, dass da irgendetwas nicht stimmt. Nur was, das haben wir erst gesehen, als er vor uns stand: der Weihnachtsmann hatte Papas Stiefel an! Tja, das war dann eine Enttarnung besonderer Art. Genauso entschlossen wie damals fühle ich mich, als ich mit undurchdringlicher Miene in den blauen Salon eintrete und meine Mutter am Tisch sitzen sehe, während Rudolf am Fenster steht und auf den See schaut.

»Wo kommst du denn her? Wir haben dich gar nicht kommen hören?«

»Aus dem Büro, wie immer. Mein Auto ist wieder einmal stehen geblieben, da bin ich mit dem Fahrrad gekommen.« Ich küsse Ma auf die Stirn und gehe dann zu Rudolf. Er gibt mir einen Kuss auf die Wange. Ich stelle mich neben ihn ans Fenster.

»Arbeitest du immer noch so viel? Dabei könnte ich deine Unterstützung in meinem Büro sehr gut gebrauchen.«

»Ja, ich habe einen neuen Mandanten übernommen, der ein großes Projekt vorhat. In kürzester Zeit waren Termine in London und München notwendig, und cine neue Firma musste auch gegründet werden.« Ma runzelt die Stirn.

»Wieder dieser Münchner?«

»Immer noch, Ma. Er ist nun mal ein Mandant.«

»Hoffentlich zahlt er auch gut«, sagt sie und schaut auf ihr Buch, das vor ihr liegt. Das alte Haushaltsbuch, das kenne ich ganz genau. Schon meine Großmutter hat darüber jede Woche gebrütet.

»Ich wusste nicht, dass es nicht gut aussieht«, sage ich.

»Gut?«, fragt Ma. »Es ist schon in Ordnung.«

»Ich finde, ich bin alt genug, die Wahrheit zu erfahren. Wie ist die Lage?« Ma antwortet nicht.

»Ma, ich verdiene mein eigenes Geld und habe eine eigene Kanzlei. Ich kann mit Geld umgehen. Was ist hier los?«

Rudolf legt seinen Arm um mich. Ich muss sagen, das tut sogar ziemlich gut. Er ist warm und zärtlich, fast ein bisschen beschützend. Gar nicht mal so ein schlechtes Gefühl, nachdem ich mich heute Nachmittag vor Gericht wieder mit zwei renitenten Auffahrunfallsündern beschäftigen musste.

Keiner von beiden antwortet. Ich werde langsam ärgerlich. Ist es nicht schon schlimm genug, dass meine Mutter die Männer für mich aussucht? Muss sie mir auch noch verheimlichen, dass wir finanzielle Sorgen haben?

»Ma«, sage ich und löse mich von Rudolf. »Ich werde uns einen Tee kochen und dann sagst du mir, was los ist. Schweigen bringt nichts, das hast du uns beigebracht.«

Ich gehe in die Küche, um uns Teewasser aufzusetzen, als mir Clari verschlafen entgegenkommt.

»Liz, brauchst du noch was?«

»Nein, Clari, alles klar. Ich koche uns einen Tee. Magst du auch einen?«

Er sieht mich müde an. Ich sehe das erste Mal, wie alt er eigentlich geworden ist.

»Einen Tee?« Er nickt. »Das wäre eine gute Idee.«

Er setzt sich in seinem Morgenrock an den Küchentisch, und ich hantiere an den Teedosen und suche die Kannen heraus.

»Clari, alles okay? Du siehst müde aus.«

»Habe nur schlecht geschlafen«, lügt er, und ich sehe ihm auf hundert Meter an, dass er mir auch nicht die Wahrheit sagen will.

Toll, das kann ich echt nicht vertragen. Bei Gericht lügen sie schon alle wie gedruckt, und sogar die eigene Familie lügt sich gegenseitig die Backen voll. Wobei das an dieser Stelle wahrscheinlich Rücksicht heißt. Der Teekessel pfeift und ich brühe Tee auf in einer großen Kanne für drei und in meiner Lieblingskinderkanne mit den Fahrrad fahrenden Teddybärchen für Clari. Als ich sie mit einer Tasse auf ein Tablett und ihm auf den Tisch stelle, lächelt er. »Weißt du, Lizzy, es ist erstaunlich, was wir alle zusammen erlebt haben. Das war eine schöne Zeit.«

»Ja, Clari«, antworte ich, »und die geht noch weiter. Jetzt trinken wir erst einmal Tee und dann werden Pläne gemacht.« Ich suche den Kandis aus dem Regal und fülle ihm eine große Portion in seine Lieblingstasse. Er lächelt wieder.

»Ich habe noch ein paar Kekse versteckt«, sagt er.

Ich weiß, denke ich. In der Dose oben rechts auf dem Regal, auf der *Anis* steht. Aber ich werde das jetzt nicht verraten.

»Sie sind in der Dose rechts im Regal, auf der *Anis* steht«, sagt er folgerichtig. Ich nicke und gehe zum Regal. Ein Kloß steckt in meinem Hals. Irgendetwas hat sich hier zusammengebraut, während ich irgendwelchen Parksündern aus der Patsche geholfen habe. Irgendetwas hat sich hier über mein sorgsam geplantes und gehütetes Leben gelegt, das mir nicht gefallen wird.

Das merke ich, während ich nach der Anisdose angle und mich dabei auf den dreibeinigen Hocker stelle. Ich bin unachtsam, kippele, falle und falle auf Rudolf, der zur Tür reinkommt.

»Stürmische Begrüßung«, murmelt er und fängt mich mehr oder weniger auf.

»Kommt das öfter vor?«, fragt er fröhlich und stellt mich wieder auf die Beine.

»Nur wenn ich für Clari Kekse aus dem Regal hole«, sage ich.

Rudolf sieht auf den umgefallenen Hocker und auf die hervorgezogene Anisdose. Er streckt den Arm aus, greift die Dose und reicht sie mir runter. Wie ich diese Geste hasse. Ich hasse es. Ich nehme ihm wütend die Dose ab und öffne sie. Clari hat Recht. Die goldgelben Kekse lachen mir entgegen. Ich fülle einen Teller damit und stelle ihn auf sein Tablett.

»Gehen wir Fernsehen gucken wie in alten Zeiten?«, sage ich zu Clari.

»Heute nicht«, sagt er leise. »Ich ziehe mich mal früher zurück. Danke, Lizzy, für den Tee.« Er steht auf, nimmt sein Tablett mit meiner Bärenkanne und schlurft aus der Küche. Super, Clari, dass du mich jetzt mit Rudolf alleine lässt.

»Du weichst mir aus«, sagt dieser messerscharf, während ich ihm den Rücken zuwende und die Tassen für ihn und Ma auf ein neues Tablett stelle.

»Du brauchst Zeit, das verstehe ich.« Ich drehe mich um.

»Nein, Rudolf, es liegt an etwas anderem. Ich

liebe …« – dich nicht, will ich gerade noch hinzufügen, als Ma zur Tür reinkommt.

»Was macht ihr denn hier alle? Ohhh, störe ich?«

»Nein«, sage ich erleichtert. »Der Tee ist fertig. Wir können wieder rüber gehen.«

»Also?«, frage ich in die Runde, als wir uns alle auf den Sofas im Salon niedergelassen haben. »Was ist los?«

Rudolf schaut in seiner Teetasse nach den Kandisstücken und sagt nichts. Ma rührt im Tee. Ich werde langsam aber sicher immer ärgerlicher. »Hallo, hört mich hier jemand?« Vielleicht fange ich diese Trauergesellschaft mit Ironie ein? Das konnte Ma noch nie leiden und meine Rechnung geht in diesem Falle wieder auf.

»Wir haben dich gehört, Liz. Ich weiß nur nicht, wo ich anfangen soll.«

»Egal. Sag einfach, was los ist.«

»Das Haus muss renoviert werden. Wasser kommt durch den Dachstuhl, und wir haben Fledermäuse im Turm.«

»Es gibt schlimmeres als Fledermäuse«, sage ich.

»Ja, das Seewasser kommt durch die Fundamente, und der Stockschimmel breitet sich im Weinkeller aus. Es ist eine Frage der Zeit, wann er im Erdgeschoss ankommt. Wir haben einen Architekten hinzugezogen. Er schätzt die Sanierungsmaßnahmen auf 850.000 Euro.«

Ich pfeife durch die Zähne, meine Art, Überdruck abzulassen.

»Das wäre immer noch nicht das Schlimmste, wenn wir nur wüssten, woher wir die Sanierungskosten nehmen sollen. Die Tantiemen meiner Schallplatten reichen nur für das Gröbste, Spareinlagen sind keine nennenswerten mehr vorhanden.«

»Wir sind pleite«, schließe ich daraus.

»So würde ich das nicht sagen«, mischt sich Rudolf ein. »Noch gibt es Möglichkeiten, die Dinge zu retten.«

»Und du weißt wie?«, fahre ich ihn an. »'Tschuldige, war ein bisschen zu heftig«, füge ich gleich hinzu. Ich hasse es, wenn andere vorgeben alles zu wissen und mir nicht mal die Chance lassen, überhaupt zu begreifen, um was es hier geht.

»Ja, ich habe eine Idee«, sagt Rudolf.

»Teilst du die auch mit anderen?«

»Liz, warum bist du so feindselig?«, fragt Ma und stellt ihre Teetasse ab.

»Du hast Recht. Ich weiß auch nicht, was mit mir los ist. Ich glaube, es liegt einfach daran, dass ihr mich ausgeschlossen und längst alles geplant habt, ohne mich einzubeziehen. Schließlich wohne ich auch hier.«

»Darum geht es«, sagt Rudolf. »Wir wollen alle dieses Zuhause erhalten. Für uns gemeinsam. Deshalb habe ich beschlossen, zu euch zu ziehen.«

»DUUUU?« Ich schnappe nach Luft.

»Ja, ich«, sagt Rudolf entschlossen. So entschlossen kenne ich ihn gar nicht. »Es ist sowieso nur noch eine Frage der Formalia. Ich liebe diesen See und ich liebe dieses Haus.« Er sieht mich verliebt an. »Und ich ...« – oh nein, das will ich jetzt nicht hören!

»... habe mir vorgestellt, meine laute Stadtwohnung abzugeben. Die ist sowieso für mich alleine viel zu groß.«

Dieses megamäßig geniale Loft über den Dächern von Berlin will Rudolf abgeben und zu uns in die schimmelige Bruchvilla am Rande Berlins ziehen, wo die Fledermäuse nisten?

»Rudolf, ich glaube, dass das keine so gute Idee ...«

»Ich habe meine Wohnung bereits angeboten«, fällt er mir ins Wort. »Und so eine Gehry-Immobilie wird man immer wieder los. Der Käufer ist Botschafter und zahlt mir 1,7 Millionen Euro.«

Ich fiele fast mit dem Sofa um, wenn es nicht so stabil gebaut wäre. 1,7 Millionen für sein Loft, seine Unabhängigkeit, sein Stadtleben, ...

»Ihr habt doch nichts dagegen, wenn ich mir ein Schlückchen ...« Mit dem Labbertee können sich meine Nerven im Moment nicht beruhigen. Ich gehe zur Hausbar hinter der Schrankwand und gieße mir einen Gin ein. »Bin gleich wieder da«, sage ich und gehe in die Küche zum Eisfach. 1,7 Millionen gibt er weg – unseretwegen. Der ist verrückt, dieser Rudolf. »Der ist verrückt«, murmle ich vor mich hin.

»Nein«, antwortet eine Stimme hinter mir. »Er ist verliebt.«

Ma sieht mich an. »Nimmst du auch einen?«

Sie nickt. »Mit viel Eis.«

»Ich auch«, ruft es aus dem Salon. »Egal, was ihr da gerade kredenzt.« Ich schmunzle.

»Hat sich ja schon gut angepasst.« Und so seltsam die nächtliche Szenerie im blauen Licht des geöffneten Kühlschranks auch ist, Ma muss auch lächeln. Dann nimmt sie mich in die Arme – und weint.

Alles i. O.? simst Desiree um Mitternacht, als ich in meinem Zimmer liege und an die Decke starre. Ich hatte ganz vergessen, dass ich ihr berichten wollte, was aus dem Telefonat mit Max geworden ist.

Kommt drauf an, was du meinst – simse ich zurück.

Teflonieren?

Yeep – antworte ich. Und dann reden wir bis morgens um halb zwei über Rudolf, Max, die Fledermäuse und all die Dinge, die irgendwie nie rund laufen. Also 98 Prozent des Lebens.

Money makes the world go round …

»Wichtig ist, dass man nicht den Mut verliert«, sagt er und schaut auf den Berg von Rechnungen, den er mit aus München gebracht hat. Britta sortiert die Papiere auf unserem großen Besprechungstisch und heftet sie nach Projekten zusammen.

»Manche Rechnungen sind schon in der Mahnstufe«, sagt sie, um uns zu informieren. »Nicht, dass da irgendetwas anbrennt und der Gerichtsvollzieher plötzlich vor euch steht.«

»Ja, ich weiß«, sagt Max, »im Großen und Ganzen haben wir alles im Griff. Die Zahlungen des Forschungsvorhabens haben sich verzögert. Erst war die Sachbearbeiterin im Urlaub und ihre Kollegin drei Wochen krank, dann kam eine neue Kollegin, die sich erst einarbeiten musste. Ich habe mich zwar beim Leiter der Stelle beschwert, und er hat auch versprochen, sich gleich drum zu kümmern. Aber vor dem Monatsende wird das Geld trotzdem nicht auf unserem Konto zu sehen sein.«

»Das wird knapp«, sagt Britta, »vor allem bei den Krankenkassenbeiträgen, die überfällig sind. Die kennen kein Pardon.«

Ich nicke. Krakenkassen ohne »n« nenne ich die, seitdem sich ein Kollege mal in seinem Vortrag versprochen hatte. Mit Krakenkassen ist nicht zu spaßen.

»Ich wollte das Thema Finanzen ohnehin mal ansprechen«, sage ich. »Was machen eigentlich die Verhandlungen mit Amerika? Haben die unseren Vertrag schon kommentiert zurückgeschickt?«

»Nein«, sagt Max, »noch nicht, aber sie arbeiten daran. Von der Seite ist finanziell also so schnell auch nichts zu erwarten.«

Ich nicke. Es kann nicht überall einen generösen Rudolf geben wie im Falle von Mamas Villa, auch wenn mir diese Lösung im Moment weniger gefällt. Max wollte eigentlich bis morgen in Berlin bleiben, aber er fliegt heute Abend wieder zurück nach München. Mit dem Besuch in meiner Lieblingsbar bei Peter, den ich ihm in München versprochen hatte, wird es also nichts.

Desiree ist entsetzt, als sie hört, dass er nicht einmal einen Abend in Berlin bleiben kann. Ich rufe sie von draußen fix an, weil ich es jemandem erzählen muss, sonst platze ich.

»Was? Er kommt nach Berlin und hat keine Zeit für ein Abendessen mit dir? Da steckt doch eine Frau dahinter, die in München auf ihn wartet!«

»Blondie Einstein vielleicht«, murmle ich, während ich meinen Oldtimer beobachte, wie er vom Abschleppdienst auf die Hörner genommen wird. Er bringt ihn gleich zur Oldtimerwerkstatt hinter Peters Bar, wo sein Freund alles repariert, während Peter seinen fachkundigen Rat dazu abgibt. Morgen werde ich bestimmt eine erste Analyse per Telefon bekommen.

»Blondie Einstein? Mmmhhh, da müssen wir einen Plan aushecken. Das geht ja gar nicht. Du machst hier für ihn die Arbeit und sitzt die Nächte an seinen Verträgen und Patenten und zum Dank …«

»Du, ich muss dir da was sagen. Die Verträge mache ich tatsächlich. Aber alle Patentanmeldungen, die mache nicht ich.«

»Nicht du? Wer dann?«

»Rudolf, der ist nämlich Patentanwalt. Ich aber nicht, wie du weißt.«

»Ist das so wichtig?«

»Für die Details und die Anwaltskammer schon.«

»Weiß Max, dass dein Rudolf die Patente anmeldet?«

»Noch nicht, aber er wird es irgendwann auf den Rechnungen sehen. Da steht Rudolfs Kanzlei drauf und nicht meine.«

»Und was willst du ihm sagen, wer Rudolf ist? Dein Ex-Fast-Verlobter und rein zufällig der neue Mitbewohner in deinem Haus, das du mit Mama teilst? Das klingt ziemlich familiär und wird Max nicht gefallen.«

»Der hat Blondie Einstein.«

»Das ist nicht sicher, ob sie es ist.«

»Ach, lass mal, ich muss mich jetzt um mein Auto kümmern«, und schon ist der Mann mit dem blauen Overall neben dem Lastwagen, auf dem mein Auto thront, wichtiger, als Desirees Unkenrufe. Irgendwann kann man Mutmaßungen echt nicht mehr ertragen.

»Hörst du überhaupt zu?«, reißt Britta mich aus meinen Gedanken.

»Nein, entschuldige, ich war gerade woanders.«

»Das habe ich gemerkt«, sagt sie etwas leiser. »Ich habe

dich gefragt, ob du die Übersetzungen schon bezahlt hast?«

»Ja, die sind bezahlt«, sage ich und denke an Rudolf, der das mit seiner Kanzlei übernommen hat.

»Die Rechnungen für das Projekt bekommst du später.« Ich gebe ihr ein Zeichen, Britta versteht und insistiert vor Max nicht weiter. Sie hat eine schnelle Auffassungsgabe, was man von Rudolf leider auch behaupten kann.

»Guten Tag, ich war gerade in der Nähe bei Gericht und da wollte ich doch mal nachsehen, wie die Geschäfte laufen …«

Rudolf steht in einem seiner besten Anzüge (er hat nur gute Anzüge) in der Tür und stellt seinen Aktenkoffer ab. Jetzt sieht er Max, der vor dem Tisch mit dem Rechnungsberg steht.

»Ohh, nochmals guten Tag.« Er geht auf Max zu, und ich überlege, ob ich eine Ohnmacht vortäuschen soll, damit die beiden sich einander nicht vorstellen können. Britta wird blass und reagiert blitzschnell.

»Darf ich ihnen einen Kaffe anbieten, wir haben hier noch etwas zu tun.«

»Nur keine Umstände, Britta, ich bin gleich wieder weg.«

Super, das klang keineswegs nach einem Fremden, als den Britta Rudolf abstempeln wollte, sondern wie jemand, der uns hier alle schon seit Jahren beim Vornamen nennt.

Er streckt Max die Hand entgegen: »Rudolf von der Ley, meines Zeichens Patentanwalt.«

Ich täusche einen Hustenanfall vor und Britta klopft mir auf den Rücken. »Ich hole uns was zu trinken«, sagt sie. Na prima, jetzt habe ich die beiden genau im Blick. Einen rechts und einen links neben mir vor dem Rechnungstisch. Ein Duell wie in einem schlechten Western. Links der große, dunkle Halunke und rechts der kleinere, etwas ausgebeulte und verstaubte Sheriff, der den Gangster endlich in irgendeiner Geisterstadt aufgespürt hat. Wer von meinen beiden im Duell ist hier der Halunke?

»Sie sind Patentanwalt?«, fragt Max nach, und ich suche irgendwo eine Teppichfalte, in die ich mich hinein verkriechen kann. Eine Bodenluke würde es jetzt auch tun.

»Ja, meine Kanzlei liegt allerdings weiter draußen. Ich war bei einem Mandantengespräch und da lag Liz' Büro auf dem Weg.« Er sieht mich freundlich an. Da wir hier schon alle so familiär sind und mit dem Du um uns werfen, kann ich auch nicht mehr so tun, als kenne ich Rudolf nicht.

»Wolltest du eigentlich was Bestimmtes?«, frage ich eine Spur zu unhöflich.

»Ja, mir wäre es Recht, wenn du für mich den Vertrag für den Wohnungsverkauf schließen könntest. Ich möchte nicht unbedingt einen Vertrag mit mir selber machen. Und da der Käufer so schnell wie möglich in die Wohnung einziehen möchte, sollten wir ihm diese Gelegenheit doch geben.«

»Ja, ganz klar. Hast du einen Entwurf, wie du dir das vorstellst?«

»Den wollte ich eigentlich heute Abend mit dir beim Abendessen besprechen.« Bingo, Rudolf, dein Revier hast du markiert.

»Gut, so machen wir das. Dann ist das fertig«, höre ich mich sagen. Es ist sowieso schon alles verloren, denke ich. Und Max hat heute Abend ohnehin keine Zeit und fliegt zurück nach München, dann kann ich wenigstens so schnell wie möglich Mamas Villa retten. Max guckt von mir zu Rudolf und wieder zurück. Was er denkt, kann man ihm nicht ansehen. Die Sekunden ziehen sich wie zähe Stunden dahin. Britta? Warum brauchst du so lange, um ein paar Gläser auf ein Tablett zu stellen?

»Haben Sie öfter in Berlin zu tun?«, fragt Rudolf nach.

»Ja, wir haben hier ein Flugfeld zur Erprobung, deshalb bin ich schon öfter in Berlin und Brandenburg.«

»Sie kommen aus München?«

Rudolf? Was ist in dich gefahren? Woher kannst du das wissen? Doch nur, weil ich geplaudert habe. Was soll Max jetzt denken? Dass ich über jeden Mandanten mit dir spreche? Du bist eindeutig der Halunke im Duell.

»Ja, das stimmt. Mein Institut und mein Büro sind in München.«

»Das ist in der Tat zu dicht besiedelt, um Flugerprobungen durchzuführen.«

»Ja, hier in Brandenburg haben wir bessere Flugbedingungen und in Berlin suchen wir die politische Anbindung. Deshalb haben wir hier auch unsere neue Firma gegründet.«

»Ja«, sage ich und werde wieder wach. »Die Space-Mops GmbH.”

»Space-Mops?” Rudolf und Max sehen mich an.

»Ja, das war die Idee von Carla und mir, ich dachte …«

»Ist die schon angemeldet? Ich meine auf diesen Namen? Ist der schon erteilt?«

»Tja, eigentlich schon«, sage ich und schaue auf die Rechnungen.

»Ich finde den Namen gelungen«, sagt Max. »Wir haben nie gewusst, wie wir unser Fluggerät nennen sollen. Die Jungs nennen es Prot 34-68-2011 für Prototyp Nummer 34, Variante 68 aus der Idee von 2011. Space-Mops ist eine witzigere Idee. Aufmerksamkeit ist uns damit gewiss.«

»Und Seriosität?« Rudolf zieht die Augenbrauen hoch. »Wie ich gehört habe, suchen sie noch Investoren.«

»Das stimmt«, antworte ich schnell. »Aber da gibt es schon Interessenten aus Amerika …«

»Wie groß ist denn die Werbefläche auf ihrem, ähem, Spacedings?«

»Werbefläche? Das Gerät hat keine Werbefläche!«, rufe ich.

»Es hat eine große Hülle«, sagt Max, »sicherlich könnte man das auch als Werbefläche nutzen.«

»Dann sollten sie doch die Idee mit dem Weltrekord, von dem Lizzy mir erzählt hat …«

Peng, Rudolf, du bist tot. Aus dem Dachlukenfenster hinterrücks mit einer Schrotflinte erschossen worden von Milly, der Salondame im schwarzen Kleid. Ich habe dir also nicht nur gepetzt, dass wir Investoren suchen, sondern auch gleich den ganzen Weltrekord weitergetratscht. Das kommt bestimmt toll bei Max an. Danke, du Petze!

Doch Max bleibt beinahe unbeteiligt und unterhält sich prächtig mit Rudolf.

»Wir haben auch schon daran gedacht«, sagt Max. Haben wir? – denke ich. Kann mich gar nicht daran erinnern, dass wir darüber gesprochen haben, zumal wir in letzter Zeit ohnehin nicht viel telefoniert haben. Endlich taucht Britta wieder auf und hat die Kaffeekanne, Teetassen, Limo und Mineralwasser mitgebracht. Deshalb hat es so lange gedauert, sie trägt die halbe Teeküche herbei.

»Ich hole nur noch die Kaffeetassen und den Tee«, sagt sie.

»Ich helfe dir«, ergänze ich schnell und bin froh, aus diesem Affenkäfig entfliehen zu können.

»Wie läuft's?«, flüstert sie in der Teeküche hinter vorgehaltener Hand.

»Rudolf spielt klar seinen Heimvorteil aus. Es fehlt nur noch, dass er erzählt, wann er bei uns einzieht.«

»Was will der eigentlich hier? Der kommt doch sonst nie unangemeldet vorbei? Soviel Initiative kenne ich gar nicht von ihm.« Britta nimmt genervt die Zuckerwürfel aus der Verpackung und sortiert sie in die Zuckerdose. »Das passt nicht ganz«, murmelt sie und drückt sie mit dem Daumen und dem Deckel fest. Ich sehe ihr zu.

»Ich habe ihm gestern Abend erzählt, dass Max

kommt. Wahrscheinlich wollte er sich seinen Widersacher von Auge zu Auge ansehen.«

»Widersacher? Du meinst, er ist eifersüchtig auf eure Firma?«

»Auf die und darauf, dass ich etwas Eigenes anstrebe.«

»Daran sollte er sich längst gewöhnt haben.« Sie stellt die Zuckerdose energisch auf das zweite Tablett neben die Teekanne, und ich lege die Schokowaffelröllchen dazu. Eines stecke ich mir als Wegzehrung und Nervennahrung gleich in den Mund.

»Mal sehen, ob sie sich da drinnen schon gegenseitig würgen und auf dem Boden wälzen«, murmle ich noch.

»... und dann habe ich noch interessiert zur Kenntnis genommen, dass sie in ihrem Patent auf den Luftwiderstand eingehen, den sie vermindern wollen.«

»Darauf sind Sie eingegangen?«, fragt Max interessiert.

»Ja, das war das Grundlegende an Ihrer neuen Konstruktion, neben dem Antrieb am Heck, das ist mir als Physiker aufgefallen.« Physiker, Rudolf als Physiker! Jetzt wird es mir aber langsam zu dumm. Rudolf ist alles andere als ein Physiker, er ist ein langweiliger Anwalt. Wir stellen die Tassen mit Rumms auf den Tisch.

»Physik?«, fragt Max.

»Und dann habe ich einen Patentanwalt oben draufgesetzt. Jeder Patentanwalt hat als Grundlage ja ein naturwissenschaftliches Studium oder sollte eines haben ...«

Super, denke ich wieder. Jetzt muss Max mich nur noch fragen, welches naturwissenschaftliche Studium ich habe, denn ich habe keins. Spätestens jetzt kommt es raus, dass ich keine Patentanwältin bin, ich bin … Ach, es ist ja auch egal. Ich setze mich an den Schreibtisch vor meinen PC und lasse die beiden am Rechnungstisch sitzen. Die brauchen mich im Moment sowieso nicht. Es fällt nicht einmal auf, dass ich nicht bei ihrem Gespräch dabei bin. Ich schreibe erst einmal eine SMS an Carla:

Brauche deine Intuition. Max ist auf Rudolf getroffen. Was soll ich tun?

Dann öffne ich das Emailpostfach im PC und sehe nach, welche Havarie heute noch auf mich wartet. Außer der Aufforderung, meine Krakenkasse, 'tschuldigung Krankenkasse, zu wechseln oder eine Millionen Dollar treuhänderisch aus einer afrikanischen Tombola anzunehmen, gibt es keine weiteren Mails. Ich schalte den PC ab. Wenn ich heute hier unbeschadet ohne Gesichtsverlust rauskomme, dann gehe ich in meine Bar zu Peter. Und zwar alleine, soviel steht fest. Das Handy vibriert. Auf Carla ist Verlass:

Beste Voraussetzungen für einen Vergleich. Wer gefällt dir besser?

Carla hat Nerven! Wer gefällt mir besser? Das kann man doch so nicht sagen. Ich stutze. Doch, natürlich könnte man das so sagen. Mein Herz müsste ganz genau wissen, wen von beiden es haben möchte. Nicht der Verstand wählt den Favoriten aus. Insgeheim möchte ich am liebsten eine meiner beliebten Vor- und Nachteil-Listen erstellen. Die Vorteile von Rudolf sind: Erstens, zweitens, drittens ... seine Nachteile sind ... Die Vorteile von Max sind ... Aber so geht das im Leben leider nicht. Da gibt es immer noch etwas in uns, das seine Entscheidungen ohne den Verstand und die Ratio trifft, und das ist wahrscheinlich auch gut. Allerdings ganz furchtbar kompliziert, weil man es nicht vorberechnen kann. Ich sehe über meinen PC-Bildschirm zu meinen beiden staubtrockenen Gästen, die sich Studiengänge und Physikformeln um die Ohren hauen. Max, der Abenteurer, pariert jede Frage von Rudolf mit einer Gegenfrage. Und Rudolf spricht über Themen, von denen ich aus seinem Mund noch nie etwas gehört habe, und ich bin sicher, er will, dass ich das höre. Denn er spricht ruhig, klar betont und mit seiner tiefen, schönen Stimme. So ein Durcheinander, denke ich, Rudolf ist doch nicht so eine große Pfeife, für den ich ihn immer gehalten habe.

Ich sitze in meiner versteckt gelegenen Lieblingsbar im Nachbarkiez und beobachte mein Campariglas. Die Eiswürfel schmelzen langsam vor sich hin und knistern leise. Peter putzt Gläser und tut so, als ob er mich nicht weiter beachtet. Ab und zu schenkt er dem Gast am Ende des Bartresens seinen Rotwein im Glas nach und schaut bei dem Tisch am Fenster vorbei, an dem noch zwei junge Frauen leise ihre Befindlichkeiten austauschen.

»Das war wieder ein Tag«, eröffne ich das Gespräch. Ein Satz, den man immer sagen kann und der dem anderen die Möglichkeit lässt, die Aussage positiv oder negativ zu kommentieren.

»Ärger im Job?«, fragt Peter. Als Barchef kennt er bei seinen Gästen eher die negative Variante.

»Nicht direkt. Ehrlich gesagt bin ich etwas ratlos. Der Job läuft an sich gut, damit hat es nichts zu tun.«

»Eine Männergeschichte?«, fragt Peter so nebensächlich wie möglich.

»Vielleicht. Ich habe das Dilemma zwischen einem Langzeitverehrer und einem neuen Mandanten. Letzterer ist schon etwas seltsam.«

»Ein Schwerverbrecher ohne Aussicht auf Besserung?« Peter grinst, weil er ganz genau weiß, dass ich keine glorreiche Strafverteidigerin mit Fällen wie aus der Bildzeitung bin, sondern eher ein launiger Papiertiger. Ich lache.

»Nein, das volle Gegenteil. Aber ein Individualist, an dem ich zu knabbern habe.«

»Was macht er denn und warum kommt er zu dir, falls du das erzählen kannst, ohne ein Geheimnis zu verraten?«

»Man kann es schon erzählen, es wird sowieso irgendwann jeder wissen: Er will mit einem speziellen Ballon um die Welt fliegen.«

Peter nickt nur und putzt wieder seine schmalen Cocktailgläser. Er schaut auf meinen Campari.

»Ich hatte erst einen«, sage ich, »und habe nicht zu viel getrunken. Ich weiß, seine Idee klingt im ersten Moment verrückt, aber er hat seine Gründe dafür. Die Idee ist von ihm und seinen Studenten an der Uni, und die haben alles genau berechnet. Ich habe sogar schon die geplante Flugroute um die Erde sehen können.« Und etwas wehmütig denke ich an meinen Laborbesuch in München zurück und das Pizzaessen vor dem großen Ballon in der Halle.

»Ich muss die internationalen Patente für das Fluggerät anmelden, damit ihnen keiner so einfach die Technikidee klaut.« Na ja, eigentlich meldet Rudolf die Patente an, und ich schicke die Anmeldungen nur ab. Aber Max ist trotzdem mein Mandant. Punkt.

»Das klingt nicht verrückt«, sagt Peter, »eher nach Papierkram.«

»Irgendwie fasziniert mich sein Vorhaben. Ich meine, wer hat heutzutage noch die Idee, einen Weltrekord aufzustellen? Etwas zu wagen. Die wenigsten.«

»Ich kenne keinen, und ich habe sehr viele verrückte Gäste. So einer war noch nicht darunter, an den würde ich mich erinnern.«

»Verrückt ist auch nicht das richtige Wort, um seine Idee zu beschreiben.«

»Mutig, würde ich es nennen«, sagt plötzlich der Gast am Ende des Tresens. Peter und ich schauen ihn an. Haben wir so laut gesprochen? Peter schaltet die Musikanlage an und kramt nach einer CD von Stan Getz.

»Ich finde es mutig«, sagt der Rotweingast noch einmal, damit sein Kommentar nicht überhört wird. Er lässt sich von der einsetzenden Jazzmusik nicht abhalten, sich in unser Gespräch einzumischen.

»Ja, mutig ist es«, stimme ich ihm zu.

»Er wird damit Erfolg haben«, nuschelt er weiter. Was redet er da? Ist er das Orakel von Delphi?

»Wie meinen Sie das?«, frage ich nach.

»Er riskiert etwas, er setzt etwas ein. Die meisten Leute machen heutzutage nur das, was ihnen gesagt wird.«

»Und Sie?«, frage ich. »Was machen Sie?« Was ich heute Abend nicht gebrauchen kann, ist jemand, der mir mein berufliches Hamsterrad vor Augen führt.

»Ich mache nicht, was die anderen sagen. Ich bin Künstler. Ich male.«

»Ach …«

»Ich kam nach Berlin, da haben alle noch informell gemalt. Ich nicht, sondern gegenständlich. Ich hatte keine Kontakte und kein Geld und habe mich doch durchgesetzt.«

»Und wie?« Vielleicht wird es doch noch spannend heute Abend, und aus seiner Geschichte lässt sich was lernen …

»Man muss mit den Menschen umgehen können. Man muss sie faszinieren, sie in die Idee mit einbeziehen. Dann klappt das.«

»Das tun Sie? Als Künstler?«

»Ja, ich habe zweimal im Jahr ein Wochenende des offenen Ateliers und lade alle meine Kunden ein. Ich halte einen kurzen Vortrag über meine Malreisen und organisiere ein Buffet. Ich bin präsent. Gut, die Zeiten waren in den neunziger Jahren besser. Aber irgendwie ist immer Geld da, und ich kann malen.«

»Wie haben Sie es damals in Berlin geschafft – ohne Kontakte?«

»Ich war naiv und optimistisch, das hat mir geholfen. Ich hatte die Dinge nicht so durchdacht. Ich bin einfach vorangegangen. Als ich meine Frau heiraten wollte, hatte ich kein Geld. Trotzdem habe ich Kirche und Hochzeitsreise bestellt, ohne zu wissen, wie ich das bezahlen sollte. Und dann, am Hochzeitstag kommen wir aus der Kirche und einer kommt auf der Kirchentreppe auf mich zu und gibt mir 150 Mark. Die hat er mir geschuldet und gab sie mir an meinem Hochzeitstag zurück. Das war damals viel Geld, wenn man bedenkt, dass ein Hotelzimmer fünf Mark kostete. Wir konnten auf Hochzeitsreise gehen und das Hochzeitsfest bezahlen.« Er nippt an seinem Rotweinglas und schaut mich an.

Ja, Faszination von der eigenen Idee muss dabei sein, stimme ich ihm gedanklich zu.

»Und man muss an sich glauben. Ich bin abgelehnt worden von der ersten Kunstakademie. Die wollten mich und meine Arbeiten nicht. Trotzdem habe ich nicht aufgegeben. Es gibt kein Kriterium für gute Kunst. Nur für Talent. Man hat es oder man hat es nicht. Ich habe einfach weitergemalt und lebe seit sechzig Jahren davon. Auch ohne Ausbildung an einer Kunstakademie. Man darf sich von niemandem entmutigen lassen, wenn man einen Traum hat.«

Peter stellt ungefragt noch eine kleine Karaffe Rotwein vor den Künstler. »Geht aufs Haus«, sagt er leise.

»Man muss tun, was man tun muss. Ich kann nichts anderes tun als zu malen. Ich muss malen. Wenn ich ein Bild male, dann sehe ich an den Farben und der Stimmung, wie es mir geht.«

»Ein Mann muss tun, was ein Mann tun muss«, murmle ich lächelnd.

»Jeder, auch eine Frau muss ihren Weg gehen. Jeder

Mensch hat die Chance, herauszufinden, was in ihm steckt. Und dann gehört dazu noch eine gewaltige Portion Arbeit, aber das will keiner hören.«

»Das stimmt.«

»Talent alleine reicht nicht. Ich habe viel gemalt, mich immer wieder verbessert und erst nach zehn Jahren war ich richtig gut und erfolgreich. Nicht gleich am Anfang. Das ist aber etwas, was viele nicht sehen wollen: Erfolg ist auch Arbeit und kommt nicht über Nacht.«

»Und wenn doch, dann bleibt er nicht lange. Wenn ich da an die ganzen Castingshows denke«, ergänzt Peter.

»Das ist kein wirklicher Erfolg«, sagt der alte Maler. »Das ist Blendung, und das merkt das Publikum auch irgendwann. Bei den wenigsten Stars von heute ist Talent dabei. Diejenigen aber, die Talent haben, die werden wir auch noch in fünf oder zehn Jahren kennen.«

Ich denke nach und bestelle mir mit einem Augenzwinkern noch einen Campari. Talent hat Max. Er hat eine neue, außergewöhnliche Idee. Er ist erfolgreich und hartnäckig: dass seine Ideen was taugen und er mit seinem Wissen Geld verdienen kann, zeigt er als Dozent an der Uni. Was noch fehlt, sind die richtigen Kontakte, die Kunden, die sein Bild, ähem, seine Technologie und seinen Flug unterstützen. Ich frage einfach mal den Maler, wie er das hinbekommen hat.

»Wie haben Sie ihre ersten Kunden gefunden? Die kommen ja nicht angeflogen.« Das ist durchaus passend formuliert.

»Ich bin unter die Menschen gegangen. Ich war bei Veranstaltungen beim Kunstverein. Ich war auf Vernissagen. Ich habe mir eine Adressdatei angelegt und die Leute immer wieder angeschrieben und eingeladen. Es wurden immer mehr im Laufe der Jahre. Wenn ich heute zu einer meiner Vernissagen einlade, dann sind garantiert immer um die achtzig Leute da. Für mich ist das ein Erfolg.«

»Gut. Also, wie immer muss man selber aktiv werden.«

»Ja, es wird niemand von alleine an Ihrer Haustür klingeln und sagen, was für ein toller Künstler Sie sind und Ihnen ein Bild abkaufen. Er muss vorher wissen, dass es Sie gibt.«

Pressearbeit! Wie wäre es, wenn Max mal in einem ordentlichen Artikel seine Idee vorstellen würde? Hat er überhaupt gute Internetseiten, wo man seinen Ballon anschauen kann? Ich muss ihn unbedingt danach fragen. Das könnte uns weiterhelfen.

»Man muss an sich und seine Ideen glauben und sie bis zum Ende verfolgen. Hindernisse sind dafür da, um sie zu überwinden und zu reifen. Hindernisse dürfen Sie nicht aufhalten.«

Ich nicke. Der Maler trinkt von seinem Rotwein, und dann verabschiedet er sich. »Erzählen Sie mir mal, wie es ausgegangen ist«, sagt er noch beim Rausgehen. »Nicht aufgeben, dann werden Sie gewinnen.« Und die Tür fällt zu. Peter nickt mir zu und putzt wieder Gläser. Für mich wird es auch Zeit, nach Hause zu gehen. Mein Fahrrad lasse ich vor Peters Bar stehen. Ich hole es morgen früh auf einem kleinen Umweg zum Büro wieder ab. Peter ruft mir ein Taxi, begleitet mich in den lauen Frühlingsabend und wartet mit mir auf den Wagen.

»An deinem Auto ist auf den ersten Blick nicht viel zu tun. Die Batterie war wieder einmal leer, weil du irgendwo im Chassis einen Kriechstrom hast. Vermutlich das kaputte Radio, das irgendwo noch was abzieht. Das kriegen wir aber morgen wieder hin.«

»Da bin ich froh, dass ich dich und deinen Freund habe. Wer kann heutzutage noch einen Kriechstrom identifizieren?« Und ich drücke ihm einen Kuss auf die Wange, als das Taxi kommt. Ich sehe ihm nach, wie er vor seiner Wein-Bar im Licht der geöffneten Tür steht und nachdenkt.

Optimistisch gestimmt lasse ich mich durchs nächtliche Berlin über den Kurfürstendamm an *Carlas Entspannungs-Seminare* vorbei nach Hause fahren. Ihr Schaufenster strahlt in die Nacht und winkt mit den bunten Dekorationen und der auffälligen Beschriftung die Kunden herbei. Ich denke darüber nach, wie man für so etwas Ungewöhnliches wie die Weltrekordidee von Max Werbung machen könnte. Wie würde Carla dafür die Werbetrommel rühren? So wie der alte Maler?

Ein Wunder aus Fernost

»Ich habe eine Einladung bekommen«, ruft Max ins Telefon. »Ich soll mein Projekt in China vorstellen.«

»In China? Das klingt wie ein schlechter Scherz.«

»Es ist kein Witz. Den Geschäftspartner kenne ich schon seit Jahren. Dass der mal einen ernstzunehmenden Kontakt in Fernost herstellt, das hätte ich ihm zwar nie zugetraut, aber es ist so. Morgen sollen die offiziellen Einladungen per Email folgen.«

»Wirklich? Das ist phantastisch und eine riesige Chance.«

»Es könnte die Chance für uns sein in der augenblicklichen Situation. Du musst unbedingt mitkommen oder nicht?«

»Ich, wieso ich? Ich meine …« Wäre Rudolf nicht geeigneter, nach dem, was gestern passiert ist?

»Ich brauche dich dort noch mehr als hier in Deutschland. Wir haben einen Übersetzer, das ist nicht das Problem. Das Problem sind die anderen Verhandlungstaktiken, das weißt du besser als ich.« Ich? Meine Erfahrungen mit Chinesen beschränken sich auf den Chinaimbiss um die Ecke und die Chinakracher zu Silvester.

»Ich? Ja, natürlich. Kann ich machen«, höre ich mich sagen. Mädelscode sei Dank.

»Können wir das noch schnell vor meiner Abreise besprechen? Ich bin um 11.00 Uhr im Kempi.« Abreise? Er ist noch in Berlin? Wollte er gestern Abend nicht zurückfliegen? Ich versteh das alles nicht. Max hätte auch in meine Kanzlei kommen können, aber er sitzt lieber glücklich vor dem Café in der Sonne und winkt mir zu, als er mich in dem Passantenstrom erkennt. Er steht auf und nimmt mich in seine Arme. Seine Sonnenbrille fällt auf den Boden. Er hebt sie mit einem Lachen auf und legt sie auf den Tisch neben ein Buch »Chinesisch für Anfänger«.

»Unzerbrechliche Pilotenbrille. Setz dich, ich muss dir alles erzählen. Was möchtest du trinken?«

Es sprudelt nur so aus ihm heraus. Über gestern und Rudolf verliert er kein Wort. Der engagierte Max erzählt schnell und direkt, dass er diesen Kontakt bereits seit drei Jahren hält, aber vor zwei Wochen haben sie ihn in seinem Institut besucht und nachgefragt, ob er noch dieses irrwitzige Ballonprojekt verfolgt. Diesen Besuch und die Anfrage hat er erst nicht weiter ernst genommen. Es reden ja so viele Windbeutel von großen Geschäften.

»Und nun sind wir eingeladen!« Er strahlt mich an. »Hier, es steht in der Email.« Und er reicht mir das Gerät rüber. Der Ober bringt uns frisch gepressten Orangensaft. Auf diese Nachricht brauche ich ein paar zusätzliche Vitamine.

»Wann soll es denn losgehen?«

»Nächste Woche.«

Ich verschlucke mich an meinem Orangensaft. Tränen steigen mir in die Augen, weil der kalte Saft in der Luftröhre rumätzt. Max klopft mir auf den Rücken, und ich greife nach der Serviette, um mir die Tränen abzuputzen. Dabei verwische ich die Wimperntusche und sehe jetzt vermutlich aus wie ein Pandabär.

»Wir brauchen ein Einreisevisum, das geht nicht so schnell«, huste ich hervor. Der Bär weiß was!

»Thien sagt, das bekommt man ganz schnell.«

»Toll. Hat Thien auch gesagt, wo?«

»In der chinesischen Botschaft. Ich in Frankfurt und du in Berlin.«

Er überlegt. »Aber ich schaffe das ja gar nicht mehr.«

»Ich habe eine Idee«, sage ich und hole mein Smartphone hervor. www.botschaft-china.de, zip, Menuepunkt Visum, zip, Merkblatt zum Visum, zip, laden, auf dem Display in Groß einstellen. Fertig. Ich starre auf das Smartphone und lese.

»Wir brauchen die Reisepässe, ein ausgefülltes Antragsformular, ein Lichtbild ... das könnten wir noch hinbekommen. Hast du Pass und Personalausweis dabei?«

»Ja, warum?«

»Gut, dann gib mir deinen Reisepass und du fliegst mit dem Personalausweis zurück nach München. Ich versuche hier in Berlin das Visum für uns beide zu bekommen, das müsste gehen. Wenn du den Antrag ausfüllst und mir zufaxt, haben wir alles. Dann kann ich morgen gleich starten.«

Max sieht mich verwundert an. Ich muss ein irrwitziges Bild abgeben, wie ich mit schwarzumränderten Augen fasziniert auf das Smartphone starre und ihm das Merkblatt vorlese. Dann streicht er mir über die Schulter. »Du bist ein Organisationstalent.«

Eher weniger, denke ich, und erwähne nicht, dass der TÜV für meinen Oldtimer seit zwei Monaten überfällig ist und meine Stromrechnung auch, weil ich mich hartnäckig gegen Einzugsermächtigungen wehre.

»Das Lichtbild«, fragt er. »Ich habe das nicht gerade auf Vorrat in der Tasche.« Er grinst mich an.

»Wir machen ein Handyfoto, und ich schneide es fix zu Hause aus. Bitte lächeln, 3-2-1. Auch fertig.« Ich schalte das Gerät aus und stecke es zufrieden in meine Handtasche.

»Du weißt auch für alles eine Lösung, was?« Wenn du wüsstest! »Leider nicht …«, antworte ich. Mit den Pandaaugen verfolge ich den Doppeldeckerbus, der an uns vorbeizieht, um dem Blick von Max auszuweichen. Wie soll ich erklären, was sich gestern mit Rudolf abgespielt hat? Und vor allem: Wie viel hat Rudolf von uns erzählt? Hat er vielleicht die Fast-Verlobung so ganz nebenbei auch erwähnt?

Max gibt mir überraschend einen Kuss auf die Wange.

»Ich finde, du bist großartig im Organisieren.« Ich ziehe den linken Mundwinkel hoch. Ja, kann sein.

»Das meine ich wirklich. Ohne dich hätten wir keine neue Firma, keine Idee für ein Visum, keine Patente …«

»Nun, daran habe ich nicht so viel gemacht wie du vielleicht denkst.«

»Darum geht es nicht. Du hast sie korrekt angemeldet und damit basta. Wie, ist allein deine Sache.« Ich stutze. Tja, wenn das so ist. Dann bin ich wirklich klasse! Ich strahle ihn an. Ich möchte mich auch einmal fallenlassen, denke ich, und nicht immer der wohlüberlegte Kopfmensch von uns beiden sein. Einfach mal fliegen und wohlfühlen, das wäre auch was.

»Ich muss gleich los«, sagt Max. Er schaut auf sein E-Ticket. »In einer Stunde beginnt das Boarding, ich rufe gleich an, wenn ich in München gelandet bin. Falls die Einladungen schon per Email angekommen sind, dann sende ich sie dir gleich weiter.« Wir sitzen noch einen Moment nebeneinander, beobachten die Passanten auf dem Gehweg und schwärmen ein bisschen von China, ohne zu viel Hoffnung in die mögliche Reise zu legen. Noch fehlt die Einladung. Wir haben unsere Vorstellungen von den Chinesen: Wunschzettelbäume, vegetarische Suppen, Pekingente. Dann zahlt Max und winkt sich ein Taxi herbei, drückt mich noch einmal an sich und weg ist er, bevor ich ihn fragen kann, warum er eigentlich länger in Berlin geblieben war.

Ich sitze in einem ungeheizten Café mit Blick auf die chinesische Botschaft. Seit ich Max kenne, hat sich meine Anwesenheitsfrequenz in öffentlichen Cafés vervierfacht. Die Kühltruhe für die bunten Flaschen von Sprite, Lift, Fanta und Coke brummt hinter mir vor sich hin, und der türkische Ladenbesitzer bereitet den achten Capuccino zum Mitnehmen zu. Heute Morgen bin ich sehr früh aufgestanden, früher als sonst. Draußen war es noch dunkel. Mit unseren beiden Reisepässen bewaffnet und den ausgefüllten Anträgen für eine Chinareise bin ich mit meinem altersschwachen Oldie nach Berlin-

Mitte gefahren. Nachdem ich die Botschaft samt Märkischen Ufer mehrmals umkreist hatte, habe ich endlich in der Rungestraße einen Parkplatz gefunden. Vor der Botschaft steht ein Sicherheitsmann, der gelangweilt aussieht. Ich frage ihn, ob heute überhaupt geöffnet ist. Man weiß nie – es könnte ja Chinesisches Neujahr sein, Himmelsfest, Mondfest, Qingming-Fest oder ein anderer Feiertag, der mir gerade nicht präsent ist. Ich zeige meinen Reisepass und darf passieren, die Sicherheitsschleuse hindurch an einem Glaskasten vorbei, in dem mir eine müde Frau den Fingerzeig gibt, munter die Treppen rauf zu gehen. Oben angekommen sind nur drei Schalter geöffnet, es ist wenig los. Ich habe eine Riesenmenschenschlange von hunderten von Reisewütigen erwartet. Am Schalter »Visa« ist niemand. Ich begrüße den jungen Mann und gebe unsere beiden Pässe samt Formularen ab. Ein letzter verliebter Blick auf das Foto von Max, dann greift der junge Mann zu und prüft unsere Formulare und das beigeheftete Einladungsschreiben. Dann zieht er die Stirn kraus.

»Das ist kein Original.«

»Nein«, sage ich, »das ist ein Fax. Das hat mir mein Kollege gestern Abend noch gefaxt.« Kollege? Wie klingt das denn? Andererseits, auf dieser Reise sind wir Kollegen und nicht auf Hochzeitsreise.

»Am Absender sieht man, dass es aus dem Institutsbüro geschickt wurde«, versuche ich zu erklären.

»Wir nehmen nur Originale«, sagt er unbeirrt.

»Was kann ich tun?«

»Sie müssen das noch einmal ausfüllen.«

»Aber ich brauche die Visa heute.«

»Dann füllen Sie es für ihn aus und schreiben Ihren Namen als Antragssteller darunter.« Mmhhh – das macht doch eigentlich keinen Sinn. Er schiebt mir ungerührt die Unterlagen zurück.

»Haben Sie ein neues Formular für mich?«

Er nickt und gibt mir eines durch den Schlitz in seinem Glaskasten. »Wenn Sie fertig sind, dann kommen Sie gleich zu mir«, sagt er jetzt etwas freundlicher. »Ihren Antrag lege ich hier ab.«

Ich suche mir einen leeren Schalter und fülle im Stehen das Formular für Max neu aus. Seinen Geburtsort, sein Geburtsdatum, die Passstelle seines Wohnortes. Alle amtlichen Informationen liegen mir vor. Sein altes Formular darf ich sogar behalten, mit seiner Handschrift. Die müsste ich zum Spaß Carla mal zum Analysieren zeigen, sie kennt sich ein bisschen damit aus. Nur als ich das angeklebte Foto vom Formular abreißen muss und zusammen mit dem neuen Formular erneut einreiche, wird mir etwas flau im Magen. Aber ich habe ja noch sein Foto auf dem Handy.

Dann beginnt das Warten. Ist das nicht toll? Eine gemeinsame Reise mit Max? Neun Stunden im Flugzeug, zehn Tage durch China, neun Stunden Flug nebeneinander wieder zurück. Die quietschbunt gefüllte Kühltruhe beginnt eine neue Kühlrunde für Cola und Co., und ich lege mir meine Jacke in den Rücken, so kalt ist es, obwohl draußen die Sonne scheint. Doch hier in der Brückenstraße habe ich nur die eine Kaffeebar gefunden und die stellt keine Stühle für Gäste an die vielbefahrene, staubige Straße.

Eine junge Frau in Blümchenkleid und Sandaletten kommt in das Bistro. Begeistert hantiert der Chef mit dem Milchaufschäumer und fragt:

»Wie immer?«

»Ja, gerne, aber nur noch bis Ende dieses Monats.«

»Wie, dann nicht mehr? Warum?«

»Ich habe gekündigt«, sagt sie fröhlich. »Ich höre hier auf.«

»Ohh«, der Ladenbesitzer ist bestürzt. Weil eine Stammkundin wegfällt oder weil er das Mädchen mag?

»Das war doch immer so schön«, sagt er. Er meint also das Mädchen, nicht ihre Geldbörse.

»So ist das Leben«, antwortet sie und zuckt locker mit den schmalen Schultern, die ihr Kleidchen mit den Spaghettiträgern so gut zur Geltung bringt. Ihr scheint es nicht leid zu tun. Er füllt wortlos einen Espresso und die heiße Milch in einen Pappbecher und drückt den Plastikdeckel fest. Sie legt das abgezählte Geld auf den Glastresen über die lecker belegten Baguette-Hälften.

»Danke, dann bis morgen.«

»Bis morgen«, sagt er und sieht ihr wehmütig durch die Glasscheibe nach, wie sie beschwingt die Straße zu ihrem Büro läuft. »So ist das Leben«, wiederhole ich leise. Einer bleibt zurück. Einer bleibt immer irgendwo zurück. Rudolf fällt mir ein. Das Thema muss ich auch noch klären. Mit mir, mit Max, mit ihm. Ich stehe etwas zu energisch auf, bezahle mein kleines Frühstück, das aus Mozarella, Schafskäse, zwei Eiern, Tomaten, Rucolasalat und Frischkäse bestanden hat (ich wage mir nicht vorzustellen, wie das große Frühstück aussieht, denn die Hälfte der Leckereien muss ich leider zurückgeben) und gehe die wenigen Meter zurück zur grauen Botschaft mit den Eisengittern und dem gelangweilten Sicherheitsmann. Die zwei Stunden sind um, die Visa müssten fertig sein.

Sie sind fertig! Glücklich überprüfe ich die eingeklebten Seiten in unseren Pässen und bezahle die Gebühr für die Schnellbearbeitung. Es ist erst kurz vor zwölf. Ich rufe bei Carla an, ob sie Lust und Zeit auf einen kurzen Spaziergang mit Mops Lotta hat. Es ist ihre Mittagszeit. Etwas Bewegung vor dem Büronachmittag und dem nächsten Ehevertrag einer jungen Russin mit ihrem Oligarchen würde mir gut tun und außerdem muss ich Carla mein Herz ausschütten. Lotta hört zwar mit, sie ist aber ein vertrauensvolles Mädchen und kann wirklich nicht als Petze bezeichnet werden.

»Ich bin Diplomatin, Strategin und Krankenschwester in einer Person«, eröffne ich unsere Parkrunde.

»Wärest du nicht lieber die Geliebte, die Liebende und die Freundin?«

»Man kann sich nicht jede Rolle aussuchen, würde meine Mutter sagen.« Carla kneift die Augen zu. »Das ist doch ein blöder Spruch. Natürlich kannst du die Dinge beeinflussen.«

»Ich kann ihm ja schlecht dauernd um den Hals fallen und ihn anhimmeln. Und wenn etwas Berufliches getan werden muss, dann kann ich davor nicht einfach die Augen verschließen und die Dinge auf mich zukommen lassen, bis sie mich irgendwann überrollen. Wer gestaltet, der hat die Dinge im Griff und nicht sie ihn.«

»Gestalten? Merkst du nicht, wie männlich du redest?« Carla runzelt die Stirn und streichelt verträumt Lotta. Nicht jede Frau hat wie sie einen Mann wie ihren Hubi, der für sie einkauft, gerne kocht und sogar ab und zu den Hund ausführt. Einen Job hat er auch, natürlich ist er jung und nicht hässlich. Ein Glücksgriff sozusagen. Leider kann man Carlas Freund nicht klonen, dann würde ich auch einen Hubi nehmen.

Wie kann Carla mich als Alleinkämpferin verstehen? Gut, ich wohne noch oder besser gesagt, wieder bei Mama. Doch erstaunlicherweise habe ich Ma in die ganze Geschichte mit Max überhaupt nicht eingeweiht. Aber vielleicht hat das Rudolf längst getan? Die beiden unterhalten sich doch ständig über mich. Warum sollten sie da mein Liebesleben auslassen?

»Wie wäre es, wenn du mal nicht so perfekt wärest? Du kannst Max doch viel mehr selber machen lassen. Er schafft das schon.«

»Wir haben Arbeitsteilung vereinbart.«

»Auch im Privatleben?«

»Carla, wir haben noch kein Privatleben.«

»Dann habe ich eine Idee für dich.« Und dann erklärt mir Clara ihren Plan, während Lotta auf den Kieswegen einmal um den Lietzensee wandert und begeistert brackiges Seewasser trinkt, was sie sonst nie darf, und die

Enten brummelnd begrüßt. Verbotenerweise läuft sie auch noch quer durch die Rosenrabatten, weil sie ihre Mopsfreunde Dora und Dino begrüßen muss.

Ich komme eine halbe Stunde zu spät ins Büro, doch Britta schaut nur kurz auf, während sie telefoniert. Ein Handzeichen fällt weg, was bedeutet, dass die Mandanten noch nicht da sind. Sehr gut, dann kann ich noch schnell meine Emails checken. Ich haste in mein Büro, werfe meinen Sommermantel über die Garderobe, die sandigen Schuhe unter den Schreibtisch und setze mich mit Schwung auf den Drehstuhl. Vierzehn neue Emails, aber keines von Max. Kein Problem, dann bekommt er eine von mir. Ich warte nicht mehr, ich werde aktiv. Erste Carla-Regel. Ich schreibe ihm, dass wir die Visa haben und sie hier vor mir eingeklebt in unseren beiden Pässen liegen. Jetzt fehlt nur noch der Reiseplan – und die Tickets. Dann kann es losgehen. Ich schreibe ihm auch, dass wir hier schönes Wetter ohne Wind haben (Flugwetter?) und Britta mich in Zukunft mehr im Büro entlasten wird. Das müsste als Andeutung doch genügen ihm klarzumachen, dass ich in Zukunft etwas mehr Freizeit habe. Wofür ich die nutze, muss ich ihm ja nicht mitteilen, das wissen im Moment nur Carla und ich.

Britta meldet sich über die Gegensprechanlage: »Die Mandanten rauschen ein.«

Ich drücke auf »Absenden« und schon ist meine kurze Lebensbotschaft an Max nach München durch die Datenleitung unterwegs.

Was Britta mit dem Satz *die Mandanten rauschen ein*

gemeint hat, sehe ich wenige Sekunden später. Eine großgewachsene, schlanke russische Schönheit mit modelhaften Zügen, in teuersten Designerfirlefanz gekleidet, mit Goldketten und Perlohrringen behängt, ein Pelztäschchen am Arm, schwebt in mein Büro. Ihr Gesicht ist perfekt geschminkt, die Augenbrauen in Bogenform gezupft, das Haar sitzt wie in der Werbung. Diese Frau hat alles gegeben, würde man sagen. Gerne wüsste ich, wie viele Stunden vor dem Spiegel sie dafür verwendet hat und wie viele Jahre Schönheitspflege. Da haben Carla und ich noch viel vor uns. Ich schmunzle. Danke für dieses kleine Exempel weiblicher Raffinesse, denke ich, das werde ich nachher gleich Carla erzählen. Ich schlüpfe schnell in meine Schuhe und gehe den beiden entgegen. Wobei man ihn erst sieht, wenn man sich an ihr im wahrsten Sinne des Wortes satt gesehen hat. Er ist kleiner als sie (ich denke, halb Berlin ist kleiner als diese Frau auf Sky-Heels), untersetzter und hält sich wissend im Hintergrund. Dieser kleine, rundliche Oligarch zahlt also ihre Ringe, die an ihren Fingern glitzern. Von dem Verkaufserlös der Klunkern könnte man ein Jahr lang ein ganzes SOS-Kinderdorf finanzieren, denke ich. Aber das geht mich nichts an.

Ich gebe dem Model kurz unternehmerisch die Hand und begrüße ihn mit einem Lächeln. Das sieht auch für mich nach einem gelungenen Nachmittag aus. Zwei prachtvolle Studienobjekte, würde Carla sagen, und prima Klienten, würde Britta ergänzen und schon mal die Tabelle für die Honorarsätze der Anwälte hervorkramen. Dieses Honorar kann ich sehr gut für die Bezahlung unserer Rechnungen aus der Firmengründung mit Max gebrauchen. Dann mal los.

»Was führt Sie zu mir?«

»Wir möchten einen Ehevertrag aufsetzen«, sagt das Model, »bevor wir heiraten, möchte ich das geklärt haben.«

»Sie möchten, dass Sie abgesichert sind, wenn Ihre Ehe nicht funktionieren sollte?« Ihre Miene verfinstert sich in Sekunden.

»Ich meine, wir gehen natürlich davon aus, dass Sie sich immer lieben werden und so (was rede ich da wieder für einen Quatsch?), aber ich begrüße es, dass Sie auch an die Zeiten denken, die nicht immer rosarot sind.« Sie sieht mich eisig an.

»Ich möchte, dass mein zukünftiger Mann in seinen Grundbedürfnissen abgesichert ist. Ich bringe das Vermögen unserer Familie in die Ehe mit ein, und es soll auch in unserer Familie bleiben, wenn wir uns mal trennen sollten. Nicht wahr?« Sie sieht ihn verliebt an.

»Ähem, das verstehe ich, natürlich. Dann haben Sie sicherlich eine Aufstellung dabei?« Ohh Lizzy, was für einem vorurteilbehafteten Irrglauben bist du da aufgesessen. Das Mädel hat das Geld und nicht der kleine Dicke. Doch was findet diese Schönheit an dem Verschnitt aus Winnie the Pooh und dem schrecklichen Hulk? Auch das muss ich im Laufe des Gespräches herausfinden, ich habe mir dafür den ganzen Nachmittag freigehalten.

Als ich drei Stunden später in der Umkleidekabine des tollsten Shops am Kudamm stehe und mir den schwarzen Rock mit dem frechen Gehschlitz an der Seite über die Hüften ziehe, klingelt endlich mein Handy. Es ist eine SMS von Max:

Danke für die Nachricht über die Visa, Reiseroute habe ich dir per Email geschickt. Freust du dich? LG Max

Ich stehe mit offenem Reißverschluss, schief gezogenem T-Shirt und barfuß in der Umkleidekabine und will gerade die SMS von Max beantworten, als die Verkäuferin den Vorhang mit Schwung zur Seite zieht.

»Ich habe da auch noch was in einem schönen Rot«, sagt sie ungerührt, und Carla schaut interessiert von ihrem Kleiderständer auf, an dem sie für mich ein Cocktailkleid hervorzaubert. Prima, wollen wir gleich ein Foto für die Statusmitteilung bei Facebook machen samt Kurztext? Lizzy kriegt den Rock nicht über die Hüften, sendet aber ihrem Schmusi eine SMS. Carla hält den Daumen hoch, was soviel bedeutet wie »Rot solltest du versuchen, das steht dir«, und die Verkäuferin lächelt. Keiner achtet auf meinen schief sitzenden Rock oder sie übersehen ihn einfach. Als ich den Vorhang wieder zuziehe und mir den Traum in Rot anschaue, überlege ich immer noch, ob ich Max gleich antworten soll. Doch Mops Lotta zwängt sich in die Kabine und sucht in meiner Handtasche auf dem Boden nach ihren Leckerli, die Carla vorhin dort reingetan hat. Sie hat natürlich nie so eine große Handtasche wie die patente Lizzy dabei, um alle Utensilien von Moppi mitzunehmen. Deshalb trage ich immer ihre zehn Meter lange aufrollbare Hundeleine, 250 gr. Bio-Hunde-Kekse und ein Flies-Deckchen mit einseitiger Alubeschichtung zum Hinsetzen auf den kalten Fliesen, wenn wir gemeinsam unterwegs sind. Alles in allem macht das gefühlte 10 kg Mehrgewicht in meiner Handtasche. Aber was tut man nicht alles für die Freundinnen?

Und mein Einsatz wird durch Carlas Tipp gänzlich wieder wettgemacht, dieser Laden ist tatsächlich wie gemacht für mich, wir finden raffiniert sitzende Röcke, sexy Shirts, sogar eine Bluse mit tiefem Ausschnitt, die keineswegs bieder aussieht, und zwei bestechend gut geschnittene Jeans. Carlas Ratschläge sitzen. Es ist ihr Lieblingsladen, den sie mir nach acht Jahren Freundschaft endlich anvertraut. Wir haben auch einen konspirativen Grund: Schneider Potpourri wird ausgehebelt. Carla hat ihn satt.

»Es kann nicht sein, dass er dein Leben lang Kleider und Hosenanzüge entwirft, die deine schwachen Stellen kaschieren. Das ist totaler Blödsinn. Du musst deine starken Seiten hervorheben. So geht das.« Nun kann man einwenden, dass Carla nur aus starken Seiten besteht, aber sie verneint das.

»Ich widme mich nur meinen schönen Seiten. Natürlich habe ich auch Schwachpunkte. Ich kann keinen Schritt in High Heels gehen und eine Bananenfrisur kannst du bei meinem Eierkopp vergessen. Ich habe es versucht, erkannt, dass das nicht geht und dafür andere Dinge gestärkt.« Das muss man ihr wirklich lassen, sie hat es geschafft. Sie hat die schönsten und dichtesten Haare, die ich je in natura und nicht auf einem gefälschten Photoshop-Bild gesehen habe und pflegt sie nur mit

Natursshampoo. Ihr Po ist knackig wie ein Apfel, weil sie nur eine bestimmte Sorte Jeans kauft, davon hat sie gleich zehn Stück im Schrank. »Man weiß nie, ob sie die nicht eines Tages vom Markt nehmen. Und dann? Dann wirkt mein Po nicht mehr!«, sagt sie vorwurfsvoll. Und sie trägt die engsten Pullover mit beneidenswert kurvig hervorgehobenen Rundungen.

»Das kannst du auch«, hat sie mir zugeflüstert und mir gleich drei schwarze Rollis unterschiedlicher Länge und aus verschiedenen Materialien verschrieben.

»Hier, die sind kuschelig und sexy. Und Potpourri hat ein für alle mal ausgedient. Der kann sein tuntiges und tantiges Zeug jemand anderem verkaufen, aber dir nicht mehr. Du siehst ja sonst total altbacken aus.«

»Backfisch? Ich sehe aus wie ein Backfisch?«

»Nein«, sagt sie. »Du siehst aus wie eine Anwältin eben aussieht. Das ist im Job auch völlig okay. Aber in deiner Freizeit siehst du, na ja, etwas bieder aus, eben.«

Lotta hat endlich ihre Kekse in meiner Tasche gefunden und sieht uns schmatzend an. Sie hat nichts dagegen, dass die Damen ein hitziges Modegefecht bestreiten. Solange wir ihr nur nicht die Tüte vor der Nase wegziehen ist alles in Ordnung. Ich merke zwar, dass sie vorhat, alle Kekse auf einmal zu essen, gönne sie ihr aber von Herzen. Heute Abend bekommt sie sowieso nur wieder geriebene Karotte und Haferflocken, da soll sie wenigstens jetzt ihren Spaß haben.

Mit vier vollen Papiertüten und einer komplett neuen Grundgarderobe, die gerade mal 10 Prozent von dem gekostet hat, was Potpourri mir dafür abgenommen hätte, sitzen wir in Carlas Auto und kurven um den Block auf der Suche nach einem Parkplatz.

»Meinst du, die Sachen gefallen ihm?«, frage ich überflüssigerweise.

»Natürlich, wenn du dich drin wohlfühlst, wirst du das ausstrahlen. Und dann gefällst du ihm auch. Das funktioniert bei mir und Hubi immer. Ich habe mir im Frühjahr ein paar neue Sneakers geleistet, die eigentlich viel zu teuer waren, aber angeblich Beine, Po und Waden beim Gehen stärken, so dass man ganz straffe Konturen bekommt. Hubi weiß natürlich nicht, warum ich die Dinger gekauft habe. Jedenfalls hatte ich die Sneakers das erste Mal auf einem Gassigang mit Lotta an. Weil so ein Weg um den See immer sehr lange dauert, dachte ich, wäre das eine klasse Stärkung für mein Bindegewebe. Wir sind aber nicht weit gekommen.« Sie grinst.

»Wie meinst du das?«

»Hubi meinte, ich sähe heute so sexy aus und würde mich auch so sexy bewegen. Er klebte an mir wie eine Klette. Da wurde der Spaziergang für Lotta etwas kürzer, und wir waren schnell wieder zu Hause auf unserem Kuschelsofa.« Tja, das mag bei Carla klappen, bei mir sicherlich nicht. Oder vielleicht doch? Ich werde es natürlich ausprobieren, aber ohne poformende Sneakers.

Wir geben die Parkplatzsuche um unsere Lieblingscafé herum auf und Carla fährt mich gleich nach Hause.

»Wir holen unsere geheime Feier auf das neue Erscheinungsbild einfach nach, okay?«, fragt sie konspirativ.

»Ganz klar, diese Wandlung von der Raupe zum Schmetterling muss gefeiert werden. Noch in dieser Woche, da bin ich mir sicher.« Glücklich steige ich vor unserem Haus aus und Carla hilft mir, die Tüten vor die Haustür zu tragen.

»Bis morgen«, sagt sie und drückt mir einen Kuss auf die Wange. »Ich bin gespannt, ob du morgen früh auch noch so positiv über unser Shopping-Happening denkst.« Sie steigt fröhlich in ihr Auto, in dem auf dem Beifahrersitz ein vollgefressener, verkrümelter Mops schläft und von Bio-Keksbergen träumt. Ich schleiche mich wie in Kindheitstagen leise die Treppe rauf und umgehe Treppenstufe 17, die immer knarrt. Zwei meiner großen Tüten habe ich schon in meinem Zimmer in Sicherheit gebracht. Als ich das zweite Mal die Treppen barfuß runter schleiche, steht Clari vor mir.

»Kann ich dir helfen?«, sagt er höflich eindringlich.

»Geht schon, ich habe nur etwas eingekauft.«

»Möchtest du noch einen Tee trinken? Im Wintergarten ist noch eingedeckt.«

»Ist Ma auch da?«

»Ja, aber sie ist alleine. Herr von Ley ist nicht anwesend.«

Toll, wie Clari immer den Nagel auf den Kopf trifft. Mit Ma rede ich nach einem solchen Tag gerne, auch wenn mir das Thema Rudolf quer im Magen steckt wie ein Hühnerknochen.

»Ich nehme das für dich«, sagt er. Prompt hat Clari beide Papiertüten vor der Haustür erspäht, geschnappt und geht an mir vorbei.

»Ja, aber ich kann doch …«

»Ich packe es nicht aus und hänge es nicht auf, wenn du nicht willst.«

»Ist schon in Ordnung«, sage ich.

Clari ist im Auspacken unübertroffen. Ich glaube, das ist seine geheime Leidenschaft. Doch das galt bisher für hochwertige Haute Couture in Seidenpapier. Dieses Mal hat er es mit, nun ja, modischen Artikeln zu tun, die vielleicht eine Saison der letzte Schrei sind und danach wieder in der Versenkung verschwinden oder schlichtweg nicht mehr zu retten sind, weil das Futter gerissen oder der Samt abgestoßen ist. Ich weiß nicht, wie dieser Einkauf auf sein Qualitätsbewusstsein und seine Meinung von mir wirkt. Doch er schaut unbekümmert auf den Schriftzug der Papiertüte *»Pitty Dessous und Shoes«* und verzieht keine Miene. Na, also, das nenne ich Contenance.

Etwas, was Ma im Wintergarten leider verloren hat. Sie sitzt unglücklich in ihrem altersschwachen Rattansessel und schaut auf den abendlichen See. Als sie mich eintreten hört, strafft sie schnell die Schultern, setzt ein Lächeln auf, aber ich sehe, dass es nicht echt ist.

»Da bist du, ja Lizzy, magst du auch einen Tee?«

»Ja, warum nicht?«, sage ich zu ihr. Eigentlich ist mir nach Champagner zu Mute und ich möchte meine Emails checken, ob Max sich gemeldet hat. Es wäre auch nicht schlecht, seine SMS zu beantworten, aber ich sehe, dass Ma was auf dem Herzen hat, also setze ich mich kurz zu ihr. Das andere kann warten.

»Was hast du so gemacht in den letzten Tagen?«,

fragt sie. »Wir sehen uns ja gar nicht mehr beim Frühstück.«

Das stimmt allerdings, denn ich verlasse absichtlich früher das Haus und kaufe mir lieber im Starbucks gegenüber der Kanzlei einen Vanilla Latte und einen fettigen Muffin, als mich morgens aushorchen zu lassen.

»Ich hatte viel zu tun in der Kanzlei«, sage ich nicht ganz wahrheitsgemäß. Sie schaut mich an. Leider kennt sie mich zu gut und weiß ganz genau, dass ich flunkere. Mist!

»Rudolf ist für drei Wochen in Kuba und will da irgendein Sonnenkollektorenprojekt aufbauen. Sein Sohn hat ihn mitgenommen. Du musst dich also nicht gleich zwischen ihm und Max entscheiden. Ich glaube, er hat sich absichtlich zurückgezogen.«

»Er und Max? Er hat ihn sich also in meiner Kanzlei in Ruhe angesehen?«

»Das hat er. Er wollte wissen, was dir so an Max gefällt.«

»Das muss man ihm lassen, er weiß schon, wenn die Aktien nicht gut für ihn stehen.«

»Wie meinst du das?«

»Na ja, ich glaube, er ist nicht der Richtige für mich. Nicht, dass ich ihn nicht mag. Er ist ein wirklich gutaussehender, anständiger Mann mit Manieren und obendrein vermögend …«

»Andere würden ihn mit Kusshand nehmen oder für ihn morden«, ergänzt Ma.

»Ich weiß. Desiree vermutlich. Aber eine Vernunftehe ist nichts für mich.«

»Es wäre nur eine Vernunftehe? Du magst ihn nicht?«

»Ja, doch mag ich ihn. Als Freund oder als Kumpel oder wie auch immer … Aber doch nicht als meinen Partner. Ich meine, dazu gehört doch wirklich noch mehr. So etwas wie Liebe …«

»Das ist richtig, aber Vernunftehen halten immer länger, als alles andere. Dein Vater hat mir mal einen Einblick in die männliche Psyche gewährt, als er mir erzählt hat, wie das bei ihm so war. Wenn er einer Frau nur auf die Beine oder gar nur auf den, die … Brust (Ma zögert an dieser Stelle) geschaut hat, dann war es für ihn eine reine Bettgeschichte. Aber wenn ihm auch ihr Gesicht gefiel, und er sie sich näher ansah, dann war es mehr.«

»Ich verstehe nicht ganz.«

»Rudolf hat deine Beine noch nie gesehen, weil du sie in Hosenanzügen oder langen Kleidern versteckst. Er mag dich, weil er dich als Person mag, nicht als begehrenswerte Frau.«

»Ist das jetzt ein Kompliment oder eine Beleidigung?«, rutscht es mir heraus. Ma ist einen Moment still, dann sieht sie mich durchdringend an.

»Wie siehst du es? Was willst du für ihn sein?«

»Ich? Ähhh …« Was will ich für Rudolf sein? Seine platonische Freundin, vielleicht? Mein Handy klingelt und zeigt eine SMS an. Doch das passt jetzt gar nicht. Und plötzlich habe ich eine Idee.

»Warte einen Moment, ich bin gleich wieder da.«

»Clari?«, rufe ich rauf in mein Zimmer wie in alten

Kinderzeiten, weil ich ihn dort beim Auspacken vermute. Er erscheint im Türrahmen und nickt.

»Habe ich noch einen Pommery gut oder ist der schon verplant?« Er nickt, was soviel heißt wie *ich darf an sein Allerheiligstes*, seinen Spirituosenschrank und Kühlschrank für besondere Momente. Fix greife ich mir zwei Gläser aus dem Board, auch wenn es nicht die richtigen Champagnergläser sind, die ich zu fassen bekomme, sondern nur zwei Weingläser, und flitze barfuß wieder in den Wintergarten.

»Es gibt etwas zu feiern.«

Ma schaut verwundert, als ich den Korken vom gekühlten Pommery ungalant knallen lasse und begeistert einschenke.

»Hör zu, ich habe dir eine abenteuerliche Geschichte zu erzählen.«

Und ich rücke uns beide Rattansessel mit Blick auf den See zurecht und gebe Ma ihr Weinglas. Sie setzt sich, und ich suche im Halbdunkeln nach dem alten Cape mit dem abgegriffenen Nerz, das immer auf dem Sofa liegt und lege es uns beiden nebeneinander über die Schultern, als ich endlich auf meinem Sessel sitze. Und dann sprudelt es aus mir heraus. Ich erzähle die Geschichte von Max. Wie ich ihn kennengelernt habe, wie wir uns in München wieder gesehen haben, dass wir zusammen eine Firma gegründet haben und einen Investor suchen, der mit uns um die Welt fliegt. Ich erzähle auch, dass wir nach China eingeladen sind und uns von dem Besuch endlich die finanziellen Mittel erhoffen, nachdem uns die Amerikaner und sämtliche Stiftungen und Technologie-Förderprogramme der Bundesrepublik Deutschland haben abprallen lassen.

»Wir sind eben nicht Airbus und EADS. Deshalb bekommen wir keine Fördermittel«, schließe ich meine Erzählung.

»Aber ihr beide habt Sympathie verdient«, sagt sie überraschenderweise. »Ihr seid mutig, das ist etwas ganz Besonderes in der heutigen Zeit. Das waren wir in jungen Jahren auch, als wir progressive Operninszenierungen unterstützt haben. Das ist ganz meine Lizzy, zeig mir mal ein Foto von diesem Max.«

Ich stehe auf und suche mein Handy in der Tasche in der Küche. Die neueste Nachricht blitzt mich an. Sie ist von Schuster.

Hallo Liz? Untergegangen? Wie ist es mit einem Treffen im Tattersall. Weißt du überhaupt noch wie ich aussehe?

Ich grinse. Das weiß ich schon noch. An alles andere möchte ich aber nicht mehr erinnert werden. Ich zeige Ma das Foto von Max, das ich im Kempi aufgenommen habe und für das Visum für China gedacht war.

»Ohh, besser als gedacht.«

»Wie meinst du das?«

»Ein Abenteurer, zweifelsfrei. Aber einer mit Stil, scheint mir. Da wird es Rudolf schwer haben. Ich verstehe dich gut.«

Ma versteht mich? MA VERSTEHT MICH? Wie lange habe ich auf diesen Augenblick in meinem Leben gewartet! Mir wird ganz weinerlich zu Mute, und ich nehme sie in die Arme und drücke sie ganz fest. Sie sagt nichts. Ich sage nichts. Clari erscheint irgendwann in der Tür – und hüstelt.

»Die Damen, ich ziehe mich zurück, es sei denn, ich werde noch …«

»Ja, wirst du«, sage ich. »Einen Moment …«

Ich laufe in die Küche, wische mir verstohlen im Dunkeln die Tränen von der Wange und hole ein Weinglas für Clari. Er wird mich zwar bis ans Ende seiner Lebtage nicht mehr für gesellschaftsfähig halten, weil ich ihm Champagner im Weinglas anbiete, aber dieses Risiko muss ich eingehen. Ich laufe zurück in den Wintergarten, gieße ihm ein Glas ein und uns beiden nach und dann prosten wir uns zu. Clari, das Faktotum des Schlosses am See mit den Fledermäusen (die in der Tat gerade ums Haus kreisen), Ma (Operndiva und Diva par excellance) und ich (Anwältin, Unternehmerin und endlich erwachsen. Hoffentlich!).

Mehr Glück

Am nächsten Morgen sitze ich fröhlich an meinem Computerbildschirm und prüfe meine Emails. Thien hat das Programm für den China-Aufenthalt geschickt, was Max mir weitergeleitet hat. Das sieht doch auf den ersten Blick ganz ordentlich aus.

Freitag: Flug nach Beijing

Samstag: Ankommen in Beijing, Zusammentreffen mit den chinesischen Partnern, Besichtigung Stofffabrik, Übernachten in Hotel in Beijing.

Sonntag: Programm in Beijing (Thema: Ballon-Flug um Welt) und nötige Genehmigungen.

Montag: gegen mittags Besuch von chinesische Partner und Besichtigung Flugfirma als Partner.

Dienstag, Mittwoch: Gespräche für Flugvorbereitung, Technik checken.

Donnerstag: Weiterflug nach Hainan (Haikou), (Flug dauert ca. dreianderthalb Stunde), Übernachten in Haikou, (Hotel wird von chin. Partner organisiert).

Programm in Hainan: Hangaraufbau, Platzbesichtigung, Besprechung Flugvorbereitungen.

Sonntag: Rückkehrt nach Beijing, Übernachten in Beijing (Hotel noch offen).

Montag: Rückflug nach Deutschland (Programm-Ende).

Lese ich das richtig? Der Abflug ist tatsächlich schon in 5 Tagen! Das ist doch kaum zu schaffen, wir müssen noch so viel vorbereiten! Die Flugtickets sind auch noch nicht gebucht. Ich greife zum Telefonhörer und wähle die Nummer von Max. Doro, die blaue Wolke, geht ans Telefon. Sie freut sich, mich zu hören.

»Der Dr. Tepperwein ist in der Versuchshalle«, sagt sie. »Da haben wir kein Telefon, weil man das bei dem Krach sowieso nicht hören würde. Ich kann Sie also leider nicht verbinden. Aber vielleicht versuchen Sie es mal mit seiner Handynummer? Haben Sie die oder darf ich Ihnen die durchgeben?«

Doro hat noch Schliff und ist total nett zu jedem Anrufer, so ganz anders als die Sekretärin meines Anwaltskollegen, die entweder krank ist, zu spät kommt oder beides und dann noch jeden Anrufer behandelt wie einen Störenfried. Stattdessen kann sie aber stundenlang mit ihrer Freundin über die neuesten Konzerte von Bon Jovi und Co. telefonieren und ausgiebig betratschen, welche Konzertkarten sie wo günstig im Internet bekommen können. Klar, dass sie die dann auch während der Arbeitszeit buchen.

»Was soll ich machen?«, fragt mich mein bärig-gutmütiger Anwaltskollege. »Ich finde keine andere.« Na ja, denke ich, für so eine faule Nuss findest du garantiert drei goldene Nüsse wie Aschenbrödel, aber das Märchen kennt er ja leider nicht, weil er ein Mann ist.

Max geht an sein Telefon und unterbricht meine nörgeligen Gedanken.

»Ja, hallo, schön, dass du anrufst. Du warst mir ja ganz verloren gegangen.«

»Ich?«

»Ja, du hast weder auf Email noch SMS geantwortet.«

»Ich hatte da was Wichtiges zu erledigen«, lüge ich und erwähne nicht, dass ich mit Ma und Clari gestern Abend bei Kerzenschein über das Leben und die dringend notwendige Renovierung unseres Hauses philosophiert habe. Das würde er sicherlich nicht verstehen.

»Hast du gesehen, wir sollen bereits am Samstag da sein? Das ist doch Wahnsinn, was die Vorbereitungszeit angeht!«

»Wieso?«, sagt Max. »Ich nehme meine Powerpoint-Präsentation mit, die ich im Flugzeug überarbeite. Vielleicht drucke ich einige unserer Projekte noch als Reader aus. Ansonsten wird es sich zeigen, was sie von uns wollen.«

»Gastgeschenke, denke ich, bräuchten wir auch noch«, und gehe mit der Bleistiftspitze Brittas feinsäuberliche Liste für Geschäftsreisen in China durch. Und Magenmittel, Durchfallmittel sowie Aspirin sehe ich auf ihrer

Liste … Das lese ich natürlich nicht alles vor. Wo Britta das wohl abgeschrieben hat? Hört sich ja abenteuerlich an oder nach einer Weltumrundung. Ich muss schmunzeln, und das hört man an meiner Stimme.

»Gastgeschenke … Mmmmm«, Max schweigt, »das wird schwierig. An was denkst du?«

»An etwas typisch Deutsches. Eine Basecap mit Aufdruck »I love Berlin« oder Postkarten mit aufgeklebten Mauersteinen oder …«

»Wie wäre es mit einem Mercedes oder einem Porsche?«

»Größer geht es nicht?«

»Modelle natürlich, das steht für Deutschland und seine Qualität.«

»Da haben wir unterschiedliche Vorstellungen von Gastgeschenken. Aber das lässt sich leicht organisieren. Hier am Kudamm gibt es hochwertige Lederaccessoires für den Mann von Welt. Die haben bestimmt auch Automodelle für den Schreibtisch«, erkläre ich. Schuster war dort mit mir mal hingegangen und hatte sich von mir sein Geburtstagsgeschenk bezahlen lassen. So hatte dieser Einkauf im Nachhinein für mich wenigstens noch Informationscharakter, und ich kann daraus etwas machen.

»Könntest du das besorgen? Ich habe das hier in München nicht so leicht. Wir haben BMW, aber wo ich da was Geeignetes als Geschenk finden …« Ich unterbreche ihn, obwohl Carla mir geraten hat, dass er mehr übernehmen soll.

»Britta und ich besorgen etwas in der Mittagspause.

Neben dem Shop ist ein neues Bistro, so verbinden wir das Angenehme mit dem Nützlichen.«

»Und die Flüge? Ich denke, wir fliegen am besten zusammen? Was meinst du?«

Davon war ich eigentlich ausgegangen, aber das sage ich natürlich nicht.

»Das wäre sicherlich besser. So können wir alles noch einmal durchsprechen, und es macht den Gastgebern auch nur einmal die Mühe uns abzuholen.« Max und ich reden wie zwei Profis miteinander, von intimer Zuneigung keine Spur. Carla würde vor Wut platzen, aber es ist ja nur ein Diensttelefonat. Er kann mich nicht sehen, dann würde er sich wundern. Mein neuer Pulli sitzt wie eine zweite Haut, sogar Britta war positiv überrascht – und sie ist schwer zu beeindrucken.

Fünf Tage, das ist lange, wenn ich mir vorstelle, dann erst Max wiederzusehen. Das ist unwahrscheinlich kurz, wenn man seinen Koffer packen will, Vertragsentwürfe vorbereiten, Termine umlegen, die Freundinnen informieren muss, Tickets bucht, den Anwaltskollegen um eine Vertretung in einem Fall bittet – ich rotiere und wirble. Schuster ruft mitten im Gespräch mit Britta über das Verlegen meiner Termine im Büro an.

»Du meldest dich überhaupt nicht mehr. Hast du den Markttag vergessen? Ich habe heute Desiree getroffen, sie ist total sauer, weil du nicht gekommen bist.«

»Schuster, es geht im Moment nicht. Ich muss eine Reise vorbereiten und mich um die Mandanten kümmern.«

»Wo fliegst du denn hin in den Urlaub?«

»Es ist kein Urlaub! Es ist beruflich.«

»Toll, was Großes? Eine Story?«

»Ich glaube nicht, dass die dich interessiert. Aber wenn sie was für dich und deine Zeitungen sein sollte, dann wirst du es als erster erfahren.«

»Du weichst mir aus.«

Das stimmt, denke ich. Da ist er nicht der einzige. Nur, wie soll ich ihm das sagen?

»Das stimmt«, rutscht es mir heraus, was mir die Trophäe des ›Goldenen Diplomaten‹ einbringen wird. Ganz sicher.

»Warum?«

»Du nutzt mich immer nur als Informantin aus, um über mich oder Ma an Stories für deine Käseblätter zu kommen. Das fand ich ja eine Zeit mal ganz witzig und irgendwie auch clever von dir, aber jetzt nicht mehr.« Er schweigt. Zur Wahrheit kann er nichts sagen, das wird ihm anscheinend auch klar. Nun ist die Frage, was schwerer für ihn wiegt. Der Verlust seiner Informantin für die Klatschblätter Berlins oder doch noch etwas mehr.

»Denk doch noch mal drüber nach. War doch immer ganz nett.«

»Nett ist eben nicht genug«, antworte ich. »Aber wir sehen uns bestimmt an den Markttagen.«

»Wenn du überhaupt noch kommst«, mault er.

»Ganz bestimmt, das ist nur eine Phase«, sage ich mit Überzeugung. Doch ich sollte mich irren. Die nächsten drei Jahre werden die Mittwochsmarkttage komplett an mir vorbeigehen. Und wissen Sie was? Das wird mir piepegal sein.

Ich rufe meinen bärigen Kollegen an und habe zuerst die faule Bon-Jovi-Fan-Sekretärin am Apparat.

»Annwalds- unn Nodariadsbürroh Maaartuuus«, schnarrt sie gelangweilt in den Apparat. »Der is nich da«, antwortet sie auf meine Frage, ob ich Thomas sprechen könnte.

»Gericht, wo sonst?«, sagt sie genervt.

Ich beschließe, heute unsere oberste Kollegenregel zu brechen und rufe ihn am Abend zu Hause an, um ihn zu bitten, mich in einem Fall vor Gericht zu vertreten. Er sagt zu. Und plötzlich habe ich eine Idee.

»Du bist doch auch Notar und ich nicht. Was hältst du davon, wenn wir unsere beiden Kanzleien zusammenlegen? Deine und meine am Kudamm? Wir würden uns prächtig ergänzen, ein großer Raum, den wir bisher als Besprechungszimmer genutzt haben, wäre frei, und vor allem könnte Britta deine Telefonate entgegennehmen.« Und die oberfaule Bon-Jovi-Schnarchnase sucht sich einen anderen Wirtsbaum, den sie aussaugen kann.

»Wenn ich die Zulassung für einen anderen Stadtteil bekomme, dann wäre das eine sehr gute Idee. Mir ist hier nämlich gerade ein Großkunde weggebrochen, der mich alleine schon drei viertel des Monats beschäftigt hatte, da muss ich schauen, wie ich über die Runden komme.«

»Das Angebot gilt und es gilt für ewig. Also nicht nur

eine Laune und nach drei Jahren trennen wir uns wieder, sondern so eine richtig erfolgreiche gemeinsame Sozietät, was meinst du?«

Mein bäriger Kollege ist einverstanden, soweit man das seinem kaum hörbaren Atmen zuordnen kann. Im Hintergrund höre ich stattdessen seinen kleinen Sohnemann mit dem Bobbycar über die Dielen rutschen.

»Ich muss natürlich noch mal mit Magda darüber reden. Aber ich glaube, dass sie das auch gut finden wird. Ihr beide versteht euch ja gut.«

»Sehr gut«, sage ich. Und das ist nicht übertrieben. Mit Magda kann man die irrsten Schuhgeschäfte aller Zeiten plündern und trotzdem noch Geld mit nach Hause bringen. Denn diese Frau ist eine Schnäppchenjägerin erster Klasse, an die ich mich gerne anhänge.

Und als Britta und ich auch noch die bestmögliche Flugroute nach Peking rausgesucht und mit meiner Kreditkarte bezahlt haben (die wurde bis ans äußerste ihrer Schmerzgrenze belastet, und ich kann nur hoffen, dass sie uns auch beim Rückflug wieder mitnehmen), bleibt eigentlich nur noch der Mädelsabend übrig, damit ich gut vorbereitet losfliegen kann.

Die Stunden vergehen wie im Flug, ohne dass wir in der Luft sind. Die ausgedruckten Präsentationen von Max, die er Britta in die Kanzlei gemailt hat, sind alleine schon eine ganze Kofferladung. Hinzu kommt, dass wir zu einem Besuchsprogramm in Hainan eingeladen wurden, drei Flugstunden von Peking entfernt. In Peking ist Winter, auf Hainan tropisches Klima. Da macht Kofferpacken Spaß, wenn zwei Klimazonen in zehn Tagen bereist werden. Ich kaufe noch schnell einen neuen Aktenkoffer auf Rollen für die Präsentationen, und während im Untergeschoss des Kaufhauses meine Schuhe neue Absätze bekommen, besorge ich noch einen knallroten Koffergurt, in der Apotheke gegenüber Durchfallmittel, Magentabletten, Traubenzuckerbonbons gegen Unterzuckerung, Nieren- und Blasentee, und weil die Apothekerin so nett ist, auch gleich noch eine Probe von einem Haarwaschmittel, damit ich nicht die 500ml Flasche mitschleppen muss. In der Drogerie daneben kaufe ich alle notwendigen Kosmetika in kleinen Flaschen, denn sonst brauche ich alleine dafür neben den Präsentationen einen zweiten Koffer. Doppelmoppel nennen mich meine Freundinnen, weil ich die Planungen immer voll im Griff habe. Das macht mir so schnell keine nach.

Jetzt freue ich mich riesig auf unser Freundinnentreffen in unserer Lieblingspizzeria *»Da Papa«*. Die Mädels sind schon da, und ich werde mit meinen Tüten mit großem Hallo begrüßt.

»Was hast du denn alles eingekauft? Das ist ja eine riesige Apothekentüte! Und was ist in dem Pappkarton?«

»Präsentationen«, ächze ich und stelle den Karton auf Marios Theke. Die Apothekentüte landet unter dem Tisch und dabei die Durchfalltabletten unter der Sitzbank. Na, prima, da finde ich sie garantiert nie wieder.

»Schön, dass du noch so kurz vor der Abreise für uns Zeit hast.«

»Na ja«, stammle ich und erwähne lieber nicht, was ich noch alles vorhabe und sich auf meiner To-Do-Liste türmt. Am Ende des Abends ist die Liste immer noch genauso lang, und ich steige beschwipst, aber ohne Durchfalltabletten (die bleiben unter der Sitzbank liegen) aus dem Taxi vor unserem Haus. Die Mädels haben mir noch wichtige Tipps zum Verhalten gegenüber Max mitgegeben und einen Reiseführer über Peking. Das war richtig rührend, als sie mich der Reihe nach verabschiedet haben.

Die Taschenhenkel schneiden in die Finger und mein linker Daumen fühlt sich schon ganz taub an. Im Garten sind die Laternen ausgeschaltet, vom Hauslicht bin ich noch zu weit entfernt, sodass der Bewegungssensor mich nicht registriert. Und dann sehe ich sie auch. Zwei Fledermäuse fliegen um den Turm. Sisch, fast lautlos ziehen sie vorbei. Wo zwei sind, da sind auch noch mehr, geht es mir durch den Kopf. Mein Handy vibriert in meiner Blazertasche. Ich schaue drauf. *Wo bist du?* – steht auf dem Display. Ich erkenne sofort, dass es eine SMS von Schuster ist.

Zuhause – simse ich im Dunklen zurück, während ich das Taxi in der Nachtstille davonfahren höre. Ich werfe das Handy in die Handtasche und krame nach dem Hausschlüssel, da klingelt es plötzlich. Oh nein, hoffentlich werden jetzt nicht alle wach! Ich lasse die Apothekentüte ein zweites Mal heute Abend unsanft fallen und suche noch hektischer in der Handtasche nach dem Schlüsselbund. Weil das Display noch leuchtet, sehe ich zumindest den Mopsanhänger, der zum Schlüsselbund gehört, greife danach und schließe mir mit dem dranhängenden Schlüssel einhändig die Haustür auf, mit der andern Hand halte ich das Handy und mit dem Fuß schiebe ich mir den Pappkarton und die Tüten in die Diele.

»Was willst du denn noch so spät?«, flüstere ich leise.

»Desiree hat mir erzählt, dass du morgen losfliegst. Du meldest dich ja nicht mehr bei mir. Ich wollte wenigstens ein bisschen was von deiner Reise erfahren.«

»Warte wenigstens einen Moment bis ich oben in meinem Zimmer bin«, flüstere ich, »wir wecken sonst das ganze Haus auf.«

Ich schließe leise die Haustür hinter mir ab und lasse die Einkaufsbeute in der Diele stehen, die knistert zu laut, wenn ich sie jetzt durchs Haus trage. Leise schleiche ich die Treppe rauf und überspringe die knarzende Stufe mit der Nummer siebzehn. In meinem Zimmer ist es wohlig temperiert von der warmen Frühlingssonne, die den ganzen Nachmittag durch die Fenster reingeschaut hat. Zufrieden lege ich mich aufs Bett und schaue auf den mondbeschienenen See.

»Bist du jetzt oben angekommen?«, flüstert Schuster.

»Ja, ich bin hier und die Tür ist auch zu.«

»Erzähl doch mal, wer ist denn der Mandant? Desiree tat so geheimnisvoll.«

»Daran ist gar nichts Geheimnisvolles. Vieles kannst du selbst im Internet nachlesen. Wir wollen einen Weltrekord fliegen!«

»Und was hast du damit zu tun?«

»Ich? Ich helfe bei den vertraglichen Dingen.«

»Und was heißt wir? Bist du beteiligt?«

»Ich fliege nicht mit, falls du das meinst.«

»Nee, sag mir doch mal die Internetseiten, damit ich was nachlesen kann.«

Ich sage ihm die Adresse vom Institut. »Aber das mit dem Weltrekord, das steht noch nicht drin, du kannst nur den Ballon sehen.«

»Sehe ich schon«, sagt Schuster, »der ist ja riesig.«

»Ja, ist er.«

»Da wäre ich auch gerne dabei. Ihr fahrt nach China, hat Desiree erzählt.«

»Was hat sie denn noch alles ausgeplaudert?«, frage ich gereizt.

»Mehr nicht. Nur, dass ihr ein irres Team zusammengestellt habt, und es nach Erfolg aussieht. Mann, und du bist dabei, das ist doch phantastisch!«

»Ähem, wenn du das sagst.«

»Neee, wirklich«, sagt Schuster. »Meistens vertrittst du doch nur unzufriedene Zicken gegen ihre Männer, das ist doch nichts fürs Leben. Aber so ein Flug um die Welt ist doch etwas ganz anderes.«

Zicken? Hat er Zicken gesagt? »Was sagst du eigentlich zu meinen Mandantinnen?«, kontere ich und bin für seine technischen Begeisterungsstürme taub.

»Ist doch egal, ich finde es genial. Wenn du nichts

dagegen hast, dann schreibe ich das auch. Und falls du nichts dazu sagen willst, dann frage ich eben diesen Ingenieur Max, dessen Foto ich hier gerade google. Mhhh, so eine Art Indiana Jones würde ich sagen, das passt in meine Story.«

»Crocodile Dundee, wenn schon.«

»Ist mir egal, was du sagst. Das ist meine Geschichte.«

»Halt, Schuster, wenn überhaupt, dann ist es meine eigene und du kannst doch nicht einfach schreiben, was du willst.«

»Eher, was ich will, als was du willst. Das nennt man Pressefreiheit, Liz.«

»Hallo, Schuster! Du vergisst, dass ich dir das erzählt habe und nicht irgendjemand in einem Archiv oder jemand Fremder. Gibt es bei dir nicht so etwas wie Familienschutz oder so?«

»Wieso? Ich habe doch seit Jahren geschrieben, was deine Mutter mir erzählt hat. Es hat immer alles gestimmt. Oder sagen wir mal so, es hat sich offiziell keiner beschwert. Na ja, nur zwei Mal. Aber das ist nichts gegen die Anzahl von Stories, die ich jährlich absetze.«

»Ach, Schuster, du und deine Boulevardpresse.«

»Enttäusch' mich nicht«, sagt er noch. »Du machst das schon in China, vertrau' ganz auf mich.«

»Klar, Schuster, wenn du das sagst.«

»Ich weiß das. Pass auf dich auf und halt mich auf dem Laufenden.«

»Eher nicht«, denke ich noch, sage es aber nicht. Und schon hat er aufgelegt.

Ich lege das Handy beiseite. Plötzlich vibriert und leuchtet es erneut in der Dunkelheit.

Aufgeregt oder relaxt? – fragt Max.

Aufgeregt – simse ich zurück. *Und voller Spannung!*

Die richtige Voraussetzung – simst er zurück. *Spannung ist ein guter Motor.*

Für mich eher nicht, denke ich. Und plötzlich fällt mir meine ellenlange To-Do-Liste ein und die vielen Dinge, die ich noch einpacken oder bedenken muss. Ich suche sie aus meiner Hosentasche heraus und falte sie bedächtig auf Din A4 Größe auseinander. Doch der Schlaf ist stärker und ich nicke einfach auf der Liste ein.

Ausgeschlafen?

Ein bunter Strauß Nelken und ein Strauß orangefarbener Lilien winken uns am Flughafengate zum Empfang entgegen. Thien hat die Büroleiterin des chinesischen Büros in Peking mitgebracht, um uns zu begrüßen. Auf der Fahrt zum Hotel redet Thien die ganze Zeit.

»Wir haben ein dichtes Programm vorbereitet. Besichtigung. Gespräche, Besichtigung.«

»Und wann sehen wir den Flugplatz?« fragt Max.

»Den Flugplatz? Morgen, nehme ich an.«

»Sind unsere Kisten noch im Zoll?«

»Nein, wir haben sie schon ausgelöst. Alles ist angekommen.«

»Wo sind die Kisten?«

Thien schweigt. »Muss ich nachfragen.« Er greift zu seinem Handy und spricht laut auf Chinesisch mit jemandem. Für mich klingt es, als ob sie sich streiten. Das scheint aber nicht so zu sein.

»Kein Problem«, sagt er. »Die Kisten sind auf der chinesischen Seite.«

»Wo?«, fragt Max. »Ich muss doch prüfen, ob es Transportschäden gibt.«

»Wir fahren morgen zum Hangar am Strand«, sagt Thien. »Jetzt ist Essenszeit.« Ich schaue auf die Uhr. Es ist in Peking erst sechs Uhr abends.

»So früh wird gegessen?«, frage ich.

»Ja, immer so gegen sechs, sieben Uhr, so«, sagt Thien

und freut sich. »Wir haben ein Lokal ausgesucht, in dem es die traditionelle Pekingente gibt, das *Beijing Da Dong Roast Duck Restaurant*.«

Klingt interessant. Als wir ankommen, steht bereits der Van mit unseren Teammitgliedern vor dem Restaurant. Das Wiedersehen fällt freudig aus, denn sie sind mit einem früheren Flug angekommen, weil wir so kurzfristig gar nicht mehr für alle Personen Flüge in einem Flugzeug bekommen haben. Wir sind eine Gruppe von mehr als zwölf Personen, als wir das Restaurant betreten. Doch Thien sieht das gelassen.

»In China essen immer alle zusammen. Nur in Europa nicht.«

Tatsächlich bekommen wir völlig unkompliziert einen runden Tisch mit drehbarer Mittelplatte für die zahlreichen Speisen und Köstlichkeiten.

Für zwölf Personen werden vier Pekingenten frisch im heißen Rauch zubereitet, erklärt Thien. Und dann wird das feine Fleisch zusammen mit Gurken, eine Art Rettich und einer dunklen Soße in kleine Fladen eingerollt und mit den Fingern gegessen. Es schmeckt köstlich, muss ich zugeben. Die fette Entenhaut ist eine Delikatesse, ich lasse sie lieber liegen, weil ich an meine arme Galle denke. Thien tunkt die Haut in weißen Zucker und verschließt beim Kauen genüsslich die Augen. Krosse Entenhaut mit Zucker, warum nicht? Ich probiere doch ein Stückchen und es schmeckt tatsächlich interessant. Ungewohnt, aber lecker. Davor gab es zur Einstimmung Entensuppe, gebratene Shrimps, grünen Kohl in Soße, Entenfleisch mit Nüssen, Entenfleisch mit Sprossen und einen riesengroßen gebratenen Fisch, der mich mit offenem Maul anstarrt, wann immer er auf dem Drehteller an mir vorbeifährt. Schon am ersten Tag bin ich nudelsatt und nehme verstohlen eine Tablette *Magenwohl.* Nach zehn Tagen Essen in China werde ich mehrere Kilos zugenommen haben.

In China ist einfach alles viel größer. Dieses Restaurant hat vier Stockwerke und die Straße, auf der wir jetzt zum Hotel rollen, hat sechzehn Fahrspuren nebeneinander. Wir fahren zur Begrüßung am beleuchteten Mao-Tse-Tung-Denkmal vorbei und den Platz des Himmlischen Friedens zeigen uns unsere Gastgeber auch gleich. Unser Hotel hat achtzehn Stockwerke, mein Zimmer 218 liegt auf demselben Stockwerk wie das von Max, was ich schon einmal beruhigend und auch wieder nicht beruhigend finde.

Angekommen – simse ich Desiree, als ich in der Hotelbadewanne liege und mir ein Schaumbad vom Mandarin-Hotel gönne. Dann lese ich in meinem geschenkten Pekingführer nach, wo morgen früh der Empfang stattfindet und überlege, was ich dazu anziehen werde. Max hat sich heute Abend mit seinen Jungs in der Bar verabredet. Nach der ersten Viertelstunde war mir klar, dass ich mich bei diesen Gesprächen zum Thema Technik getrost ausklinken kann, obwohl ich natürlich gehofft hatte, mit Max unseren ersten Abend in Peking unter einem Kirschbaum auf einer beleuchteten Dachterrasse zu verbringen. Aber es gibt ja noch weitere Reisetage. Ich schlüpfe in den Hotelbademantel, suche meinen Laptop aus dem Aktenkoffer und versuche, ihn ans Hotelnetz anzuschließen.

»Das klappt bestimmt nicht«, murmle ich.

Doch es klappt perfekt. Nach wenigen Sekunden hat der Laptop die Hotelseite aufgerufen, und ich kann sogar kostenlos meine Emails abrufen. Der Draht nach Hause steht also schon einmal.

Ich schreibe eine kurze Email an Clara.

Liebe Clara, wir sind gut angekommen. Den Flug haben wir verschlafen und am ersten Abend in Peking sitze ich, statt mit Max am Pool, im Bademantel am Hotelschreibtisch und schreibe Euch. Nicht, dass das schlecht ist, sondern eben anders als erwartet. Aber vielleicht sind meine Erwartungen auch falsch? Was sagt der Mädelscode dazu?

Liebe Grüße an Dich und Desiree, ein big hug für Lotta,

Lizzy.

Ich schiebe die Jalousie zur Seite und setze mich auf den Teppich vor dem Fenster, das bis zum Boden reicht. Ich schaue auf das beleuchtete Peking unter meinen Füßen. Ich müsste jetzt müde sein, aber zu Hause ist es erst fünf Uhr nachmittags. Ich versuche mich zu entspannen. Es wird alles seinen richtigen Weg gehen, Lizzy, würde Clara sagen, habe Mut und vertraue darauf. Recht hat sie, denn mehr kann ich im Moment wirklich nicht tun.

Guten Morgen, Peking!

Ich stehe im Foyer des Hotels vor einem Wasserbecken mit Goldfischen und denke über den gestrigen Tag nach. Durch das Fenster kann ich draußen vor dem Hoteleingang den Fahrer erkennen, der schon auf uns wartet. Unsere Chinaberater sind noch nicht da, Max auch nicht. Vielleicht sollte ich schon einmal in den Frühstücksraum gehen? Gesagt, getan, ich fahre ins fünfzehnte Stockwerk, die Fahrstuhltür geht auf und ein Duft von gefüllten Teigtaschen, heißem Gebratenem und unbekannten Gewürzen schlägt mir entgegen. Ich werde nach meiner Zimmernummer gefragt und dann zu einem Tisch in der Mitte des Raumes geführt. Max stürmt auf mich zu, auf dem Teller drei Spiegeleier mit kross gebratenen Speckscheiben. Thien sitzt bereits über eine hellblaue Schüssel gebeugt und fischt mit Stäbchen aus einer dampfenden Nudelsuppe dicke Teigtaschen heraus.

»Schmecken nicht ganz so gut wie gestern Abend«, murmelt er zur Begrüßung, während Max mir einen Kuss auf die Wange drückt und mich zum Tisch zieht.

»Alle anderen haben schon gegessen«, sagt Max, »aber dann stört uns wenigstens keiner.«

»Was machen wir heute?«, frage ich. »Bleibt es bei dem Plan?« Thien lacht.

»Nicht ganz. Wir treffen uns erst um 10.00 Uhr zur Begrüßung durch den Vizegouverneur, und am Nachmittag fahren wir zur Fabrik für Stoffe.«

Tja, nur eine kleine Änderung in Bezug auf die Uhrzeit und den Programmpunkt, würde ich sagen und lächle ihn an. Er nickt und schlürft genussvoll seine Nudelsuppe aus der Schüssel.

»Such dir was am Buffet aus«, ermuntert mich Max. »Es gibt durchaus auch was für europäische Gaumen.« Ich gehe an dampfenden Holzkörben mit Dim Sum vorbei. Unter den Rechauddeckeln köcheln Bohnengerichte, Nudeln mit Pilzen in Ei, köstlich gebratenes Fleisch in brauner Soße, runde, dicke Eierfladen und exotisch bunte Gemüsesorten in einer chiliroten Soße. Ich habe mir vorgenommen, zu meinem obligatorischen europäischen Toast jeden Morgen etwas anderes aus den Töpfen zu probieren. Wenn ich schon einmal hier bin, möchte ich alles kennen lernen. Heute sind es Thiens geliebte Teigtaschen, die ich mir auf den Teller lege.

Als auch der Kaffee in großen Kannen gebracht wird, sind wir alle zufrieden. Unser Chinaberater taucht auf, setzt sich zu uns und beginnt das Gespräch über eine mögliche Strategie am heutigen Tag. Ich untersuche mit meiner Gabel das Innere der Teigtaschen, das aus grünem Gemüse oder wahlweise Fleischkrümeln besteht und verstehe nicht, warum wir für die Besichtigung einer Ballonstofffabrik eine Strategie benötigen. Aber das muss Max entscheiden. Ich höre aufmerksam zu, was die beiden besprechen.

Wir sitzen zur Begrüßung in der Stofffabrik in breiten Sesseln und trinken heißen Tee aus Tassen mit zierlich gemusterten Deckeln. Das Kennenlerngespräch in großer Runde findet nicht in einem Besprechungsraum am Tisch statt. Es ist genau geregelt, wer welchen Platz in den u-förmig aufgestellten Riesensesseln einnehmen darf. Max sitzt neben dem Stofffabrikanten und dem Vizegouverneur ganz vorne. Ich sitze rechts von ihm, der Chinaberater neben dem Stoffchef. Dann folgen links die Assistenten, neben mir sitzt Thien und ein Abteilungsleiter der Firma. Nachdem ich mich bei der ersten Begrüßung einmal fürchterlich danebenbenommen habe, weil ich mir einen Sessel ausgesucht hatte, warte ich in Zukunft immer darauf, welcher Sessel mir zugewiesen wird. Kleine, feine Spielregeln, die man erst begreifen muss.

Und noch etwas ist Standardprogramm in China: Das Mittagessen wird eingehalten, egal, wer oder was kommt. Ab 12.00 Uhr wird man unruhig und unterbricht jede Verhandlung, um zum Mittagessen zu gehen. Das heißt, unterbrechen ist nicht das richtige Wort. Der Tag wird so eingeteilt, dass für das Mittagessen immer Zeit ist. Man kann sich dort weiter unterhalten, aber die Mahlzeit ausfallen lassen, das geht gar nicht. Schlabbrig-aufgeweichte Weißmehlbrötchen mit billiger Fettsalami, welkem Salatblatt und Majo aus der Hand am Stehtisch essen, wie wir es oft in unseren Berliner Sitzungspausen tun, ist für einen Chinesen undenkbar. Soviel Zeit muss sein, sich hinzusetzen und was Köstliches auszusuchen oder an einer der Garküchen als Straßenimbiss vorbeizuschauen und neben dem Essen ein Schwätzchen zu halten.

Die Führung durch die Stofffabrik, die für Max wegen

der unterschiedlichen Seiden- und Polyesterstoffmuster für seinen Ballon sehr interessant ist, ist demnach kurz vor zwölf zu Ende. Man verabschiedet sich höflich vor der Fabrik und dann lädt uns der Vizegouverneur in ein Restaurant in der Stadt ein, um in Ruhe etwas zu essen und sich weiter zu unterhalten. Ich wundere mich, ehrlich gesagt, wieso wir auf unserer Reise den Vizegouverneur kennenlernen.

»Das haben unsere chinesischen Berater vorgesehen«, sagt Max. »Ohne den Staat läuft hier in China gar nichts, auch privatwirtschaftlich nicht. Wenn wir unsere Ballons für oder in China produzieren möchten, dann brauchen wir auch eine staatliche Unterstützung.«

»Und das hat Thien so schnell eingefädelt?«

»Schnell?« Max sieht mich ungläubig an. »Er und der andere Chinaberater waren inzwischen fünfzehn Mal in Peking. Wir sind erst dazugekommen, wo es etwas konkreter wurde.«

»Fünfzehn Mal?«, murmle ich und schaue auf den Mittagstisch, auf dem sich auf mehr als zwanzig ovalen Tellern verschiedene Gemüse, geschmortes Fleisch, Gebratenes und Gesottenes an mir vorbeidrehen.

Eine Kooperation mit China braucht vor allem eines: Geduld. Und Ruhe in den Verhandlungen. Es hilft ungemein, wenn man Land und Leute annimmt und akzeptiert. Leider tut das einer unserer Chinaberater kein bisschen. Manchmal weiß ich wirklich nicht, was in ihn gefahren ist. Da reist er fünfzehn Mal hierher und statt sich für die traditionelle Teezeremonie zu bedanken, mault er herum, dass ihm Kaffee besser schmeckt. Hallo? Dann bleib zu Hause, wenn du die Menschen nicht annimmst, möchte ich ihn manchmal anbrüllen. Aber er ist nun mal der strategische Berater, und vielleicht gehört es zu einer der glorreichen Businesstaktiken, den Geschäftspartner erst einmal zu brüskieren und ihm sein vermeintliches Hinterweltlertum vorzuwerfen, um dann mit ihm zu verhandeln, wenn er sich beschämt hinter der Serviette versteckt.

Max sieht mich verstohlen über den Tisch hinweg an. Ich notiere fleißig die Änderungswünsche für den Vertrag und die Ideen, die die Chinesen mit unserem Flug verbinden.

»Es soll einmalig sein und unsere Halbinsel als Touristeninsel bekannt machen und gleichzeitig zeigen, dass wir technologisch etwas erreichen und aufbauen wollen. Dafür werden wir investieren«, sagt einer aus der politischen Delegation.

Manchmal wünsche ich mir diese Einfachheit der Darstellung auch für unsere deutschen Politiker. Vor allem wünsche ich mir, dass sie sich an ihre Versprechungen auch noch nach der Wahl erinnern. Der Abend endet in einem traditionellen Fischrestaurant am Meer. Vor dem Restaurant stehen Glasbassins mit Krebsen, Muscheln und Fischen.

»Da gehen wir ganz schnell vorbei«, rät Thien uns. »Das ist nicht für europäische Augen gut, wenn man sich aussuchen kann, was nachher im Kochtopf landet.«

Ich pflichte ihm bei. Wenn ich mir den großen Krebs

mit den zugebundenen Scheren ansehe, der im Bassin neben der Wasserpumpe sitzt, dann möchte ich eigentlich nur ein Schälchen Reis. Für mich ist es besser, dass die Steinzeit überwunden ist. Müsste ich mir mein Hähnchen oder meinen Fisch selber jagen oder angeln, dann würde ich Salat essen. Da bin ich ein echtes Weichei.

»Diese Pilze schmecken köstlich«, sage ich später zu Thien und zeige auf meinen Teller.

»Pilze? Wo sind Pilze? Das sind keine Pilze.«

»Doch«, sage ich. »Sie schmecken wie Pilze in Jägersauce und sie beißen sich auch so«, versuche ich zu bestimmen. Es müssen Pilze sein, hoffe ich.

»Wenn sie frisch sind, sind sie am besten. Zäh werden sie, wenn sie älter sind.«

»Wer?«

»Abalone«, sagt Thien. »Das ist Abalone.«

Prima, denke ich. Was auch immer das bedeutet, ich werde nicht bei Wikipedia nachlesen, was es ist, das ich hier gegessen habe. Es bleiben für mich Pilze, ein für alle Mal. Okay?

Ein unverhofftes Wiedersehen

Wenn etwas schiefläuft, woran liegt das? Daran, dass man etwas falsch gemacht hat? Oder hat man nicht richtig geplant und zu hohe Erwartungen gehegt? Oder liegt es daran, dass es einfach nicht im Lebensplan für einen vorgesehen war?

Ich habe fast die ganze Nacht nicht geschlafen und mich unruhig im Bett hin- und hergewälzt. Die vergangenen Tage in China gingen mir durch den Sinn, die zähen Verhandlungen, das Für und Wider der Kollegen, sich bei diesem Ballonversuch zusammen mit den Chinesen zu engagieren. Aber am schlimmsten finde ich die Uneinigkeit der Deutschen untereinander. Bei Tieren und Mops Lotta nennt man das Futterneid. Da gönnt die eine Partei nicht der anderen das Weiße im Auge und mauschelt und tuschelt, sobald einer den Raum verlassen hat. Das finde ich einfach furchtbar. Sind wir hier zusammen angetreten, um etwas zu bewegen oder sind wir das etwa nicht? Die Chinesen finden unser Projekt phantastisch, und wir waren sogar im Morgenfernsehen bei unseren Verhandlungen zu sehen. Eigentlich sind die Vorzeichen richtig gut, es braucht vielleicht noch eine Weile?

Ich gehe wieder zu meinen großen Goldfischen im Foyerteich, die munter zu mir geschwommen kommen, weil sie denken, es ist Fütterungszeit. Achtzehn große Goldfische zähle ich und einen kleinen weißen, der unter den Steinen sitzen bleibt. Mit ihren Mäulern schlagen sie Blasen an der Wasseroberfläche und schauen mich dabei geduldig an. Ich habe leider kein Fischfutter in der Tasche, nur einen zerbröselten, alten Bio-Hundekeks von Lotta, den ich in der linken Tasche meiner Regenjacke finde. Vielleicht tut der es auch, Fische mögen ja Teig. Ich hocke mich an den Beckenrand, in Gedanken versunken lasse ich die Krümel auf die Wasseroberfläche fallen und sehe, dass den Fischen Lottas Keksreste schmecken. Himmlisch ruhig ist es morgens im Foyer, ich könnte stundenlang hier bei den Fischen nachdenken und mich entspannen.

Ich spüre, wie jemand von hinten auf mich zukommt und leise hinter mir stehen bleibt. Ich warte einen Moment ab, will dieser jemand zu mir? Ganz offensichtlich, denn er geht nicht an mir und dem Fischbecken vorbei. Ich spüre eine Unruhe in mir und mein Herz schlägt seltsam unrhythmisch.

»Hallo«, sagt eine Stimme ganz leise.

Hallo? Diese Frauenstimme kenne ich, die klingt wie meine Schwester, aber das kann ja nicht … Ich schaue weiter in den Fischteich und die Algen im Wasserstrom. Das Herz schlägt noch schneller. In der Wasseroberfläche spiegelt sich ein Gesicht mit dunklem Haar, das ich nicht erkennen kann, weil die Fische wegen Lottas Kekskrümel im Wasser so einen Tumult veranstalten. Ich stehe langsam aus meiner Hocke auf.

»Liz, erschreck' dich nicht«, sagt die Stimme noch einmal.

Ich erschrecke mich aber und wie. Mein Herz schlägt gegen die Rippen, ich wirble herum und dann sehe ich sie. Inga! Es ist Inga!!! Mein Gott, was macht sie hier? Sie lebt. Es ist meine Schwester! Ich muss … ich soll … Ich bleibe stocksteif stehen.

»Du bist es wirklich?«, frage ich leise.

»Ja, ich bin es.« Ich gehe einen Schritt auf sie zu. Sie ist kleiner, als ich sie in Erinnerung habe und wesentlich schmaler.

»Ich habe dich im Fernsehen gesehen«, sagt sie. »Ich konnte nicht anders, aber ich musste dich sehen.«

Ich gehe noch einen Schritt auf sie zu. »Inga?«

»Ja, Liz, ich bin es.« Ich nehme sie in den Arm und dann versagt meine Stimme. Wie lange wir da neben dem Fischteich umschlungen gestanden haben, weiß ich nicht. Inga weint und meine Regenjacke weicht durch. Ich lasse sie langsam los und schiebe sie mit zwei Armen von mir, um sie noch einmal anzusehen.

»Was machst du hier?«

»Ich lebe in China.«

»Aber du warst doch in Australien?«

»Es war eine lange Reise.«

»Lass uns hinsetzen.« Ich merke, dass meine Knie weich werden und setze mich an den Beckenrand vom Goldfischteich. Sie setzt sich neben mich.

»Wollen Sie sich nicht ins Foyer setzen?«, fragt uns der Page.

»Nein, danke«, sage ich, »es ist hier gerade richtig. Könnten Sie uns vielleicht zwei Kaffee organisieren?«

»Für mich Tee, bitte«, sagt Inga und dann sehe ich sie wieder an.

Es ist meine Schwester, sie ist es, aber sie ist es auch nicht.

»Lebst du in Peking?«

»Nein, etwas außerhalb auf dem Land.«

»Wie hast du mich gefunden, ich meine woher weißt du …?«

»Ich habe dich im Morgenfernsehen gesehen als ich Stationsdienst hatte. Da gab es für mich keine Frage, ich musste dich sehen.«

»Station?«

»Ja, ich arbeite in einem Krankenhaus als Schwester, mein Mann ist Pfleger.«

»Du bist verheiratet? Hast du auch Kindern?«

»Ja, ein Mädchen«, sagt sie.

Ich bin Tante!, ruft es in mir.

»Wie alt ist sie?«

»Zwölf und sie sieht ein bisschen aus wie du. Aber mit dunklem Haar natürlich.« Inga lächelt das erste Mal.

»Warum hast du dich nie gemeldet?«

»Mein Leben ist anders als Mamas. Ich habe oft an euch gedacht. Aber je länger die Zeit wurde, desto unwahrscheinlicher kam es mir vor, eines Tages wieder vor eurem Haus zu stehen.«

»Unserem Haus«, korrigiere ich. Sie schaut mich an.

»Es gab keinen Tag, an dem ich nicht überlegt habe, was ihr macht oder wie es euch geht. Und seit wir Internet haben, habe ich regelmäßig nachgeschaut, was es

Neues von euch gibt. Über Mama wird ja immer noch viel geschrieben, das hat die Sache erleichtert.« Schuster sei Dank, wer hätte das gedacht?

»Und dein Mann, wollte der deine Familie nie kennen lernen?«

»Er hat mich akzeptiert, wie ich bin. Wenn ich euch vorstellen will, dann freut er sich. Wenn nicht, akzeptiert er, dass ich meine Gründe haben werde.«

»Sehr chinesisch«, murmle ich.

»Buddhist. Wir sind Buddhisten.«

»Du auch?«

»Ich auch«, lächelt sie. Dann kommen mein Kaffee und ihr Tee, und wie sie die Tasse hält und den Tee trinkt, daran sehe ich, wie sehr sie bereits mit diesem Land verwachsen ist.

»Wie lange ist es her?«, frage ich überflüssigerweise.

»Achtzehn Jahre und siebenundneunzig Tage«, sagt sie.

Sie hat jeden Tag gezählt, denke ich.

»Und warum hast du nicht einmal angerufen und uns gesagt, dass du lebst? Wir haben uns riesige Sorgen gemacht.« Ich merke an ihrem Gesichtsausdruck, dass das wieder eine typisch europäische Verhaltensweise ist, aber verdammt noch mal: WIR HABEN UNS SORGEN GEMACHT!

»Das weiß ich«, sagt sie leise. »Aber es ging einfach nicht. Wie sollte ich mich erklären?«

»Und jetzt geht es?«, frage ich gereizt.

»Du bist hier. Du bist hier hergekommen in das Land, in dem ich mich zu Hause fühle. Du hast mich nicht gesucht. Du bist da. Ich habe dich im Fernsehen gesehen. Wäre ich zwei Minuten später ins Zimmer gekommen, dann hätte die Patientin etwas anderes eingeschaltet oder die Sendung wäre vorüber gewesen. Ich habe dich aber gesehen. Es sollte so sein. Dich hier zu finden, war nur noch eine kleine Reise. Ausländer in Peking findet man immer in denselben Hotels.«

»Danke für die Bezeichnung Ausländer.«

»Es ist so«, lächelt sie und trinkt wieder von ihrem Tee.

»Und was machen wir nun?«

»Ich weiß es nicht«, sagt sie. »Du wirst sicherlich Mutter anrufen.«

»Ja, aber nicht gleich. Ich muss überlegen, wie ich ihr das schonend beibringe.«

»Wie lange seid ihr noch hier in Peking?«

»Drei Tage«, sage ich.

»Ich habe mir freigenommen«, sagt sie, »und kann dich begleiten. Als Dolmetscherin, wenn du willst. Es ist nicht immer leicht, die verschiedenen Dialekte zu verstehen. Habt ihr einen guten Dolmetscher?«

Ich denke an Thien. Ist er gut?

»Das weiß ich nicht, er versteht uns schon, glaube ich. Und die Chinesen ihn auch.«

»Hat er in Deutschland gelebt?«

»Ja, ein paar Jahre.«

»Dann versteht er euch und eure Mentalität, das ist wichtig.«

»Es ist auch deine Mentalität!«, sage ich genervt.

»Auch etwas meine«, sagt sie. »Das ist meine Telefonnummer, du kannst mich immer erreichen. Ich bleibe in Peking, bis ihr abgereist seid. Ich gehe heute in die Verbotene Stadt. Ruf mich an, wenn du mich brauchst.«

Ich tippe die Telefonnummer in mein Smartphone ein und rufe sie an. Es klingelt in ihrer Handtasche.

»Sicher ist sicher«, sage ich. »Ich will dich nicht noch einmal verlieren.«

»Ich dich auch nicht«, sagt sie und legt wieder den Arm um mich. Meine Goldfische im Teich sind verschwunden. Nur der kleine Weiße hat sich jetzt unter den Steinen hervorgetraut und schwimmt eifrig vor uns auf und ab. Ich denke an Max und daran, wie ich ihm das alles erklären soll. Und an Ma, Schuster, Rudolf … Im Moment ist es wunderbar, an diesem Teich im Hotelfoyer auf den Fliesen zu sitzen und meine Schwester zu umarmen. Alles andere ist weit weg.

»Man kann über H. W. Schuster sagen, was man will. Aber eines kann er tatsächlich: seine Stories absetzen, beziehungsweise welche erfinden, schnaube ich ins Telefon.« Desiree hat mir einen Link geschickt, den ich gerade in meinem Bademantel, sitzend vor dem Hotelfenster mit Blick auf Peking, gelesen habe.

»Nun, reg dich doch nicht so auf. Es war gut gemeint.«

»Gut gemeint? Was, bitteschön, soll daran gut gemeint sein? Sein Artikel ist doch nur für ihn wichtig und weder für die Leser von Belang noch für uns.«

»Das würde ich nicht sagen«, sagt Desiree ruhig. »Er ist unterhaltsam und außerdem ist es ja auch toll, dass ihr im chinesischen Fernsehen wart mit eurem Projekt. Das ist doch was für die Berliner. Und außerdem habe ich bereits vier Anfragen für dich in der Galerie entgegengenommen von Leuten, die meinen, dich zu kennen und dir wiederum Leute vorstellen wollen, die euer Projekt fördern würden.«

»Und das soll in Berlin sein?«

»Warum nicht?«, sagt Desiree etwas beleidigt. »Warum in die Ferne schweifen ...«

»Bisher hat uns in Deutschland niemand unterstützt, seit ich mit Max zusammenarbeite, außer euch. Und wenn ich ihn richtig verstanden habe, dann hat er all die Jahre auch weder finanzielle noch ideelle Unterstützung für sein Projekt erhalten.«

»Das ist sein Problem. Jedenfalls ist ein Seite-1-Artikel in der Zeitung schon mal nicht schlecht für euch. Du siehst gut aus auf dem Foto.« Ich kann mir richtig vorstellen, wie sie jetzt grinst.

»Was für ein Foto?«, ereifere ich mich.

»Eine Fotomontage. Euer Ballon und davor steht die Staranwältin, die den armen Wissenschaftler unterstützt. Ist doch eine tolle Story.«

»Pahh«, rufe ich. »So ist das ganz und gar nicht.« Doch ich werde mich hüten, jetzt davon zu erzählen, dass zwischen Max und mir seit Tagen nur reine Freundschaft unter Kollegen besteht, und es völlig egal ist, ob wir auf einem Flur im Hotel wohnen oder nicht. Das einzig Wärmende jede Nacht ist mein Schaumbad und das Emailschreiben im Kuschelbademantel vor dem PC. Desiree hatte seit Tagen nicht auf meine SMS reagiert, deshalb habe ich sie angerufen. Und zum Dank höre ich Neuigkeiten von Schuster auf meine Kosten und seine Artikellinks.

»Natürlich habe ich auf deine SMS reagiert, ich lasse dich doch da in der Pampa nicht alleine. Wahrscheinlich hast du das Roaming im Gerät abgestellt, dann kannst du meine Antworten natürlich nicht bekommen.«

Mhhh, vielleicht habe ich da technisch wirklich versagt. Aber ist das auch der Grund, warum sich Schuster nicht mehr bei mir gemeldet hat?

»Hat der es nicht für nötig gehalten, noch einmal mit mir zu telefonieren, bevor er seinen Artikel schreibt?«

»Warum? Du sprichst doch sowieso in letzter Zeit nicht mit ihm, hat er mir gesagt. Von daher wäre das sowieso nichts geworden. Und außerdem wollte ich dir schon lange erzählen, dass er dich nur ausnutzt, um Geschichten von dir oder deiner Mutter aus der Berliner Szene zu erfahren, die er dann als Artikel verwurstet. Er ist ein unmöglicher Mensch, ein Fähnchen im Wind, das muss man wissen. Aber vielleicht ist das ausnahmsweise in diesem Fall sogar mal von Nutzen.«

»Tja, wer weiß«, sage ich. »Denn hier ziehen sich die Verhandlungen hin. Zwar haben wir alles präsentiert und die Chinesen nehmen auch an, dass wir technisch gut genug drauf sind, um diese Flüge zu absolvieren und ihnen die Technologie zu entwickeln, aber die Vertragsunterzeichnung ist immer noch nicht terminiert worden. Das kann lange dauern. Wir sollen sogar noch drei Tage länger bleiben. Was meinst du?«

»Schmiede das Eisen, solange es heiß ist, lautet ein chinesisches Sprichwort, hat Clara gesagt. Und wir Deutschen kennen das übrigens auch. Eine Binsenweisheit, sage ich dazu. Also bleibt unbedingt die drei Tage länger, hier in Berlin versäumst du nichts, wir halten dir den Rücken frei, und ich sammle die Anfragen für dich aus meinem Bekanntenkreis. Ich nehme aber an, dass in eurer Kanzlei die Hölle los sein wird nach dem Artikel.«

»Britta hat sich noch nicht gemeldet, auch nicht per Email.«

»Dann gehe ich morgen mal bei ihr vorbei und sehe nach, ob sie ein Nerventonikum braucht. Schreib ihr doch selber eine Nachricht.«

»Du hast Recht. Ich habe hier in Peking an alles gedacht, die Verträge, den Übersetzer und alles andere, aber vergessen, zu Hause nachzufragen.«

Das ist gelogen, denn ich habe ganz bewusst nicht zu Hause oder in der Kanzlei angerufen, denn dann hätte ich erzählen müssen, dass meine Schwester wieder aufgetaucht ist. Und wie hätte ich das erklären sollen? So weit entfernt auf Distanz? Britta würde es noch am ehesten verstehen und mir vielleicht sogar einen Rat geben können. Aber Ma kann ich das doch unmöglich am Telefon sagen, oder doch?

»Du, Desiree, hast du morgen Nachmittag schon etwas vor?«

»Nein, ich sitze hier in meiner Galerie herum, warum?«

»Ich muss dir noch etwas erzählen, da brauche ich deinen Rat. Aber morgen weiß ich mehr«, schwindle ich weiter.

Morgen weiß ich, wie ich es ihr erkläre und vor allem erhoffe ich mir morgen so etwas wie Klarheit, wie ich damit umgehen soll, dass meine Schwester wieder da ist und trotzdem nicht zurückkommt. Sie hat ihr eigenes Leben. Naiv von mir zu glauben, dass sie wieder in der alten Villa mit den Fledermäusen einzieht.

Endlich Land in Sicht!

»Ist doch ein toller Artikel«, sagt Max beim Frühstück, als ich ihm die ausgedruckte Seite neben seinen Spiegeleierteller gelegt habe. »Schade nur, dass sie auf dem Foto ein altes Ballonmodell für die Montage verwendet haben, aber das merkt vielleicht sowieso keiner.«

Ich nicke. Und es merkt vielleicht auch keiner, dass noch einige andere Fehler im Kleingedruckten von Schusters Artikel stehen. Er hat da mal schnell eine Null mehr an den notwendigen Betrag für die Weltumrundung gekleistert und auch sonst hört sich sein Artikel eher wie ein Abenteuerroman an als das, was wir hier täglich erleben.

»Phantasie«, sagt Max. »Das ist das Zauberwort. Wenn wir die Menschen mit unserer Phantasie für etwas begeistern können, dann wird es auch etwas. Als wir den Platz für den Hangar auf dem Foto gesehen haben, da war dort nichts weiter als lehmiger, unebener Boden. Sich einen gläsernen oder aufgeblasenen transluzenten Hangar mit Rolltor, Maschinen und Kran gedanklich an diese Stelle zu projizieren, das vermögen nur die wenigsten. Meistens nur die, die ohnehin einen Job in der bildenden Branche haben wie die Architekten oder die Ingenieure. Für alle anderen bleibt es ödes Land.«

»Aber es gibt Visionäre wie den Politiker, der für diese unterentwickelte Region, in der er aufgewachsen ist, jetzt seine Möglichkeiten nutzt, ein Vorzeigeprojekt aufzubauen. Das kann ich gut nachvollziehen.«

»Da haben wir also schon einmal die Kreativen und die Visionäre. Das sind die, die in der Welt was Neues bewegen. Das hilft uns bei dem Lehmboden da vor Ort sehr. Und dieser Schuster, in welche Kategorie gehört der?«, fragt Max interessiert.

»In meinen Berliner Bekanntenkreis«, erkläre ich, »was aber nicht heißt, dass ich ihn angespitzt habe, etwas über uns und das Projekt zu schreiben.« Oh weh, ich vermassle gerade mal wieder alles.

»Trotzdem weiß er ziemlich viel«, sagt Max und zeigt auf den Artikel.

»Er ist gut im Recherchieren«, weiche ich aus. Max sieht mich durchdringend an.

»Na ja, und vielleicht haben meine Freundinnen Desiree oder Clara ihm etwas erzählt. Ich halte jeden Abend per Email Kontakt mit Berlin, auch wegen der Kanzlei«, lüge ich und fühle mich wie ein kleines Mädchen, dass beim Naschen ertappt wurde. Oder wie der Pinocchio der Woche, echot es in meinem Kopf. Pass bloß auf, Lizzy, dass dir keine Holznase, die dir irgendein hilfsbereiter Specht wieder kürzen muss, wächst. Wahrscheinlich wäre es in diesem Fall der Techniker Tom, der stets mit seinem Werkzeugkasten reist und zufrieden am anderen Ende des Frühstückstisches heiße Würstchen mit einer Art Backkartoffel verdrückt.

Ich wende mich an Thien, um Max auszuweichen.

»Wie sieht das Programm heute aus? Bleibt es bei der

Planung? Oder gibt es wieder Änderungen?« Wenn eines auf dieser Reise konstant bleibt, dann ist das der Wandel.

»Nicht ganz«, sagt Thien. »Wir bekommen mittags noch einen Besuch von einem Bankchef, der mit uns über das Projekt sprechen will und können dann erst am Nachmittag zum Hangarplatz fahren. Aber der Bürgermeister ist dann da.« Thien schlürft genussvoll seine Suppe und sieht müde aus. Seit Tagen organisiert er hin und her, übersetzt und muss sich auch noch die Stimmungsschwankungen der Crewmitglieder samt ihren Wünschen anhören. Kein leichter Job, ich beneide ihn nicht.

»Ich würde dann eventuell noch jemanden mitbringen«, sage ich. »Du, wen denn?«

»Meine Schwester«, sage ich in die Runde.

Thien lässt die Essstäbchen sinken, Max sieht mich verdattert an und Tom lässt seine Würstchen stehen.

»Du hast eine Schwester in China?«

»Ja, das weiß ich aber auch erst seit gestern Morgen.«

»Erzähle!«, ruft Thien.

Und ich erzähle die Geschichte so kurz wie möglich – von der Villa mit den Fledermäusen, ihrem Verschwinden, meiner etwas anstrengenden Mutter, und und und ... Alle hören fasziniert zu, um uns herum wird das Buffet abgebaut und irgendwann sitzen wir alleine im Frühstücksraum. Jemand startet einen lauten Staubsauger, um uns zu signalisieren, dass die Frühstückszeit um ist. Doch Thien ruft etwas auf Chinesisch, der Staubsauger verstummt und stattdessen bekommen wir frischen Tee und Kaffee für Tom.

»Tja, so ist das. Und jetzt muss ich diese Neuigkeit noch irgendwie nach Berlin funken, nur wie, weiß ich noch nicht.«

»Ein persönlicher Anruf ist das Beste, keine Email«, sagt Tom, der als erster seine Sprache wieder gefunden hat.

»Warum hast du das nicht gleich erzählt, das ist doch viel wichtiger als dieser Artikel hier?«, Max schiebt ihn achtlos über den Tisch.

»Ich muss damit selber erst einmal klarkommen. Wir haben uns jahrelang Sorgen gemacht, zwischen Hoffnung und Verzweiflung sind wir hin- und hergeschwankt, und plötzlich steht sie hier in China vor mir.«

»Schicksal«, murmelt Thien. »Das ist ein sehr guter Mond.«

»Wofür?«, frage ich und halte mich an meiner Kaffeetasse fest. Die Hände zittern leicht, und ich hoffe, dass es keiner merkt. Alle merken es, und Max reicht mir mein Lieblingsdessert, das er noch vom Buffet für mich organisiert hatte.

»Das ist eine unglaubliche Geschichte. Ich weiß gar nicht, was das bedeuten soll.«

»Ich auch nicht. Vielleicht gar nichts, sondern sie ist einfach wieder da.«

»Gar nicht, gibt es nicht in China«, ruft Thien. »Ich muss das unseren chinesischen Kollegen erzählen. Das ist Schicksal. Kann ich?«

Ich nicke und schon steht Thien auf, greift zu seinem

Handy und wählt. »Wir treffen uns dann um 11.30 Uhr in der Lobby? Da müsste unser Besuch da sein.«

Alle grummeln ein unverständliches *Ja* und Tom steht auf, um sich noch etwas Kaffee von der Maschine auf dem Tresen zu holen, er hat die Kanne bereits leer getrunken. Hoffentlich ist die Kaffeemaschine nicht längst abgestellt. Max nutzt den kurzen Moment, den wir alleine sind.

»Warum hast du mir das gestern Abend nicht erzählt?«

»Du bist voll in diesem Projekt, das ist für dich wichtig. Da will ich dich nicht mit meinen Familienangelegenheiten stören.«

»Es ist *unser* Projekt und was du hier in China erlebst, das geht auch mich etwas an«, sagt er zerknirscht. »So haben wir doch nicht begonnen. Wir haben uns Offenheit versprochen.«

»Ich habe es doch gerade erzählt.«

»Ja, uns allen, aber ich dachte, dass du zu mir etwas mehr Vertrauen hast.«

»Habe ich auch, aber wie gesagt, es stürmt hier so viel auf uns ein.«

»Rufst du sie an? Ich möchte sie kennenlernen. Wir nehmen sie mit zu unserem Hangarplatz, wenn sie will. Dann lernt sie uns bei der Arbeit kennen, und wir sitzen nicht alle mit großen Augen vor ihr.«

»Ich kann sie fragen, ob sie möchte. Aber ich denke schon, dass sie mitkommt.« Mit bangem Herzen wähle ich ihre Telefonnummer, während Max auf seinem Teller den kalten Frühstücksspeck herumschiebt.

»Und, ist sie dran?«, fragt er, bevor ich auch nur das erste Klingelzeichen höre. Dann nimmt sie ab. Sie meldet sich auf Chinesisch. Was habe ich erwartet?

»Inga, bist du es?«

»Ja, ich bin es«, antwortet es fröhlich. »Wie schön, dass du dich meldest.«

»Warum sollte ich mich nicht melden?«

»Könnte doch sein, dass du es nicht willst.«

»Wir haben so lange auf dich gewartet, da werde ich keinen weiteren Tag vergehen lassen, dich nicht anzurufen, wenn ich es könnte. Das wäre doch dumm.«

Max gibt mir ein Handzeichen, was soviel bedeuten soll wie *bleib ruhig, keine Vorwürfe, bitte*. Und ich verstehe, was er meint.

»Wir wollen morgen zu unserem Projekthangar an den Strand fliegen nach Hainan, er wird aufgebaut und ist bestimmt spannend. Willst du mitkommen?«

»Hainan. Das ist weit, aber – ja, ich bin dabei, wann geht es los?«

»Wann geht es los?«, frage ich Max.

»Die Flüge sind für 11 Uhr bestellt und zwei Tage später fliegen wir wieder zurück nach Peking.«

»Habe ich gehört«, ruft Inga ins Telefon. »Ich bin dabei.«

»Das ist phantastisch, unsere erste gemeinsame Reise.«

»Ja«, ruft sie zurück, »da habe ich noch schnell einiges vorzubereiten. Also dann bis morgen? Ich komme zu euch ins Hotel?«

»Ja, wir buchen dann alles für dich mit.«

»Ich zahle dir das natürlich zurück«, sagt Inga, »denn es ist ja auch meine Reise.«

»Das sind Projektkosten, mach dir darüber keine Gedanken.«

»Wir sehen, was ich für euch tun kann, dann sprechen wir darüber«, sagt sie. »Bis morgen, Liz, ich freue mich.«

»Bis morgen!«, antworte ich und merke, dass sich meine Augen wieder mit Tränen füllen. Max streicht mir aufmunternd über den Rücken.

»Das war kein leichter Anruf. Ich denke, das Schwierigste ist, zu verstehen, warum sie damals weggegangen ist und euch nicht Bescheid gesagt hat. Man fühlt sich so weggestoßen, so alleine«, sagt Max.

»Genauso ist es. Wir wussten gar nicht, ob oder was wir falsch gemacht haben.«

»Meist macht man gar nichts falsch, es liegt in der Natur. Wenn ich mir vorstelle, dass meine Schwester einfach so weggeht und ich jahrelang nicht weiß, wo sie ist. Das würde mich total zermürben.«

»Du hast eine Schwester?«

»Na, klar«, sagt Max. »Du hast sie doch kennengelernt.«

»Ich? Nee, das musst du verwechseln.«

»Tine ist meine Schwester.«

»Tine? Wer ist …, ach, Blondie Einstein«

»Wer?«, fragt Max.

»Nichts, gar nichts, nur ein interner Witz.«

»Einstein?«

»Nein, nein, ist schon gut. Blon…, ähem, Tine ist deine

Schwester?«, frage ich noch einmal nach. Das muss ich ganz genau wissen.

»Klar ist sie das, was hast du denn gedacht?«

»Ach, was anderes eben.«

Max ist ratlos. Er nimmt seine Hand wieder von meinem Rücken, dabei war das so schön. Vielleicht sollte ich wieder ein bisschen bekümmert dreinschauen, dann nimmt er mich sofort wieder in die Arme. Aber auf Knopfdruck kann ich nicht traurig sein, das wäre auch nicht fair Max gegenüber, solche Spielchen zu treiben.

Ich möchte am liebsten Desiree und Clara eine Email schreiben, dass Blondie seine Schwester ist. Ich sehe geschäftig auf die Uhr.

»Wir haben noch etwas Zeit, ich glaube, ich gehe dann mal meine Emails checken«, sage ich zu Max.

»Schade«, antwortet er. »Ich wäre gerne mit dir ein bisschen durch die Straßen von Peking gegangen, wenigstens für eine halbe Stunde, bis zu den Garküchen oben in der Straße.«

Toll, Lizzy, das hast du auch wieder vermasselt.

»Das können wir doch machen«, sage ich schnell, um die Situation zu retten.

»Ich kann verstehen, dass du dich um die Kanzlei kümmern musst, wir sehen uns dann gleich im Foyer wieder«, und er steht auf, schiebt den Stuhl zurück und nickt mir noch zu. Weg ist er. Super, Lizzy! In der Disziplin Männervergraulen belegst du einen Topplatz.

Ab auf die Insel

Man kann ja auch stolz sein auf etwas, um das man sich selber gar nicht verdient gemacht hat. Also das Können oder die Lorbeeren der anderen mit genießen. So fühle ich mich, als ich Inga sehe, wie sie mit Thien chinesisch spricht. Es sieht so aus, als ob sie sich beschimpfen, aber das liegt nur daran, dass ich die Tonlagen nicht unterscheiden kann. Chinesen beschimpfen sich in meinen Ohren immer, was eine vollkommen falsche Annahme ist. Thien ist begeistert, dass er in Inga eine Gesprächpartnerin gefunden hat und erzählt ihr die ganze Fahrt über im Auto von dieser Insel, auf der unser Startversuch geplant ist, wie sie mir später berichtet. Der dreieinhalbstündige Flug von Peking auf die Tropeninsel war für Thien eine willkommene Schlafphase, denn Inga saß bei mir.

»Hast du deinem Mann erzählt, dass du mich wieder gefunden hast?«, frage ich Inga.

»Ja, ich habe ihm von dir erzählt. Er findet es in Ordnung, dass ich euch begleite und dir helfe.«

»Will er mit nach Deutschland kommen?«

»Mit wem?«, fragt sie, und ich merke, dass sie gar nicht daran gedacht hat, uns in unserer Fledermausvilla zu besuchen.

»Ich schicke euch Fotos von uns«, erwidert sie, als meine Antwort ausbleibt. »Die Großeltern von Mai sind wundervoll. Sie leben auf dem Land und verwöhnen ihre Enkelin, wo sie nur können.«

»Ich denke, Ma würde das auch tun, wenn sie wüsste, dass sie eine Enkelin hat.«

»Sie hat dich, denke ich mir. Bis du verwöhnt?« Inga lacht.

»Nein, nicht, dass ich wüsste. Aber das sehen Außenstehende ja sowieso immer anders als man selbst.«

»Hast du einen Mann oder einen Freund?«

»Nicht direkt«, weiche ich aus. »Ich habe einen guten Schneider, der meine Fettpolster kaschiert …«

»Du hast keine«, sagt Inga. »Du hattest nie welche. Vielleicht hast du dir Kummerspeck angegessen, aber wir beide haben von Natur aus keine Disposition zum Fettpolster.«

»Du nicht, aber ich schon.«

»Nein, wir beide nicht«, beharrt sie. »Ich kenne dich besser.« Das ist ja mal was ganz Neues. Meine verschollen geglaubte Schwester kennt mich besser als ich mich selbst.

»Kennst du auch meine Maße und das dazugehörige Gewicht?«

»Kummerspeck«, sagt sie wieder und tut so, als ob sie aus dem Flugzeugfenster in den Himmel guckt.

»Dann habe ich noch Schuster. Das ist der Journalist, der den Artikel geschrieben hat.«

»Dein PR-Referent?«

»Ganz sicher nicht. Anwälte haben keinen PR-Referenten«, irgendwie kriege ich nicht über die Lippen, dass Schuster mein Mann für alle Fälle war. Ich meine, einer Buddhistin kann man solche Verwirrungen oder Schmusigeschichten schwer erklären, oder nicht?

»Tja, und dann gibt es auch noch den schönen Rudolf. Das ist kompliziert zu erklären.«

»Erzähl mir ein anderes Mal«, sagt sie. »Magst du Max?«

Sie ist deutlich wie in guten alten Schwesternzeiten, wenn wir zusammen in meinem Zimmer unter der Bettdecke gelegen und vom Nachbarjungen geschwärmt haben. Der uns übrigens beide nicht mochte, weil er sich für die zehn Jahre ältere Bibliothekarin interessierte, die ihn dann auch entsprechend in die Liebe eingeweiht hat. Meine Schwester und ich waren irgendwie immer die Landhühner, obwohl oder vielleicht gerade weil Mama so eine Diva ist.

»Ja, ich mag ihn schon«, und schaue verstohlen in seine Sitzreihe, wo er zusammen mit Tom in einer Landkarte blättert.

»Ihr seid eigentlich ein tolles Paar.«

»Was heißt eigentlich?«

»Eigentlich heißt, dass du erst ein paar Dinge in dir klären musst, habe ich den Eindruck.«

»Ich? Er muss etwas klären.«

»Nein, du«, beharrt sie. »Dann kommt alles andere ganz von alleine.«

Wir bestellen uns einen Kiwisaft. Später serviert man ein Flugzeugessen, wie es nur bei chinesischen Fluglinien möglich ist: Drachenfrucht, Ananas, Apfel und Erdbeeren wunderhübsch fürs Auge angerichtet, und ein kleines Entenragout mit Gemüse. Entgegen meiner Angst am ersten Abend habe ich in China bisher kein einziges Gramm zugenommen, obwohl es an Essen auf dieser Reise wirklich nicht mangelt. Und an guter Organisation. Thien ist perfekt, möchte ich ihm attestieren, doch er verschläft seelenruhig das Essen.

Stolz sitze ich neben Max im Van hinter Inga und Thien und gebe ihm ein Daumen-Hoch-Zeichen. Er lächelt und schaut dann wieder auf seine Landkarte, die er schon im Flugzeug ausgebreitet hatte.

»Ich hätte die Insel schon gerne mehrere Tage angesehen und am besten umfahren. Vielleicht gibt es noch bessere Startplätze als diesen, der für uns ausgesucht wurde?«

»Es wird auch eine politische Entscheidung sein. Einer der Politiker wurde hier geboren und will der Region etwas Gutes zurückgeben. Also ist jetzt bei dir wieder einmal deine Vorstellungskraft gefragt. Eine Aufgabe für die Visionäre unter uns, auch aus nicht ganz so optimalen Bedingungen das Beste zu machen«, sage ich gut gelaunt. »Das habe ich von dir gelernt.« Ich lächle verschmitzt.

»Na, du bist mir 'ne Marke, sagen die Berliner dazu wohl. Du lernst schnell, aber Recht hast du. Ich bin gespannt, ob die Visionskraft auch noch für einen zweiten Besuch in China ausreicht oder ob das unser erster und letzter Besuch ist.«

»Wir kommen wieder, da bin ich sicher. Die Verhandlungen sind erfolgreich, unsere Partner mögen dich und deine Crew. Warum sollte es nicht klappen? Außerdem hast du ausgerechnet, dass der optimale Starttermin ohnehin in diesem Herbst wäre. Also ist in unserer

Reisewoche nur ein kurzer Probeflug drin. Er zeigt eure Kompetenz und macht Lust auf mehr. Desiree nennt das den Appetizer, den sie ins Schaufenster der Galerie hängt.«

»Der Appetizer?«

»Ja, meine Freundin hat eine Galerie und das signifikanteste Bild eines Künstlers, das ihn in einer Ausstellung am ehesten repräsentiert, das kommt ins Schaufenster. Das Bild, das Lust auf mehr macht.«

Lust auf mehr? – War das jetzt zu deutlich?, denke ich noch, aber Max antwortet schon.

»Na ja, ich erwarte eben in meinen Aktionen immer 150 Prozent auf einmal. Aber wenn sich in diesem Fall alles auf den Herbst verschiebt, dann bin ich ehrlich gesagt doch nicht so unglücklich, wie ich nach außen hin aussehe. Ich brauche mindestens noch zwei Leute mehr, die uns helfen, und unsere meteorologische Bodenstation muss ein viel besseres Empfangsteil bekommen. Es ist uns zweimal ohne Empfang ausgegangen, und wir wären im Ernstfall ohne Kontakt gewesen.«

»Apropos Ausrüstung – lassen wir einen Teil der Geräte gleich in China für den Herbst? Das wäre doch ein klares Zeichen.«

»Das wäre sinnvoll. Aber wir haben den Kooperationsvertrag noch nicht unterschrieben. Von daher werden wir von unserer Seite lieber nichts überstürzen …«

»Wir überstürzen nichts, wir zeigen nur unser Vertrauen. Ich würde einige Sachen, die wir im Herbst benötigen und die wir zu Hause nicht optimieren müssen, hier in China lassen. Wenn es im Herbst dann wider

Erwarten doch nichts werden sollte mit dem Flug, dann haben wir immer noch Inga. Sie könnte organisieren, dass man uns dann alles zurückschickt. Ich werde sie gleich fragen, ob das möglich wäre.« Für Planungen habe ich immer was übrig, auch wenn sie erst im nächsten Herbst anstehen. Ich warte auf eine Gesprächspause in dem regen Austausch zwischen Inga und Thien und frage sie. Beide sind sofort über die Idee, uns in China zu unterstützen, begeistert, was mich sehr beruhigt. Und Max auch.

Schon von ferne sehe ich auf dem weiten, flachen Land zwischen den spärlich wachsenden Palmen einen weißen, aufgeblasenen Luftschiffhangar stehen. Er sieht aus wie ein großer Kokon.

»Da passt doch nie im Leben der Ballon rein«, schätze ich.

»Das soll er auch nicht. Das ist nur der Hangar für die Werkzeuge und die Vorbereitungen. Alles andere wird im Freien stattfinden.«

»Ich bin so aufgeregt. Ob alles klappt?«

»Alles klappt«, sagt Max und strahlt jetzt wieder Sicherheit aus. Inga beobachtet uns durch den Rückspiegel und schmunzelt. Ja, denke ich, Liebe lässt sich nicht lange verheimlichen. Jedenfalls nicht meine Zuneigung zu Max, das hat sie bereits im Flugzeug zu mir gesagt. Ich habe den Eindruck, dass man mir diese meilenweit an der Nasenspitze ansieht, und das ist mir irgendwie peinlich.

Unser Van stoppt am Meer auf der Sandfläche neben dem Hangar, und Max und die Crew sind schon bei dem gelben Schwimmponton, den sie zu Wasser lassen wollen, bevor ich nur meinen Mantel aus dem Kofferraum geholt habe. Es ist unser Nerven- und Techniktest für den großen Start im Herbst, denn der Ballon wird direkt vom Meer aus aufsteigen. So gehen wir mit dem Wind und nicht gegen ihn. Inga stellt sich neben mich auf die Mole und zusammen beobachten wir fasziniert die Aufbauarbeiten, das Aufblasen der Hilfs-Pontons und die Verseilungen.

»Ist doch ein toller Beruf, den du hast«, sagt sie.

»Na ja, ehrlich gesagt ist es das erste Mal, dass ich bei einem solchen Projekt mit dabei bin. Normalerweise sitze ich in Berlin über meinen Aktenbergen und verteidige Falschparker«, erkläre ich ironisch.

»Du kannst es dir doch aussuchen. Bleib bei den Phantasten, wie du sie nennst, und im Herbst seid ihr wieder bei uns in China.«

»Kommst du mit nach Berlin?« Inga schüttelt den Kopf.

»Nein, im Moment ganz sicher nicht. Vielleicht später einmal, wenn die Kleine älter ist und die deutsche Omi kennenlernen will. Aber ich bin noch nicht so weit. Sie kennt mich auch nicht als deutsche Inga.«

»Wie heißt du für sie?«

»Ich heiße in China Lian.«

»Ein schöner Name«, sage ich.

»Passend ist er«, antwortet sie. »Inga ist ein viel zu nordischer Name für mich, das bin ich nicht.«

Nein, mit ihren dunklen Haaren und den braunen Augen ist sie alles andere als der dänische Typ.

»Und die Kleine, ist sie blond?«

»Nein, auch nicht. Ich habe ein Foto von ihr.« Inga kramt in ihrer Handtasche, die Jungs lassen unterdessen mit lauten Zurufen den dritten Ponton ins Wasser. Ich höre die Stimme von Max aus allen anderen Stimmen aus dem Tumult heraus, denn er klingt als einziger so, als ob nicht viel schief gehen kann. Na also …

»Hier, das ist sie.«

Ich schaue auf das Foto und sehe ein hübsches, aufgewecktes Mädchen, das mit zwölf Jahren schon so groß ist wie Inga.

»Sie wächst noch und macht uns sehr viel Freude, wie alle Kinder in dem Alter.« Ich nicke.

»Ich bin gespannt, was sie eines Tages zu ihrer deutschen Tante sagen wird.« Inga wird ernst und packt das Foto wieder ein.

»Ich auch«, murmelt sie noch und dann geht sie zu Thien. »Ich muss ihn etwas fragen, was ich vorhin nicht verstanden habe.«

»Alles klar«, sage ich und beobachte jetzt meine Kollegen.

Jetzt stehe ich hier mit schief aufgesetzter Baseballcap auf meinem plattgedrückten Pferdeschwanz und beobachte einen gutgebauten Mann, der bis zum Bauchnabel im Meer steht und mit seinen ebenso erfrischenden Mitarbeitern versucht, einen knallgelben Schwimmponton zu verankern. Zugegeben, der kühle Wind ist lästig, dafür sind die Aussichten im Meer umso besser.

Morgen soll von hier aus ein Probeflug unseres wahnwitzigen Projektes beginnen.

Ich suche meine Smartphone heraus und beginne, Fotos von allen erdenklichen Situationen und Arbeitsabläufen zu machen. Ich muss mich nützlich machen und sei es durch die Fotos für unsere Internetseiten und Berichte. Außerdem glaubt mir das hier sonst sowieso keiner, wenn ich nicht ein paar Fotos mit nach Hause bringe! Schuster fällt mir ein. Zwar bin ich noch ziemlich sauer auf ihn, aber vielleicht schreibt er gerade an der Fortsetzung unserer deutsch-chinesischen Geschichte? Und dann kann er ein paar authentische Fotos gut gebrauchen, sonst kopiert er wieder irgendwelche Archivbilder falsch zusammen wie beim letzten Mal. Außerdem waren seine guten oder schlechten Artikel in den Boulevardblättern auch Ingas ferne Informationsquellen aus Berlin. Ich sollte also Frieden mit ihm schließen. Eventuell. Auch mit Desiree, die ihn offensichtlich informiert. Meine Schnappschüsse werde ich heute Abend gleich auf den PC laden, dann kann ich immer noch entscheiden, wem ich sie schicke.

Ich mache ein Foto meiner Schwester, wie sie mit Thien Späße macht und lacht. Ein Foto, das ich dann Mama zeigen kann, wenn sie mir nicht glaubt, was ich erlebt habe. Doch ein Foto wird ihr nicht reichen. Ich gehe zu den beiden.

»Thien, machst du ein Foto von meiner Schwester und mir?«

»Mache ich«, sagt er. »Stellt euch ans Wasser.«

Meine Schwester und ich stellen uns nebeneinander mit dem Rücken zum Meer, die Sonne kommt für einen Moment hinter den Wolken hervor und Thien drückt auf den Auslöser. Ein Foto von mir und meiner Schwester, das glaubt mir in Berlin niemand.

Senden – ich drücke den Button und schon schnurren unsere Fotos zu Desiree und Clara durchs Netz. Clara sende ich auch gleich noch eine SMS hinterher, denn ich möchte mit ihr besprechen, wie ich Ma von meiner Schwester erzählen soll. Sie hat vermutlich doch die bessere Intuition dafür als die kühle Desiree. Wie fängt man so ein Thema möglichst smart an? Es klopft an der Zimmertür.

»Ja, wer ist da?«

»Ich bin es, Max.«

Max? Was will der denn hier? Damit habe ich überhaupt nicht gerechnet. Ich ziehe meinen Bademantel zu und suche unter dem Schreibtisch nach den Hotelpantoffeln. Echt sexy, Lizzy, das muss man dir lassen.

»Ich komme«, rufe ich und ziehe noch schnell die Tür zum Badezimmer zu, in dem ich meine T-Shirts zum Trocknen aufgehängt habe, nachdem ich sie mit Hotelshampoo durchgewaschen hatte. Ich öffne die Tür einen kleinen Spalt breit. Da steht Max.

»Ja?«, frage ich vorsichtig.

»Darf ich reinkommen, ich würde gerne mit dir reden.«

»Okay, aber ich bin eigentlich nicht gesellschaftsfähig, um es mal so auszudrücken.«

»Ich will auch nicht mit dir tanzen gehen«, lacht er, »sondern einfach nur ein Glas Wein auf den erfolgreichen Tag trinken.«

»Meine Freundin ruft gleich an«, sage ich durch den Türspalt, »wenn dich das nicht stört?«

»Mich nicht, vielleicht vergisst sie es aber auch. Dann haben wir Zeit für uns. Davon hatten wir auf dieser Reise kaum welche.«

»Gar keine«, berichtige ich ihn und weiche keinen Schritt von meinem Türspalt weg. Korrekte Angaben sind mein Beruf.

Ich habe natürlich nicht aufgeräumt und auch nicht frisch gelüftet. Ein Blick zum Bett bestätigt, dass ich da auch schon drauf gelegen und die Kissen zerknüllt habe. Kurzum: mein Zimmer ist auch nicht gesellschaftsfähig. Von den trocknenden T-Shirts im Badezimmer mal ganz zu schweigen.

»Wollen wir nicht lieber in die Bar gehen?«, frage ich ängstlich.

»Die hat heute eine geschlossene Gesellschaft«, sagt Max und zuckt bedauernd mit den Schultern.

»Ich befürchte, du musst mich reinlassen und mir zeigen, wen du da so vehement vor mir versteckst.«

»Niemanden, bei mir sieht es nur so …«

»Bei mir auch«, sagt Max. »Mit dem Unterschied, dass ich die Ladegeräte für die Akkus bei mir installiert habe und die Bodenstation der Flugüberwachung auf meinem Bett steht.«

Ich grinse. Er hat gewonnen.

»Okay, wenn du nicht so genau hinsiehst …«

»Sag mir, worauf ich nicht achten soll. Dann übersehe ich es …« Ich weiß genau, dass das nicht klappen kann, doch ich gehe zur Seite, öffne die Tür und Max schiebt tatsächlich einen Servierwagen mit gekühltem Wein, Gläsern und einem Fruchtkorb vor sich her. Es sind keine Erdbeeren dabei, wie ich erfreut feststelle. Erotische Phantasien hat er demnach keine, hoffe ich.

Max fährt mit dem Wagen zum großen Panoramafenster, legt zwei Kissen davor und lädt seine Fracht auf einer ausgebreiteten Serviette auf dem Boden ab.

»Ich liebe diese chinesischen Hotels mit den großen Fenstern. Dieser Blick aufs Meer ist einmalig. Nur noch morgen haben wir den und wer weiß, wie da die Aussicht sein wird. Also, lass sie uns heute Abend genießen.«

Er setzt sich auf eines der Kissen und beginnt, den Wein zu öffnen.

Ich stehe immer noch an der Tür und halte die Türklinke in der Hand.

»Erwartest du noch jemanden oder warum machst du die Tür nicht zu?«

»Ähem, nein, es kommt keiner mehr.« Peinlich, Lizzy. Diese Situation kommt mir wie ein Traum vor. Da erhoffe ich mir seit Anbeginn unserer Reise einen oder zwei romantische Abende mit Max und dann stehe ich im King Size Hotelbademantel mit King Size Frottierpantoffeln vor dem Mann meiner Träume. Sehr gut eingefädelt, das muss man schon sagen. Max hat den Wein geöffnet.

»Magst du Weißwein Marke »Great Wall«? Was anderes habe ich nicht auftreiben können.«

»Ist doch lecker«, quetsche ich zwischen meinen Lippen hervor, obwohl ich mir unter der Marke rein gar nichts vorstellen kann.

»Komm, setz dich zu mir. Ich bleibe nur einen kurzen Moment, morgen müssen wir wieder früh raus.«

»Eigentlich würde ich mir lieber etwas anziehen.«

»Du hast doch genug an oder ist dir kalt? Der Wärme in deinem Zimmer nach zu schließen, hast du dich erkältet …«

Was grinst er so? Ich bin überhaupt nicht erkältet! Ich kann ja schlecht erklären, dass ich die Klimaanlage hochgedreht habe, damit die Shirts besser trocknen.

»Mir geht es gut«, sage ich und setze mich im Schneidersitz gekonnt neben ihn auf das zweite Kissen. In dem Riesenbademantel sehe ich aus wie ein verhüllter Buddha.

»Ich würde dich gerne so viele Dinge fragen. Wie du das mit deiner Schwester verarbeitet hast oder was du zu unseren Geschäftspartnern sagst. Doch abends bleibt keine Zeit, und ich habe mich nicht getraut, unangemeldet bei dir vorbeizukommen. Heute habe ich es endlich gewagt, bevor die Reise um ist – und bin fast gescheitert.« Er zwinkert mit dem rechten Auge und hält mir ein volles Weißweinglas entgegen.

»Gambe!«, sagt er. Ich nicke und wir kosten einen Schluck »Great Wall« mit Blick aufs chinesische Meer. Zugegeben, es gibt schlimmere Abende und noch unpassendere Kleidung als heute.

»Warst du schwimmen?«, fragt er prompt.

»Nein, ich bade jeden Abend in aller Ruhe und dann

schreibe ich meine Mails. Mein Entspannungsprogramm sozusagen.« Plink, tönt der PC, was eine neue Email symbolisiert. Doch ich bleibe bei Max am Fenster sitzen und lese sie nicht.

Endlich Fliegen

»Great Wall« ist ein herrlich entspannender Wein, würde ich sagen. Zumindest wirkt er so auf mich. Auch gegen überheizte Hotelzimmer ist in diesem Zusammenhang nichts einzuwenden, denn Wärme verträgt sich mit innerer Wärme und dem entsprechenden Gegenüber einfach wunderbar, sozusagen. Ich weiß nicht mehr, wer von uns beiden das letzte Gläschen Wein getrunken hat, es war auch nicht so wichtig. Unvergessen jedoch bleibt mir der Blick über die Bucht mit dem Sonnenaufgang mit einem verschlafenen Max an meiner Seite. Doch, das kann ich bestätigen: auch Abenteurer haben ein Herz. Das zeigt sich ausgerechnet bei Mondschein und nach einer Flasche »Great Wall«. Beides ließe sich in Zukunft sicherlich öfter zusammen einplanen.

Natürlich habe ich Desiree nicht mehr auf ihr Email geantwortet und vielleicht hätte ich auch besser noch einmal mein Handy geprüft, bevor ich zum Frühstück gegangen bin, doch manchmal hat die Liebe eben Vorrang und so war es heute Morgen.

»Seid ihr bereit für das große Abenteuer?«, fragt Tom gut gelaunt und klappt zwei Toastbrote zusammen, in die er gefühlte vier Scheiben Käse und drei Spiegeleier gequetscht hat, um dann genüsslich reinzubeißen. Er sieht meinen Blick.

»Es wird ein langer Tag, da muss ich Kräfte sammeln. Wer weiß, wann es wieder etwas zu essen gibt.«

»Ich nehme an, spätestens gegen 13.00 Uhr, darauf kann man sich hier in China verlassen.« Tom nickt.

»Ja, aber nicht darauf, was es gibt. Und das hier …«, er zeigt auf seinen Teller mit Eierfladen, »kann mir später keiner mehr nehmen.«

Sein fröhliches Grinsen steckt an. Überhaupt bin ich nach dieser Nacht ausnehmend gut gelaunt. Zwar hat Max heute Morgen dann doch noch die trocknenden T-Shirts entdeckt und ist in der Dusche beinahe ausgerutscht, weil ich da noch die Schaumreste für die zweite Wäsche gesammelt hatte, aber alles in allem hat er gut reagiert.

»Patent«, lacht er. »Man muss sich nur zu helfen wissen, nicht wahr?«

»Ähem, ja, apropos Patent. Ich glaube, da muss ich dir noch etwas erzählen …«

»Nicht nötig«, sagt Max. »Das machst du schon richtig.« Tja, was soll ich dazu noch sagen? Da kann ich mal nur hoffen, dass mir Rudolf noch eine Weile gewogen bleibt. Rudolf! Meinem Magen versetzt es einen Fausthieb. Das muss ich unbedingt klären, sobald ich zu Hause in der Fledermausvilla bin. Wenn der bei uns einzieht und Max das mitkriegt, dann ist das Chaos perfekt. Mein Fast-Verlobter und der Abenteurer, das geht niemals gut.

»Hast du deiner Mutter schon Bescheid gesagt, dass wir Lian getroffen haben?«, fragt Thien.

»Leider noch nicht, aber ich rufe sie heute an, ganz bestimmt.«

»Solltest du, sonst erfährt sie es von jemand anderem

und das wäre gar nicht gut«, bestätigt Max. Er sitzt gut gelaunt neben mir und hat sich einen großen Pott Kaffee organisiert.

»Magst du auch einen? Passt perfekt zur Nudelsuppe.«

»Gerne, aber die Nudelsuppe überlassen wir mal Thien.« Der nickt. »Sehr gut, heute Morgen. Mit Kohl.«

Na prima, denke ich. Das kann ich später zum Mittagessen immer noch probieren.

»Heute Abend fliegen wir zurück nach Peking und dann weiter nach Hause. Ob das noch etwas wird mit dem Vertrag? Noch haben wir nichts in den Händen.«

»Bestimmt«, ruft Lian. Sie hat uns gehört, als sie mit dem Handy am Ohr um das Frühstücksbuffet kurvt. In einer Hand hält sie ihren Frühstücksteller. Ich bin sprachlos. Sie isst genau die gleichen Teigtaschen, Gemüse und Soßen, die auch Thien auf seinem Teller hat. Sie ist durch und durch Chinesin geworden.

»Siehst du«, sagt sie. »Auch das gibt es nicht bei euch in Berlin. Daran muss sich deine Nichte erst langsam gewöhnen. Aber das wird.«

»Du bist zuversichtlich?«

»Sehr zuversichtlich. Wir kommen eines Tages zu euch. Mach nicht so ein trauriges Gesicht. Probier!« Und sie legt mir eine gefüllte weiße Teigtasche, die aussieht wie ein falsch zugebundener Ravioli, auf den Teller und garniert sie mit einer runzeligen braunen Rübe.

»Was ist das?«

»Eine scharf-saure Gurke. Das schmeckt gut zusammen.«

Na denn, wollen wir mal.

Auf dem Flugfeld ist alles gerichtet. Der Hangar bläht sich gegen den Wind. Auf dem Ponton baumelt unser Ballon hin und her und zerrt an den Seilen. Max, Tom und einige der Crewmitglieder treffen letzte Vorbereitungen, und zwei der chinesischen Partner stehen auf dem Ponton und einer bei Lian am Strand. Sie unterhalten sich angeregt. Dann zeigt Lian auf mich und ich winke einfach zurück. Beide nicken. Wer weiß, was ich da gerade winkend bestätigt habe?

Alles klappt, der Countdown läuft, Tom flitzt um den Ballon herum und löst die Seile. Jemand klinkt die Gewichte aus – und dann das letzte Gewicht – und er hebt ab. Langsam, majestätisch und souverän stellt er sich in den Wind und schwebt über dem Meer parallel zum Strand davon.

»Wir lassen ihn genau einen Kilometer ziehen, dann werden wir ihn landen. Wir zeigen nur, dass es möglich ist, ihn zu steuern. Die ganze Mission wird im Herbst unser Thema.« Thien übersetzt, was Max erklärt hat.

Ein Jeep startet auf dem Strand, auf der Ladefläche steht die Kontrollstation neben Max und dem Techniker Sebastian, der alles koordiniert. Sie fahren dem Ballon hinterher. Ein weiteres Begleitfahrzeug mit sechs Jungs startet, die den Ballon später wieder zusammenlegen und einholen sollen. Es wird Zeit, dass Lian, ihr neuer Begleiter und ich uns auch einen Platz in einem Auto sichern, sonst bleiben wir bei Thien am Strand stehen und bekommen nicht mit, wie der Ballon wieder landet. Doch Thien ist flink und sitzt schon vorne im Van, als wir noch unsere Taschen verstauen.

»Habt ihr gedacht, ich bleibe hier? Da hinten wird es wichtig, da muss ich übersetzen.« Und schon geht die Fahrt ab, dem Ballon hinterher.

Alles gut, deine Lizzy

Was für ein Flug, Tom und Sebastian strahlen. Max ordert neue Cocktails für alle und auch unsere chinesischen Gäste sind zufrieden. Lian übersetzt fröhlich die Dankesreden von Max, und Thien ist mehr oder weniger zufrieden, dass er mal Denkpause hat. Doch mir liegt noch ein Anruf auf der Seele und trübt meine Stimmung.

Ich wähle Mamas Telefonnummer. Zu Hause ist Teatime, sie müsste also im Wintergarten sitzen, wenn sie ihre jahrzehntelangen Gewohnheiten nicht gerade in den paar Tagen geändert hat, in denen ich in China bin.

»Ja, guten Tag, sie sprechen mit dem Hause …« Ich erkenne Claris Stimme.

»Hallo, Clari, ich bin es. Geht es euch gut?«

»Alles bestens, Lizzy. Bei dir auch?«

»Ja, bei uns auch, wir kommen morgen zurück. Kannst du mir bitte mal Ma geben, ich müsste ihr etwas erzählen?«

»Ja, natürlich, sie nimmt gerade den Fünf-Uhr-Tee im Wintergarten …«

Ja, Clari, ich weiß, denke ich, lasse ihn aber ausreden. Eines seiner liebsten Rituale ist nun mal, über unsere Rituale zu berichten. Die Freude werde ich ihm nicht nehmen. Ich höre seine Schritte, wie er mit dem Telefonhörer in den Wintergarten geht, und kann in Gedanken regelrecht mitzählen und ausrechnen, wann er ankommt.

»Gnädige Frau, es ist für sie. Ihre Tochter Lizzy.«

Ich werde den Tag wohl nie erleben, an dem er schlichtweg sagt *Lizzy ist dran.*

»Ja, hallo, Mausespeck, wo bist du denn?«

»Äh, hallo, Mama«, und ich merke, dass ich in Millisekundenschnelle gerade auf die Größe einer Einjährigen zusammenschrumpfe. Könnte sie endlich mal meinen Spitznamen weglassen? Ich bin fast Vierzig!

»Mir geht es wunderbar, wir sind schon in Peking und morgen fliegen wir zurück.«

»Dann sehe ich dich morgen in Berlin.«

»Nicht ganz, warte mal, die Zeitverschiebung, ja doch, du hast Recht, morgen Abend sehen wir uns.«

»Dann werde ich ein Willkommensessen vorbereiten lassen und Rudolf Bescheid sagen. Hast du ihn eigentlich mal angerufen?«

»Äh, Rudolf, nein, den habe ich nicht angerufen, weil er doch in Kuba ist.« Die lange Holznase von Pinocchio ist mir sicher.

»Er ist wieder zurück. Es ist viel passiert, wir haben schon drei Zimmer für ihn ausgeräumt und angefangen zu renovieren. Er braucht ja auch ein Arbeitszimmer, damit er nicht jeden Samstag wie du ins Büro fahren muss.«

»Ein Arbeitszimmer? Und welche Zimmer bekommt er noch?«

»Ein Schlafzimmer natürlich und ein Raucherzimmer, in meinem Salon wird wegen der Kamelien nicht geraucht, wie du weißt. Das kann auch Rudolf nicht durchsetzen.«

Will er wahrscheinlich auch gar nicht. Ich habe so wichtige Dinge zu sagen und stattdessen rede ich über die Kamelien und Rudolf. Es fehlt nur noch das Thema Wetter, dann flippe ich gleich aus.

»Wie ist denn das Wetter bei euch so?«

»Du, Mama, ich habe etwas viel Wichtigeres zu erzählen.«

»Was denn?«, fragt sie.

»Ich habe jemanden wieder gefunden, auf den wir seit Jahren warten.«

Schweigen in der Leitung.

»Ich habe es erst nicht für möglich gehalten, aber sie ist es. Sie hat einen Fernsehbeitrag über uns und das Projekt im chinesischen Fernsehen gesehen und war plötzlich im Hotel. Sie ist es.«

»Du meinst ...«

»Ja, Mum, es ist Inga. Sie lebt hier in China. Sie lebt!« Meine Stimme überschlägt sich fast, obwohl ich ruhig bleiben wollte.

»Bist du noch dran, Ma?«

»Ja.«

»Hallo, was sagst du dazu?«

»Ich ... geht es ihr gut?«

»Ja, es geht ihr gut. Sie ist verheiratet und hat ein kleines Mädchen. Du bist Oma«, versuche ich einen Scherz, der mir fast im Hals stecken bleibt.

»Oma?«

»Warum hat sie sich nie ...?«

»Ich weiß es noch nicht, das hat sie mir nicht erzählt. Ich bringe erst einmal Fotos von uns beiden mit. Und sie kommt uns dann auch irgendwann in Berlin besuchen.«

»Besuchen. Du meinst, sie kommt nur zu Besuch?«

»Ja, das hat sie gesagt. Und sie bringt Mai auch mit.«

»Mai?«

»Ja, die Tochter.«

»Wir haben ihre Sachen erst gestern in Kisten geräumt und Rudolf …«

»Ma, mach dir keine Gedanken um ihre alten Spielsachen und ein Zimmer. Sie besucht uns erst einmal nur. Das mit dem Zimmer ist schon okay, sie kann bei mir schlafen. Ich habe ja ihr Zimmer übernommen.«

»Wann kommt sie?«

»Sie weiß es noch nicht, sie meldet sich aber bald bei dir. Mach dir also keine Sorgen mehr.« Das ist leicht gesagt. Als ob man nach Jahren die Sorgen ausschalten kann wie das Radio.

»Ich mache mir keine Sorgen, ich …«

Ich merke die Veränderung in ihrer Stimme und dass sie mir wie immer nicht die Wahrheit sagt. Nach Jahren erkennt man diese leisesten Veränderungen im Verhalten sofort.

»Ist alles in Ordnung?«

»Ja, Clari bringt neuen Tee, also dann bis morgen Abend, das Telefonat wird sonst zu teuer für dich.«

Seit wann fragt meine Mutter nach meinen Kosten?

»Ja, gut, dann bis morgen. Es wird alles gut«, sage ich noch.

»Ja, alles. Pass auf dich auf«, dann legt sie auf.

»Und wie war das Gespräch?« Mir stehen die Tränen in den Augen.

»Ach, Inga, da überlege ich seit Tagen, wie ich ihr das am Telefon alles erklären soll und dann ist das Telefonat doch völlig anders als erwartet.«

»Wie hat sie es aufgenommen?«

»Gut, würde ich sagen. Mit Contenance, würde Clari es ausdrücken.«

»Gut, dann bin ich auch froh, denn es lag mir auf dem Herzen.«

»Mir erst«, sage ich.

Max beobachtet mich und kommt auf uns zu.

»Zwei Singapore Sling zum Abschied, auf Peking und unser Projekt?«

»Das wäre genau richtig«, sagt Inga und gibt Max ein Zeichen. Er versteht und geht zur Bar.

»Soll ich heute Nacht bei dir bleiben?«

»Möchtest du?«

»Gerne, wie in alten Zeiten in einem großen Bett?«

»Das wäre fein«, sage ich. Max bringt unsere Getränke und in diesem Moment tut es mir nicht leid, dass ich heute Nacht auf seine Gesellschaft verzichten werde. Es wird eine Erzähl- und Schwesternnacht mit Inga. Das ist ein Grund, allen Kummer zu vergessen. Max kommt mit nach Deutschland und wenn alles gut geht, dann werden wir noch einige Abende zusammen erleben.

Am nächsten Morgen treffen wir uns ein letztes Mal mit unseren chinesischen Partnern. Wir bedanken uns für die Gastfreundschaft und die Zeit miteinander. In einer

Stunde sollten wir am Flughafen zum Einchecken sein, sonst fliegt das Flugzeug ohne uns. Doch stattdessen wird heißer Tee serviert, der mir die Zungenspitze verglüht. Den werde ich nie bis zur Abreise ausgetrunken haben. Ich beobachte die Teeflocken, die sich langsam auf dem Boden der heißen Tasse absetzen. Grüner Tee ohne Zucker. Ich meditiere über das, was Inga und ich uns die halbe Nacht über für Geschichten erzählt haben. Erste Stories aus unserer Schulzeit und der Berliner Familie. Später dann hat sie wenig von ihrer Reise und ihrer neuen Familie erzählt. Irgendwie habe ich ihre Entscheidung nachvollziehen können, auch wenn ich selber so nie gehandelt hätte. Dann habe ich ihr auch unsere Ängste geschildert, die wir jahrelang mit uns herumgeschleppt haben und dass wir es nicht gewagt haben, umzuziehen, weil wir die Vorstellung nicht ertragen konnten, dass sie eines Tages vor der Fledermausvilla steht und wir sind nicht mehr da. Inga hat das gut verstanden, aber sie konnte sich nicht melden, denn dann wäre auch ihr Leben wieder ins Wanken geraten.

Ich lasse die Teetasse in Ermangelung eines Löffels kreisen und entdecke fasziniert, wie sich die Flocken wieder am Boden absetzen. In mir steckt vielleicht auch eine verborgene Wissenschaftlerin?

»Wir möchten den Kooperationsvertrag unterschrieben …«, höre ich mit einem Ohr. Was habe ich da vernommen? Das kann doch nicht wahr sein! Ich sehe zu Inga, sie nickt. In 54 Minuten fliegt unser Flugzeug!

»Es ist uns wichtig, dass sie nicht ohne Vertrag nach

Hause fliegen. In zwei Monaten kommen wir dann zu ihnen und machen einen festen Vertrag.«

Ich höre richtig? Sie kommen zu uns nach Deutschland? In zwei Monaten? Wir sind Partner?

Ich möchte jubelnd aufstehen, aber alle bleiben sitzen, also klebe ich auch am Sessel fest. Stattdessen bricht Hektik aus. Wo ist die letzte Vertragsversion? Wer hat einen Laptop dabei und einen USB-Stick? Können wir hier drucken? Alles überschlägt sich, und am Ende sitzen Max, Thien und ich hinten im Auto zum Flughafen, und ein chinesischer Partner vorne. Thien übersetzt die Änderungswünsche und schreibt sie in Chinesisch in den Vertrag. Max schreibt auf seinen Knien die englische Übersetzung daneben. Und am Ende, ja ganz am Ende, man glaubt es nicht, was geschieht!

Inga sitzt im zweiten Auto und fährt hinter uns her. Am Flughafen bleiben uns für die Verabschiedung ganze Zehntelsekunden, denn wir sind die letzten Fluggäste und wurden bereits ausgerufen. Vielleicht ist das auch gut, dass wir kaum mehr Zeit haben. Ich will noch soviel sagen, aber warum? Ich sehe Inga oder Lian, wie sie hier heißt, bald wieder. Dann kann ich alles sagen, was ich noch sagen muss. Und solange schreiben wir uns oder rufen wir uns an. Das ist versprochen. Sie ist unsere neue Chinabeauftragte für besondere Fälle. Klar behält sie ihren Job im Krankenhaus. Trotzdem ist sie für uns immer da, wenn wir sie brauchen, und das sind doch tolle Zukunftsaussichten.

Wir winken ihr, Thien und unserem chinesischen Partner noch einmal nach der Kontrolle zu, dann wird der Abstand immer größer und wir müssen zum Gate um die Ecke biegen. Weg ist Inga, aber sie kommt wieder. Diesmal ist das sicher.

Max und ich sitzen im Flugzeug und schauen auf die wattegleichen Wolken. Beide hängen wir unseren Gedanken nach. Max hält den Vertrag in den Händen und gibt ihn nicht her.

»Soll ich ihn einstecken? Nicht, dass er unter den Sitz fällt und als Altpapier mit den Zeitungen entsorgt wird.«

»Ja, dir vertraue ich ihn an. Wie wäre es mit einem Gläschen »Great Wall« zum Abschied und zum Feiern?«

»Das wäre genau richtig und wirkt hoffentlich auf mich als formidabler Dämmerschluck, damit ich die Hälfte des Fluges verschlafen kann, denn ich bin total müde. Hundemüde. Lottamüde« Max nickt.

»Die Anspannung lässt nach, das merke ich auch. Etwas Ruhe wird uns gut tun. Denn in Berlin geht es gleich weiter.« Er zwinkert mir zu und ich weiß nicht, ob er das ernst meint oder nicht. Im Moment fühle ich mich eher urlaubsreif statt tatendurstig. Ich hoffe inständig, dass unsere Koffer noch im Flugzeug mitgekommen sind, denn das Gepäckband war bereits abgestellt. Andererseits bin ich auf den Berg Wäsche, der auf mich wartet, auch nicht sehr erpicht.

»Thien wird mir fehlen.«

»Ich glaube, er ist ganz froh, wenn er uns ein paar Tage

nicht sieht und sich von uns erholt«, sagt Max. »Es war doch sehr anstrengend, jeden Tag zu übersetzen.«

»Das war es, und alles in allem hat das ganze Team sein Bestes gegeben.«

»Es war eine ungewöhnliche Reise«, sage ich. »Sie hat mein Leben verändert. Wir kommen mit einem Vertrag zurück, was niemand für möglich gehalten hat. Und ich finde meine Schwester wieder, von der die letzte Spur nach Australien führte.«

»Ja, eine schicksalhafte Reise. Auch für uns.«

»Auch für uns«, murmle ich. Für uns, unser Projekt, unsere Firma, die Mitarbeiter, für Inga, für Rudolf, für Mama und Clari. Das glauben mir die Mädels nie!

Herzweh

Wir landen in Berlin. Max und ich haben einen Teil des Fluges verschlafen. Auch Tom und die Mannschaft hatten sich zurückgelehnt und ausgeruht. Unser Gepäck erkenne ich auf dem Gepäckband und ein Stein fällt mir vom Herzen: für die Mädels habe ich wunderschöne Pashminaschals gekauft, auch wenn die inzwischen etwas out sind. Die Qualität war derart weich und kuschelig, da habe ich nicht nein sagen können. Außerdem hat mir die kleine Verkäuferin in dem schmalen Laden alles so nett gezeigt. Falls ich jemals wieder nach Peking komme, dann kaufe ich wieder in diesem kleinen, verhutzelten Laden mit der süßen Chinesin, ganz klar.

»Nun müssen wir uns erst einmal trennen«, sagt Max. »Der Anschlussflug nach München geht gleich weiter.«

»Ja, das lässt sich wohl nicht ändern. Schade, du wirst mir fehlen«, sage ich frei heraus, wie es ist. Auf Spielchen habe ich keine Lust. Wenn er mir fehlt, dann fehlt er mir, auch wenn meine Mutter das einem Mann niiiiieeeemals sagen würde.

»Du wirst mir auch fehlen, aber ich komme nächste Woche schon wieder nach Berlin und dann zeigst du mir alles. Okay?«

Ich nicke und eine Art Königsberger Klops steckt wieder in meinem Hals. Das ist sicherlich besser, denn ich muss erst einmal die Dinge in der Fledermausvilla klären. Wir nehmen unser Gepäck und gehen durch die Kontrolle raus in den Flughafenterminal. Clari steht am Ausgang und winkt. Clari? Was macht der denn hier? Ich habe eigentlich meine Mutter erwartet. Ein ungutes Gefühl beschleicht mich.

»Du, Max, da stimmt was nicht. Meine Mutter lässt sich nie eine Wiederkommenszeremonie entgehen, sie zelebriert sie sozusagen. Und jetzt schickt sie Clari?«

»Wer ist Clari?«, fragt Max und schaut auf die Menschenmenge.

Ach ja, er kennt ihn ja nicht. Ich gehe auf ihn zu, und Max und seine fünf Kollegen folgen mir.

»Hallo, Clari, alles klar?« Er nimmt mich in den Arm, was er in rund 100 Jahren seiner Diensttätigkeit nur ein einziges Mal getan hat, als ich nämlich mit dem Knie auf einem Stein aufgeschlagen bin und dachte, die Welt geht unter und mein Bein fällt ab.

»Ja, alles klar«, sagt er. »Bei uns ist wieder alles in Ordnung.«

»Was war denn nicht in Ordnung?«

»Deiner Mutter geht es nicht gut. Der Schock, dass du Inga wieder gefunden hast. Die Freude und gleichzeitig der Schreck waren einfach zu viel.«

»Wie meinst du das?«

»Sie ist in der Charité, aber es geht ihr wieder gut. Rudolf ist bei ihr. Da habe ich entschieden, dich abzuholen.«

»Das ist lieb, Clari. Entschuldige, ich habe dich noch gar nicht vorgestellt. Das sind Max … und seine Kollegen Tom, Sebastian, Theo, Martin und Alex, alles perfekte Flieger«, erkläre ich, um meine Stimmung zu verbergen.

»Und das ist Clari, unser Freund, unser …«

»Hausherr«, sagt Clari schlicht, und ich bin sprachlos. Hausherr? Wäre das nicht eher mein Vater? Oooooo-weia, was kommt denn jetzt noch alles bei dieser Familienbande zum Vorschein?

»Hausherr im englischen Sinne«, berichtigt Clari.

»Ganz klar«, sagt Max und versteht gar nichts.

»Soll ich mitkommen ins Krankenhaus?«, fragt Max. »Ich kann den Flug verschieben.«

»Nein, nein, ich muss das alles selbst erst einmal für mich klären. Und ihr habt in München doch selber so viel zu tun. Von daher … Ich hätte dich gerne dabei, wirklich, aber ich glaube, ich muss erst einmal nachsehen, was da eigentlich passiert ist.«

Max versteht das oder tut zumindest so. Tom ist wieder einmal der rettende Stimmungsbrecher. »Wir müssen los. Wir fliegen in vierzig Minuten und wenn wir jetzt nicht unser Gepäck loswerden, dann tragen wir es mit in die Kabine und das geht nicht.« Er zeigt auf sein gut verpacktes Bündel ein Meter fünfzig langer Kohlefaserstäbe.

»Also, dann bis bald in Berlin«, gebe ich mir einen Ruck. Und Max gibt mir eine Kuss während Clari so tut, als ob er meine Koffer sucht. Tom drückt mich an sich und murmelt: »Ruf an, wenn du Hilfe brauchst, okay? Das gilt für uns alle, wir sind ein Team.« Dann lässt er mich los und eilt mit seinem Kohlefaserbündel und zwei Koffern davon.

»Ich bringe euch noch zum Auto«, sagt Max.

»Nicht nötig«, sagt Clari, »wir haben ein Taxi direkt vor dem Ausgang. Aber danke, dass sie es anbieten.«

»Guter Tipp.« Max nimmt meine beiden Koffer und geht zur Tür raus in Richtung Taxi. Ich schaue Clari an und zucke mit den Schultern.

»So ist er nun mal, außerdem kann etwas Hilfe ja nicht schaden.«

Sebastian, Theo, Martin und Alex folgen uns und plötzlich stehen alle um das Taxi herum und helfen beim Verstauen. Ein letzter flüchtiger Kuss und dann fahren wir davon. Ich winke Max aus dem Heckfenster zu. Alle vier winken zurück, und ich fühle das erste Mal, dass man mit den richtigen Männern auch richtig tolle Freundschaften haben könnte. Meine vier Abenteurer!

»Fahren wir gleich ins Krankenhaus?«

»Wenn du möchtest, aber so akut ist es nicht mehr.«

»Trotzdem wäre das sicherlich schön für sie«, sage ich, »du weißt doch, wie gerne sie Willkommensszenen hat.«

Ma thront zwischen den aufgetürmten Kissen in ihrem Krankenhausbett. Rudolf sitzt neben ihr. Die Sonne scheint durchs Zimmer und auf ihrem Tischchen steht ein kleiner Strauß roter Rosen. Die Rosensorte kenne ich, die sind bestimmt von Rudolf.

»Lizzy, wie schön, dass du da bist.« Rudolf steht auf und kommt mir entgegen.

»Darf ich dir etwas abnehmen?«

Etwas abnehmen? Er versucht nicht, mich zu küssen

oder ähnliche Annäherungsversuche, nachdem wir uns gut drei Wochen nicht gesehen haben und er nach Kuba und ich sozusagen um die halbe Welt gereist sind.

»Nein, geht schon«, sage ich und drängle mich etwas unhöflich an ihm vorbei. Ich eile auf Mama zu, stolpere über ihre Schuhe, die vor dem Bett stehen und lande direkt auf ihr drauf.

»Ich lasse euch dann mal alleine«, sagt Rudolf und geht leise raus.

»Wie geht es dir?«

»Wieder besser, ich hatte mich so erschreckt, als deine Nachricht kam.«

»Das glaube ich, mir ging es genauso. Aber die Zeit mit ihr in China war schön, es geht ihr gut, und sie lässt dich ganz lieb grüßen …« Ich möchte alles auf einmal erzählen, aber das ist vielleicht gar nicht gut.

»Zeigst du mir ihr Foto?«, fragt Ma.

»Ja, klar, warte mal.« Ich nestle mein Handy aus der Tasche und suche mich durch die zahlreichen Chinafotos.

»Da, das ist sie, und da stehen wir an dem Strand, wo wir unser Projekt starten wollen.«

Ma sieht lange auf das Foto.

»Hast du noch eins?«

»Ja, hier beim Abschlussessen mit dem Vizegouverneur und hier am Flughafen. Hier probieren wir Teigtaschen und da kaufen wir süße Melonen am Straßenimbiss.«

»Sie war immer dabei?«

»Nein, nur im zweiten Teil der Reise und das war

sehr gut. Sie hat sich phantastisch mit unseren chinesischen Partnern verstanden, und weil sie mich kennt und zu Max auch Vertrauen hatte, konnte sie alles, was wir sagten, gut übersetzen.«

»Aber ihr hattet doch einen Übersetzer.«

»Ja, der ist auch ganz große Klasse. Thien, da ist er.« Ich zeige auf das Foto am Frühstücksbuffet.

»Aber wenn man die Mentalität oder den Charakter eines Menschen kennt, dann fällt die Übersetzung nuancenreicher aus. Den Eindruck hatte ich bei Lian.«

»Lian?«

»Ja, sie heißt Lian in China. Und ihre Tochter heißt Mai.«

»Ein Name, der auch in Europa verstanden wird.«

»Ja, und sie wird dich auch besuchen kommen.«

»Es hat sich viel verändert in den zwei Wochen. Hat Clari dir etwas erzählt?«

»Clari schweigt wie ein Grab, das weißt du doch.«

»Sag nicht immer solche Sachen.«

Toll, Mama liegt im Krankenhaus und mir fällt nur der Vergleich mit dem Grab ein.

»Du weißt doch, wie ich es meine.«

»Trotzdem. Der gute Clari hat es bei uns wirklich nicht leicht.«

Das sagt Diva-Mama? Hier hat sich in den letzten Wochen wohl wirklich einiges geändert. Die Tür geht auf, ein Arzt und zwei Schwestern mit einem Tablett kommen herein.

»Kurze Visite und Blutabnahme«, höre ich.

»Gut, dann warte ich draußen. Bis gleich …«

Vor der Tür auf dem Gang sitzt Rudolf und dreht verlegen eine Zeitung in seinen Händen zu einer Rolle. Ich setze mich neben ihn.

»Das ist wohl noch einmal gut gegangen«, sage ich.

»Ja, ist es, es war alles einfach zu viel, das Haus, die Renovierung, der Umzug, deine Nachricht ...«

»Ja, aber leider ließ es sich nicht dosieren. Und ich wollte nicht, dass sie es durch Schuster erfährt.«

»Aber sie hat es durch Schuster erfahren«, sagt Rudolf. »Es stand in der Zeitung, dass Inga gefunden wurde. Vorgestern.«

»Waaas? Wie kann das sein?«

»Es war sogar ein Foto von euch dabei – am Strand.«

»Unmöglich, das ist unmöglich.«

»Wenn ich es dir doch sage, es ist so.«

»Schuster, dieser Schuft.«

»Hast du ihm nicht das Foto geschickt?«

»Ganz sicher nicht! Aber ich könnte mir denken, wer es war ...« Desiree? Ich hoffe, du hast dafür eine sehr, sehr gute Erklärung.

»Und, wurde Ma deshalb krank?«

»Nein, dein Anruf kam fünf Minuten vor der Morgenzeitung. Also gut geplant, wie immer bei dir.«

»Ich wusste selber nicht, wie ich es erzählen sollte. Da habe ich vermutlich zu lange gewartet.«

»Ist ja noch einmal gut gegangen.«

Wir schweigen und Rudolf dreht weiter seine Zeitung zur Rolle.

»Rudolf, ich ...«, fange ich das Gespräch wieder an.

»Liz, ich möchte dir etwas sagen«, unterbricht er mich.

»Ich auch, ich glaube, dass das alles ...«

»Liz, du bist eine wunderbare Frau. Warmherzig, wunderhübsch, klug, erfrischend und unheimlich mutig. Du, du bist die beste Schwiegertochter der Welt.«

»*SCHWIEGERTOCHTER?*«

»Ja, Schwiegertochter. Es tut mir leid, wenn ich dich enttäuschen muss. Aber deine Mutter und ich haben in den vergangenen Wochen gemerkt, was wir aneinander haben. Und wir gehören zusammen. Wir harmonieren auf so vielen Gebieten miteinander. Wir lieben Opern, wir lieben England, wir lieben Rosen ... Und auch sonst passen wir gut zusammen, wenn du verstehst.«

So genau will ich das nun auch wieder nicht wissen, denke ich und schnappe nach Luft. Eine Schnappatmung setzt ein, aber ich bin ja, Gott sei Dank, im Krankenhaus, falls ich gleich umfalle. Ich dachte, Mama steht nur auf jüngere Männer? Tatsächlich haben die beiden in den vergangenen Wochen ihre biologische Uhr massiv zurückgedreht, das konnte man ihnen ansehen. Die Augen haben richtig von innen geleuchtet. Aber gleich das? Da spannt mir meine Mutter meinen Verehrer aus? Andererseits wollte ich ihn auch nicht wirklich. Um genau zu sein, suchen Desiree, Carla und ich seit Wochen eine Lösung aus diesem Hochzeitsschlamassel. Und jetzt kommt die Lösung so ganz von alleine?

»Sei mir nicht böse«, sagt er leise. »Ich finde euch beide entzückend und will keine von euch verlieren.«

Entzückend? Hätte ich jemals mit einem Mann zusammenleben können, der mich *entzückend* findet? So etwas sagt doch wirklich nur noch Clari. Oder Schneider Potpourri bei einer seiner Lobeshymnen auf die eigene Kollektion.

»Ich weiß nicht, was ich sagen soll«, fange ich an zu stammeln. »Nein, das stimmt nicht. Ich freue mich für euch!«

Und in diesem Moment rollen ganze Gesteinshalden von meinem Herzen, und ich drücke Rudolf fest an mich. Das erste Mal in unserer Bekanntschaft nehme ich ihn in den Arm. Und zugegeben – er fühlt sich Klasse an. Klasse für Mama. Und er ist ein Super-Mama-Begleiter, mit dem auch ich mich sehen lassen kann. Eine Träne fließt über meine Wange und Rudolf nimmt sein gebügeltes, nach altenglischen Regeln gefaltetes Einstecktuch und wischt sie ab. *Einstecktücher?* Wer trägt denn heutzutage noch Einstecktücher? Nur Clari – und Rudolf.

Oh, Mann, ich weiß nicht, ob ich vor Freude über die beiden heule oder vor Freude, dass der Kelch noch einmal an mir vorüber gegangen ist. Und noch dazu ohne größere Streitereien, denn die hasse ich, obwohl ich Anwältin bin und auch mit Streit mein Geld verdiene.

»Ich gehe zu ihr«, sage ich, als die Arzttruppe wieder ihr Zimmer verlässt.

»Geht es?«, fragt er vorsichtig.

»Klar geht das. Und außerdem kann ich mir auch keinen besseren Mann für Ma vorstellen als dich, Rudolf.«

Und ich gebe ihm sein Einstecktuch zurück und ziehe geräuschvoll die Nase hoch. So! Damit wäre alles gesagt.

Ma sitzt aufrecht in ihren Kissen und sieht bekümmert in den blühenden Frühlingsgarten vor ihrem Klinikfenster.

»Alles klar«, rufe ich von weitem und sie versucht, eine fröhliche Miene aufzusetzen.

»Was meinst du?«, fragt sie, und ich reiche ihr die chinesischen Kekse, die ich für sie am Flughafen besorgt habe.

»Mit dick Schokolade drin, nehme ich an, wenn das Foto auf der Verpackung stimmt. Und außerdem kommst du übermorgen wieder nach Hause. Es ist alles in Ordnung. Der kleine Schwächeanfall wirft eine Diva wie dich doch nicht um.«

Sie nimmt sorgenvoll meine Hand und zieht mich auf die Bettkante. Ich lege die Kekse auf ihren Nachttisch neben ein Buch über englische Rosen. Das ist bestimmt auch ein Geschenk von Rudolf. Bevor sie etwas sagen kann, fange ich an zu sprechen:

»Mum, Rudolf hat mir alles erzählt. Und ich freue mich für euch. Wirklich. Ich bin nicht sauer und ich bin nicht wütend. Es ist toll, dass ihr beiden zueinander gefunden habt. Ihr passt einfach viel besser zusammen als Rudolf und ich.« Sie lächelt unsicher.

»Du bist mir nicht böse?«

»Nein, bin ich nicht. Ehrlich gesagt, ist es sogar so etwas wie ein Opfer, dass du ihn mir abnimmst.«

»Ein Opfer?«

»Na ja, ich habe dir doch immer gesagt: Ich liebe ihn nicht.«

»Ich schon«, sagt Ma und drückt meine Hand.

»Eben. Das ist der Unterschied. Und darum gehört er zu dir.«

»Und du?«

»Ich? Ma, wenn du nichts dagegen hast, suche ich mir meinen Mann ab heute selber aus. Okay? Wenn es nämlich noch einmal schief geht, dann habe ich niemanden mehr, wo ich ihn abladen könnte. Du bist ja jetzt versorgt.«

»Wie du redest!«

»Ist doch nur ein Scherz. Nein, im Ernst. Ich freue mich wirklich für euch. Und außerdem kann ich so auch noch hin und wieder ein Auge auf ihn werfen.«

Sie droht mir mit dem Zeigefinger.

»Spaß muss sein. Ich würde doch meiner Mutter nie den Mann ausspannen. Ne?«

Und ich nehme sie in den Arm, so gut es zwischen ihren Kissen eben geht. Und dann bräuchten wir beide das Einstecktuch von Rudolf. Aber der sitzt draußen neben dem Kaffeeautomaten im Flur und hofft, dass alles gut ausgeht. Und so einen Klassemann darf man doch wirklich nicht enttäuschen, oder?

ENDE

Dank

Dank

Der Weg, den das Herz vorschlägt, ist für mich immer der Richtige – aber nie der leichteste.

In diesem Sinne danke ich den Abenteurern in meinem Leben, die mich zu diesem Roman inspiriert haben, also meinen Kollegen von der TAO-Group und den »Heliumheads« dieser Welt. Trotzdem ist diese Geschichte natürlich rein erfunden, auch wenn sie auf Tatsachen beruht. ;-)

Ein herzliches Dankeschön geht an den Gmeiner-Verlag und seine wunderbaren Mitarbeiter, die dieses Abenteuer verlegen und natürlich an meine treuen LeserInnen. Ohne sie gäbe es meine Romane nicht.

Und freundschaftlicher Dank geht an die Menschen, die »in guten wie in schlechten Zeiten« gemeinsam mit mir durch die Welt fliegen: Bernd, Wunschfuchs, Manfred, Richard, Christine, Marc, Eva, Jutta, Ralf, Frank, Familie Föste, Max und La Jana, Dr. Bleyer und Frau Falke, Friederike S., Hajo, Fredi, Valerie, Cordel & die ganze Familie.

Und wie immer gilt ein herzlicher Dank den Himmelsboten. Geflügelte Drachen, Engel und Amor – der Himmel hat wundervolle Ausdrucksmöglichkeiten und liebe Helfer.

Weitere Romane finden Sie auf den folgenden Seiten und im Internet: www.gmeiner-verlag.de

ELKE MASCHA BLANKENBURG

Tastenfieber und Liebeslust

371 Seiten, Paperback.
ISBN 978-3-8392-1210-3.

VERM@ILT IN BERLIN Die 63-jährige Pianistin Eva-Maria gibt eine Kontaktanzeige auf, um doch noch die Liebe ihres Lebens zu finden. Ihre Wahl fällt auf Maximilian, dessen ironischer Schreibstil sie sofort in den Bann zieht, obwohl beide nicht unterschiedlicher sein könnten: Sie Künstlerin und geprägt durch die wilden 60er-Jahre. Er ein Adliger alter Schule, fantasievoll gescheitert auf allen Ebenen. Vielleicht könnte es dennoch die perfekte Beziehung werden? Aber dann entbrennt per E-Mail ein Geschlechterrollenkampf, von dem Eva-Maria dachte, dass sie ihn schon längst siegreich hinter sich gelassen hätte …

CHRISTINE SYLVESTER

Sachsen-Sushi

228 Seiten, Paperback.
ISBN 978-3-8392-1208-0.

KARRIEREKNICK Werbeprofi Ella kann einfach alles, nur nicht mit Menschen umgehen. Das konnte man an keiner Eliteuni dieser Welt studieren. Und nun verschlägt es sie ausgerechnet nach Dresden. Eine Stadt, die sie so gar nicht mag. Dann erfährt sie auch noch, dass ihr neuer Arbeitgeber, die Werbeagentur »Sack & Sohn«, kurz vor der Insolvenz steht. Ellas einziger Lichtblick: Der geheimnisvolle Retter, der ihr bei einem nächtlichen Überfall zu Hilfe kommt und dann spurlos verschwindet. Doch leider ist der genauso schwer zu finden wie eine rettende Idee für die Agentur.

GMEINER

Wir machen's spannend

SILKE PORATH

Nicht ohne meinen Mops

276 Seiten, Paperback.
ISBN 978-3-8392-1207-3.

WARMMIETE Tanja hat ihre Traumwohnung in Stuttgart gefunden: Altbau, drei Zimmer, beste Lage. Der Haken ist nur: Allein kann sie sich die Wohnung niemals leisten. So ruft sie kurzerhand ein Mitbewohner-Casting aus. Und entscheidet sich schließlich für Chris, der im Callcenter arbeitet, und Rolf, einen Postboten, der samt seinem Mops »Earl of Cockwood« einzieht. Tanja ist hin und weg von diesen Prachtkerlen. Klar, dass sie als Letzte bemerkt, dass Rolf und Chris ein Paar werden. Der Katzenjammer ist groß – erst recht, als Marc, Tanjas Ex, mit seiner schwangeren Freundin vor ihr steht. Tanja, die Jungs und der Mops schwören Rache …

A. BAHR/ L. KINSKOFER

Hermann für Frau Mann

229 Seiten, Paperback.
ISBN 978-3-8392-1205-9.

WIE BACKE ICH EINEN TRAUMMANN? Lilly Mann aus Freiburg sucht einen Partner für ihre Mutter Eva. Besser gesagt: einen Aufpasser. Die Psychologie-Studentin will ins Ausland, hat aber kein Vertrauen in Frau Mama, denn die ist eine plan- und allzu sorglose Hippie-Frau. Lillys Einstellung lautet dagegen: Nichts ohne meine Kontrolle!

Zur gleichen Zeit versucht auch Eva, einen Mann zu formen: Sie möchte Simon, dem Sandkastenfreund ihrer Tochter, zeigen, wie man ein echter Kerl wird, denn sie findet, dass er immer mehr zu Lillys Schoßhündchen verkommt.

Was als turbulentes Verwirrspiel beginnt, droht in einem handfesten Beziehungschaos zu enden …

GMEINER

Wir machen's spannend

TAMARA WERNLI

Blind Date mit Folgen

326 Seiten, Paperback.
ISBN 978-3-8392-1203-5.

IM DUNKELN An einem Sonntagnachmittag beschließt die erfolgreiche Zürcher Kolumnistin Maira Fabien ihr Single-Leben zu beenden und meldet sich in einem Flirt-Chat an. In der virtuellen Welt kommt sie einem Fremden, der sich FEUER32 nennt, näher. Die beiden verabreden sich zu einem Blind Date im Münchner Hotel Le Grand. Sie beschließen, sich direkt auf dem Zimmer zu treffen und den Raum vorher völlig abzudunkeln. In totaler Finsternis knistert es zwischen zwei Fremden, die in keiner Weise ahnen, dass sie eine gemeinsame Vergangenheit verbindet …

SONJA LIEBSCH / NIVES MESTROVIC

Muttertier @n Rabenmutter

278 Seiten, Paperback.
ISBN 978-3-8392-1150-2.

MUTTERGLÜCK IN RHEINKULTUR Zehn Jahre haben Maxi und Hanna nichts mehr voneinander gehört. Dabei waren die beiden Rheinländerinnen bis zu Maxis Hochzeit beste Freundinnen. Damals hatte ein Tsunami in weiß für die anhaltende Funkstille gesorgt.

Ausgerechnet beim Surfen im Internet treffen sie sich wieder. Ein paar E-Mails später stellen Maxi und Hanna fest, dass sie inzwischen wieder einiges gemeinsam haben: Einen ganzen Stall voller Blagen, Dauerstress im Alltag und keine Aussicht auf ein geregeltes Einkommen. Endlich sind sich die zwei wieder einig: Für ihr Mutterglück brauchen sie ganz schnell einen Job …

GMEINER

Wir machen's spannend

Unsere Lesermagazine

2 x jährlich das Neueste aus der Gmeiner-Bibliothek

DIN A6, 20 S., farbig

10 x 18 cm, 16 S., farbig

24 x 35 cm, 20 S., farbig

GmeinerNewsletter

Neues aus der Welt der Gmeiner-Romane

Haben Sie schon unsere GmeinerNewsletter abonniert?
Monatlich erhalten Sie per E-Mail aktuelle Informationen aus der Welt der Krimis, der historischen Romane und der Frauenromane: Buchtipps, Berichte über Autoren und ihre Arbeit, Veranstaltungshinweise, neue Literaturseiten im Internet und interessante Neuigkeiten.

Die Anmeldung zu den GmeinerNewslettern ist ganz einfach. Direkt auf der Homepage des Gmeiner-Verlags (www.gmeiner-verlag.de) finden Sie das entsprechende Anmeldeformular.

Ihre Meinung ist gefragt!

Mitmachen und gewinnen

Wir möchten Ihnen mit unseren Romanen immer beste Unterhaltung bieten. Sie können uns dabei unterstützen, indem Sie uns Ihre Meinung zu den Gmeiner-Romanen sagen! Senden Sie eine E-Mail an gewinnspiel@gmeiner-verlag.de und teilen Sie uns mit, welches Buch Sie gelesen haben und wie es Ihnen gefallen hat. Alle Einsendungen nehmen automatisch am großen Jahresgewinnspiel mit attraktiven Buchpreisen teil.

GMEINER

Wir machen's spannend

Alle Gmeiner-Autoren und ihre Romane auf einen Blick

ANTHOLOGIEN: Tod am Tegernsee • Drei Tagesritte vom Bodensee • Nichts ist so fein gesponnen • Zürich: Ausfahrt Mord • Mörderischer Erfindergeist • Secret Service 2011 • Tod am Starnberger See • Mords-Sachsen 4 • Sterbenslust • Tödliche Wasser • Gefährliche Nachbarn • Mords-Sachsen 3 • Tatort Ammersee • Campusmord • Mords-Sachsen 2 • Tod am Bodensee • Mords-Sachsen 1 • Grenzfälle • Spekulatius **ABE, REBECCA**: Im Labyrinth der Fugger **ARTMEIER, HILDEGUNDE**: Feuerross • Drachenfrau **BAUER, HERMANN**: Philosophenpunsch • Verschwörungsmelange • Karambolage • Fernwehträume **BAUM, BEATE**: Weltverloren • Ruchlos • Häuserkampf **BAUMANN, MANFRED**: Wasserspiele • Jedermanntod **BECK, SINJE**: Totenklang • Duftspur • Einzelkämpfer **BECKER, OLIVER**: Das Geheimnis der Krähentochter **BECKMANN, HERBERT**: Die Nacht von Berlin • Mark Twain unter den Linden • Die indiskreten Briefe des Giacomo Casanova **BEINSSEN, JAN**: Todesfrauen • Goldfrauen • Feuerfrauen **BLANKENBURG, ELKE MASCHA** Tastenfieber und Liebeslust **BLATTER, ULRIKE**: Vogelfrau **BODE-HOFFMANN, GRIT / HOFFMANN, MATTHIAS**: Infantizid **BODENMANN, MONA**: Mondmilchgubel **BÖCKER, BÄRBEL**: Mit 50 hat man noch Träume • Henkersmahl **BOENKE, MICHAEL**: Riedripp • Gott'sacker **BOMM, MANFRED**: Blutsauger • Kurzschluss • Glasklar • Notbremse • Schattennetz • Beweislast • Schusslinie • Mordloch • Trugschluss • Irrflug • Himmelsfelsen **BONN, SUSANNE**: Die Schule der Spielleute • Der Jahrmarkt zu Jakobi **BOSETZKY, HORST (-KY)**: Promijagd • Unterm Kirschbaum **BRÖMME, BETTINA**: Weißwurst für Elfen **BUEHRIG, DIETER**: Der Klang der Erde • Schattengold **BÜRKL, ANNI**: Ausgetanzt • Schwarztee **BUTTLER, MONIKA**: Dunkelzeit • Abendfrieden • Herzraub **CLAUSEN, ANKE**: Dinnerparty • Ostseegrab **CRÖNERT, CLAUDIUS**: Das Kreuz der Hugenotten **DANZ, ELLA**: Ballaststoff • Schatz, schmeckt's dir nicht? • Rosenwahn • Kochwut • Nebelschleier • Steilufer • Osterfeuer **DETERING, MONIKA**: Puppenmann • Herzfrauen **DIECHLER, GABRIELE**: Glutnester • Glaub mir, es muss Liebe sein • Engpass **DÜNSCHEDE, SANDRA**: Todeswatt • Friesenrache • Solomord • Nordmord • Deichgrab **EMME, PIERRE**: Zwanzig/11 • Diamantenschmaus • Pizza Letale • Pasta Mortale • Schneenockerleklat • Florentinerpakt • Ballsaison • Tortenkomplott • Killerspiele • Würstelmassaker • Heurigenpassion • Schnitzelfarce • Pastetenlust **ENDERLE, MANFRED**: Nachtwanderer **ERFMEYER, KLAUS**: Irrliebe • Endstadium • Tribunal • Geldmarie • Todeserklärung • Karrieresprung **ERWIN, BIRGIT / BUCHHORN, ULRICH**: Die Reliquie von Buchhorn • Die Gauklerin von Buchhorn • Die Herren von Buchhorn **FINK, SABINE**: Kainszeichen **FOHL, DAGMAR**: Der Duft von Bittermandel • Die Insel der Witwen • Das Mädchen und sein Henker **FRANZINGER, BERND**: Familiengrab • Zehnkampf • Leidenstour • Kindspech • Jammerhalde • Bombenstimmung • Wolfsfalle • Dinotod • Ohnmacht • Goldrausch • Pilzsaison **GARDEIN, UWE**: Das Mysterium des Himmels • Die Stunde des Königs